「俺はこれらの野菜を初めて扱うので、
みなさんの知識や経験が頼りです。
特に、城下町の料理人として
これらを扱っていたミケルには、
どうかご指導をお願いしたくあります」
異世界料理道
VOLUME 26
Cooking with wild game.

【第五章　雨季の終わり】

強い雨と弱い雨が繰り返され、
時おり灰色の雲が割れて青空がのぞく。
それが、雨季の終わりに近づいた合図だった。

水浴びの好きなアイ＝ファは、
数日に一度の割合で天然のシャワールームを使用していた。
かくも綺麗好きな家長なのである。

異世界料理道

VOLUME 26

Cooking with wild game.

Presented by

EDA

口絵・本文イラスト　こちも

MENU

登場人物紹介

～森辺の民～

津留見明日太／アスタ

日本生まれの見習い料理人。火災の事故で生命を落としたと記憶しているが、不可思議な力で異世界に導かれる。

アイ＝ファ

森辺の集落でただ一人の女狩人。一見は沈着だが、その内に熱い気性を隠している。アスタをファの家の家人として受け入れる。

ダルム＝ルウ

ルウ本家の次兄。ぶっきらぼうで粗暴な面もあるが、情には厚い。アスタたちとも、じょじょに打ち解ける。

ルド＝ルウ

ルウ本家の末弟。やんちゃな性格。狩人としては人並み以上の力を有している。ルウの血族の勇者の一人。

レイナ＝ルウ

ルウ本家の次姉。卓越した料理の腕を持ち、シーラ＝ルウとともにルウ家の屋台の責任者をつとめている。

リミ＝ルウ

ルウ本家の末妹。無邪気な性格。アイ＝ファとターラのことが大好き。菓子作りを得意にする。

シーラ＝ルウ

ルウの分家の長姉。シン＝ルウの姉。ひかえめな性格で、ダルム＝ルウにひそかに思いを寄せている。

シン＝ルウ

ルウの分家の長兄にして、若き家長。アスタの誘拐騒ぎで自責の念にとらわれ、修練を重ねた結果、ルウの血族の勇者となる。

シュミラル

シムの商団《銀の壺》の団員。ヴィナ＝ルウとの婚儀を望み、リリン家の氏なき家人として迎え入れられる。

リャダ＝ルウ

ドンダ＝ルウの弟で、シン＝ルウやシーラ＝ルウの父。右足に深手を負い、狩人の仕事から退く。沈着な気性。

ギラン＝リリン

ルウの眷族であるリリン本家の家長。熟練の狩人。明朗な気性で、町の人間や生活に適度な好奇心を抱いている。

トゥール＝ディン

出自はスンの分家。内向的な性格だが、アスタの仕事を懸命に手伝っている。菓子作りにおいて才能を開花させる。

ユン＝スドラ

森辺の小さき氏族、スドラ家の家人。アスタに強い憧憬の念を覚えている。

サリス・ラン＝フォウ

ファ家の近在にあるフォウ家の家人。アイ＝ファがもっとも親しくしていた幼馴染。一児の母。

チム＝スドラ

森辺の小さき氏族、スドラ家の家人。若年で、小柄な体格。誠実な気性。護衛役の仕事を通じて、アスタと縁を深める。

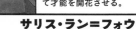

〜町の民〜

マイム

ミケルの娘。父の意志を継いで、調理の鍛錬に励んでいる。アスタの料理に感銘を受け、ギバ料理の研究に着手する。

ミケル

かつての城下町の料理人。強盗に襲われて深手を負い、マイムともどもルウ家の客分となる。

ユーミ

宿屋《西風亭》の娘。気さくで陽気な、十七歳の少女。森辺の民を忌避していた父親とアスタの架け橋となる。

ターラ

ドーラの娘。九歳の少女。無邪気な性格で、同世代のリミ＝ルウと絆を深める。

オディフィア

メルフリードとエウリフィアの娘。人形のように無表情で、感情を表さない。トゥール＝ディンの菓子をこよなく好んでいる。

ドーラ

ダレイム出身。宿場町で野菜売りの仕事を果たしている。商売を通じてアスタと交流を深める。

エレオ＝チェル

シフォン＝チェルの兄。北の民で、奴隷の身分。トゥランの農園で働かされている。

リフレイア

トゥラン伯爵家の新たな当主。かつてアスタを誘拐した罪で、貴族の社交界から遠ざけられている。

シフォン＝チェル

リフレイアの侍女。北の民で、奴隷の身分。容姿端麗で、常に穏やかな表情を保っている。

シリィ＝ロウ

城下町の料理人ヴァルカスの弟子の一人。気位が高く、アスタに強い対抗意識を抱いている。

ロイ

城下町の若き料理人。レイナ＝ルウやマイムたちの料理に衝撃を受け、ヴァルカスに弟子入りを願う。

〜群像演舞〜

ジザ＝ルウ

ルウ本家の長兄。厳格な性格で、森辺の掟を何よりも重んじている。ルウの血族の勇者の一人。

ガズラン＝ルティム

ルティム本家の家長。沈着な気性と明晰な頭脳の持ち主。アスタの無二の友人。ルウの血族の勇者の一人。

ヤミル＝レイ

かつてのスン本家の長姉。現在はレイ本家の家人。妖艶な美貌と明晰な頭脳の持ち主。

ラウ＝レイ

レイ本家の家長。繊細な容姿と勇猛な気性をあわせ持つ狩人。ルウの血族の勇者の一人。

オウラ

かつてのスン本家の家長の、五番目の嫁。現在はルティム家の家人。清楚な容姿と穏やかな気性の持ち主。ツヴァイの実母。

ツヴァイ

かつてのスン本家の末妹。現在はルティム家の家人。偏屈な気性だが、家族への情は厚い。卓越した計算能力を持つ。

第一章★★★雨の恵み

1

《アムスホルンの息吹《いぶき》》という恐《おそ》ろしい病魔《びょうま》に見舞《みま》われた俺《おれ》は、アイ＝ファを筆頭とするさまざまな人々のおかげをもって、なんとか復調することがかなった。そうして宿場町における屋台の商売に復帰してからは、至極平穏《しごくへいおん》に日々は流れていた。

それでももちろん、何の変化も生じなかったわけではない。どんなに平穏な日常であっても、同じ日というのは二度と訪《おとず》れないのだ。

俺の耳に入ってくる限りでも、森辺に道を切り開く作業などは着実に進められていた。噂《うわさ》によると、森辺の外にはとんでもない数の樹木が搬出《はんしゅつ》されて、今度はそれでダレイム領を守る塀《へい》を設置する作業まで開始されたらしい。森辺の集落で働いているのとはまた別に北の民の一団が駆《か》り出されて、その仕事に従事させられているのだそうだ。

むろん、ダレイムというのはトゥラン以上に広大な領地であるので、そのすべてを塀で守るのは、きわめて難しい。よって、まずは森とダレイム領の接する部分にのみ、試験的に塀を作製するとのことであった。

そもそもダレイム領におけるギバの被害《ひがい》というのは、ここ数ヶ月でかなり減じられているのだ。森辺においてはここ数ヶ月で、自堕落《じだらく》に過ごしていたスン家の人々が狩人《かりうど》の仕事を再開させたわけだが、それだけで明確な変化が感じられるというのは実に得難《えがた》い話であろう。あとは小さき氏族の人々が美味なる食事と肉を売った銅貨でこれまで以上に力をつけて、なおかつ猟《りょう》犬《けん》を使った効果的な狩猟《しゅりょう》方法を確立できれば、今よりもさらに田畑の被害を減らすことはできるのではないか、と――俺には、そんな風に思えてならなかった。

まあ何にせよ、塀の作製に関しては長期的なスパンで進められている計画である。このたびの雨季の間に、北の民だけでどれほど作業を進められるか、まずはその進捗《しんちょく》状況《じょうきょう》を鑑《かんが》みながら、じっくりと推《お》し進《すす》めていくつもりであるらしい。

それで、本題の開削《かいさく》作業のほうである。そちらはもう、ダリ＝サウティが驚《おどろ》くほどの作業スピードで、日に日に進められているらしい。少なくとも、すでに徒歩で三刻ぐらいかかる距離《きょり》を切り開くことができているそうだ。

モルガの麓《ふもと》の森というのは、徒歩で横断するには数日もかかる巨大《きょだい》なものである。が、今回の開削工事は、サウティの集落があるあたりから東に丸一日分の距離を切り開く計画だ。そこまで進めば、森の中にある岩場に至り、あとはそれに沿って北東に進むだけで、モルガの領域を突破《とっぱ》できるのだという話であった。

ちなみに丸一日分というのは、「日の出から日の入りまで」という意味になる。俺の感覚では、十三、四時間ぐらいのものだ。この地では日の出から日の入りまでを十三の刻に分けているので、徒歩で三刻の距離まで進められたというのなら、それは全工程の四分の一弱が完了《かんりょう》したということであった。

もっとも、すでに茶の月が半月ばかりも過ぎていることを考えると、進行は若干滞《じゃっかんとどこお》っているぐらいなのかもしれない。工事が進めば進むほど、切り出した樹木を運び出すのには労力がかかるわけであるし、雨季が二ヶ月しかないことをあわせて考えれば、期間内に作業を終わらせるのは難しいように思えてしまった。

「まあ、そのときはさらに人手を増やすしかないだろうね。森の外で塀を築く作業に当てられている人員をそちらに回すことになると思うよ」

視察に出向いてきたポルアースは、そのように言っていたそうだ。まあ、作業の進捗について思《おも》い悩《なや》むのは彼《かれ》らの仕事である。俺たちは作業員がギバに襲《おそ》われないことを祈《いの》りながら、黙《だま》って見守るしかなかった。

黙って見守るといえば、北の民の扱《あつか》いについても、城下町ではひそかに協議が進められているらしい。ジェノスに集められた北の民というのはトゥラン伯爵家《はくしゃくけ》の管理下にある存在であるので、トゥラン伯爵家とその上位の存在たるジェノス侯爵家《こうしゃくけ》で、今後の扱いについて協議が重ねられているとのことであった。

また、それにあわせて貴族と森辺の族長との会談も、正式に執《と》り行われることになった。三族長が城下町まで出向いて、調停役たるメルフリードおよび補佐官のポルアースを相手に、数刻にわたって言葉を交《か》わしたのである。その場にはフォウとベイムの家長も同行したので、翌日には俺たちにもその内容が正しく伝えられていた。

森辺の民は、北の民に対して口出しをするべきではない。ただし、ジェノス侯爵家もトゥラン伯爵家も、北の民の扱いに関しては最善の道を模索《もさく》しているさなかである。貴族の側から森辺の民に助言を乞《こ》う機会もあるかもしれないので、それまでは黙って見守っていてほしい。

――要約すると、それだけの話であった。以前に俺たちがサウティの集落で聞かされた言葉を、領主からの言葉として正式に届けられたようなものだ。

そこで強調されたのは、王都から訪れる視察団というものの危険性についてであった。王都の人間は、遠方の地にあるジェノスが叛乱《はんらん》や独立を企《くわだ》てることを恐れている。よって、セルヴァの王家に叛意《はんい》がないかを確認《かくにん》するために、定期的に視察団をよこしているのだそうだ。そういった連中につけいる隙《すき》を与《あた》えないために、森辺の民には大人しくしていてほしい、とのことであった。

「たとえば、ルウ家にも招かれたことがあるという、シリィ＝ロウという料理人がいますよね？彼女《かのじょ》はもともと王国の民ならぬ自由開拓民《かいたくみん》の血筋であるわけですが、そういった家の人間に氏を持ったまま王国の民になることを許したのは、当時のジェノスの領主です。本来、開拓民を王国の民として迎《むか》える際には氏を捨てさせるのが通例であったにも拘《かか》わらず、当時の領主はそれを自分の判断で許してしまったのですね。そういった措置《そち》なども、王都の人間にしてみれば気にさわる話であるようなのですよ」

会談の場で、ポルアースはそのように言っていたらしい。当時のジェノスの領主――ジェノス侯爵ならぬジェノス辺境伯《はく》は、もともとこの地に住まっていた自由開拓民となるべく穏便《おんびん》に共存するために、そういった措置を取ったのだそうだ。シリィ＝ロウやミラノ＝マスなど氏を持つ西の民というのは、みんなそういう自由開拓民の末裔《まつえい》であったのだった。

「そういった大昔の話まであげつらって、視察団の人々は我々のことを『奔放《ほんぽう》なる辺境の民』などと言い連ねるわけですよ。だから、北の民をおかしな形で厚く遇《ぐう》している、などと思われてしまうと、また大変な面倒《めんどう》ごとになってしまうわけですね」

ポルアースのそんな言葉で俺が思い知らされたのは、この西の王国においてジェノスの貴族たちは「田舎貴族《いなかきぞく》」に分類されるのだという事実であった。町の人々には雲の上の存在と思われているジェノス侯爵マルスタインやその子息であるメルフリードなども、王都の人間にしてみれば「粗野《そや》なる辺境の野蛮人《やばんじん》」に過ぎないのかもしれない。では、そのジェノスのさらに片隅《かたすみ》に住まっている森辺の民などは、いったいどのように思われているのだろう。願わくは、お高くとまった王都の人間などというものには関わりたくないものであった。

ともあれ、族長たちはメルフリードらの言葉を受け入れていた。もとより族長たちが気にかけていたのは、ポイタンの品切れについてであったのだ。それをトゥラン伯爵家が肩代《かたが》わりすると決めた以上、こちらの側から口をはさむ案件は存在しないのだった。

「ただし、ポイタンの代金を支払《しはら》いたいと願い出たことが間違《まちが》っていたとは考えていない。俺たちにも俺たちの流儀《りゅうぎ》があるのだということは覚えておいてもらおう」

ドンダ＝ルウは、そんなような言葉で会議をしめくくったようだった。

そういった水面下での出来事を経て、茶の月の二十一日――俺が商売に復帰して五日目のことである。

その日は屋台の商売も休業日で、その前日にはついに雨季の野菜が売りに出されていた。ということで、俺たちは中天からルウの集落に集まって、ひと月半ぶりに勉強会を再開させることに相成ったのだった。


「どうもみなさん、お疲《つか》れ様《さま》です。……いやあ、あまりにひさびさすぎて、ちょっと緊張《きんちょう》しちゃいますね」

ルウの本家のかまどの間において俺がそのように口火を切ってみせると、その場に集まった人々は無愛想《ぶあいそう》の極《きわ》みである約一名を除いて全員が期待に瞳《ひとみ》を輝《かがや》かせていた。

勉強会の参加メンバーは、合計で九名である。ルウ家からは、レイナ＝ルウ、シーラ＝ルウ、リミ＝ルウ、ミーア・レイ母さんの四名。小さき氏族からは、俺、トゥール＝ディン、ユン＝スドラの三名。そしてルウ家の客人からは、マイムとミケルの二名だ。

外ではしとしとと霧雨《きりさめ》が降っており、相変わらずの薄寒《うすさむ》さであるが、このかまどの間にはそれに負けない熱気がたちこめている。それを心地《ここち》好《よ》く感じながら、俺はただ一人不機嫌《ふきげん》そうな顔をしている人物――ミケルへと笑いかけてみせた。

「俺はこれらの野菜を初めて扱うので、みなさんの知識や経験が頼《たよ》りです。特に、城下町の料理人としてこれらを扱っていたミケルには、どうかご指導をお願いしたくあります」

「……俺はこの集落で世話になっている恩義を返すだけだ。こんな老いぼれに期待したところで馬鹿を見るだけだぞ」

「もう！　いちいち憎《にく》まれ口《ぐち》を叩《たた》かなくてもいいじゃん」

マイムが笑顔《えがお》で、父親の分厚い胸を叩く。ミケルの力が必要とされて、実に嬉《うれ》しそうな笑顔である。

いまだ右足の骨折が完治していないミケルは、一人木箱に腰《こし》かけていた。杖《つえ》をつけば歩くことも可能であるが、やはりまだ長時間立っていることは難しいのだ。しかし、すねの辺りに包帯を巻かれている他は、以前に見た通りの元気な姿である。

ちょうど俺が病床に臥《ふ》せた頃《ころ》から、ルウ家の人々はミケルに干し肉作りの手ほどきを乞うていた。俺から間接的に学んでいた技術を、今度はミケル本人から学ぶことになったのだ。もう少し怪我《けが》がよくなったら眷族《けんぞく》の家を回ってそちらにも手ほどきをしてほしいと願われて、マイムなどはたいそう喜んでいたのだという話であった。

「前にもちょいと話したけど、雨季の野菜ってのは扱いが厄介《やっかい》なんだよね。味が悪いとかそういう話じゃなく、鍋《なべ》で煮込《にこ》む以外の使い道が思いつかないのさ。こいつらにもタラパやティノやプラみたいに色々な食べ方があるっていうんなら、ぜひとも教えていただきたいもんだねえ」

ルウ家の側の取り仕切り役であるミーア・レイ母さんがそのように発言すると、そのかたわらに控《ひか》えていたリミ＝ルウがうんうんとうなずいた。

「トライプは何をしたってトライプの味だし、オンダはあんまり味がないよね。……あと、リミはあんまりレギィが好きじゃないんだよねー」

「そうですね。わたしの家でもレギィはほとんど使っていませんでした」

「うん、トライプは好きな人間も多いけど、レギィを好きだっていう人間は見たことがないかも」

リミ＝ルウの言葉に、シーラ＝ルウとレイナ＝ルウも同意を示す。トゥール＝ディンとユン＝スドラは、興味深そうにその言葉を聞いていた。かつてスン家で暮らしていたトゥール＝ディンは森の恵みしか口にしていなかったため、ユン＝スドラは貧しさのため、それぞれ雨季の野菜を食したことがなかったのだ。

「レギィか。こいつを料理するには、下ごしらえが必要だからな」

木箱に座したミケルが、左手の指でその野菜を指し示す。雨季に収穫《しゅうかく》される野菜は、トライプ、オンダ、レギィの三種である。その中で、俺が既視感《きしかん》を覚えるのはオンダという野菜のみだった。だけどまずは、話題にあがったレギィから取り組むべきであろうか。

それは、真っ赤な色合いをした木の棒のごとき野菜であった。形状はほぼ真っ直《まっす》ぐで、ところどころに毛が生えている。太さは三センチほど、長さは五十センチほどだ。片方の端《はし》は鋭《するど》く尖《とが》っており、逆側の端は黒みがかった断面を覗《のぞ》かせている。

「これは、根菜なのでしょうかね。ずいぶん鮮《あざ》やかな色合いですが」

「ああ。水気の多い地面に植えると、あっという間に育つんだ。逆に、水気が多すぎるとティノなんかは腐《くさ》ってしまうから、雨季の間はこいつを代わりに育てる人間が多いようだな」

仏頂面《ぶっちょうづら》で、ミケルはそう言った。

「一番簡単な下ごしらえは、皮を削《けず》ってママリアの酢《す》を溶《と》かした水にひたしておくことだ。四半刻もひたしておけば、土の臭《くさ》みや苦みは消える」

「ママリアの酢が必要なのですか。それでは森辺の集落や宿場町などでは、最初から正しい下ごしらえをするすべがなかったのですね」

レイナ＝ルウが感じ入ったように応じる。ママリアの酢は、数ヶ月前までは城下町にしか出回っていなかったのである。

しかし俺は、ミケルの言葉に強く記憶《きおく》を刺激《しげき》されていた。

「ちょっとお待ちください。皮というのは、必ず剥《む》かなくてはいけないのですか？　森辺の民は、たぶんこれを皮ごと食していたと思うのですが」

「皮を剥くのは、臭みや苦みを取るためだ。おそらくは、皮のほうにも滋養《じよう》はあるのだろうがな」

「ああ、やっぱり……ならば、酢を入れるのは何故《なぜ》なんでしょう？　そうしないと、臭みが取れないのでしょうか？」

「酢を入れるのは、実が黒く濁《にご》るのを抑《おさ》えるためだ。土臭《つちくさ》い上に色が黒くては、いっそう食欲も落ちてしまうだろうからな。……それに、水にひたす手間を惜《お》しめば、煮汁《にじる》そのものにも黒い色が広がってしまう」

「ああ、レギィを使った煮汁はみんな真っ黒になってしまいますよね。確かにあれは、泥水《どろみず》をすすっているような心地《ここち》にさせられます」

そのように述べてから、シーラ＝ルウが俺を振《ふ》り返った。

「だけどアスタは、この野菜について何かご存じであるような口ぶりですね。ひょっとして、これも故郷に似た野菜があったのでしょうか？」

「はい、実はそうなんです。下ごしらえの手順に聞き覚えがあったので、ピンときました」

皮を剥いて酢《す》水《みず》につけるというのは、ゴボウの下ごしらえと同一の手段であった。この真っ赤な色合いにだまされていたが、よく考えたらこの形状はゴボウとよく似ている。俺がひそかに巨大ゴボウと呼んでいたギーゴよりも、サイズ的にはゴボウに近いのだ。

「皮にも滋養があるというのなら、それは剥かずにおいたほうが森辺の民の気風にも合うのではないでしょうか？　それに、ルウ家ではさまざまな調味料が使えるようになっています。それらを使ってもごまかしがきかないほど、レギィの臭みや苦みというのは強いものなのでしょうか？」

「……皮を剥いて酢水にひたせば、誰《だれ》でも簡単にこいつをいっぱしの食材として扱うことができる、というだけの話だ。ちょいと気のきいた料理人なら、滋養を逃《に》がさずに味や見た目を調《ととの》えることを考えるだろうな」

「そのような方法があるならば、わたしたちはそちらを学びたく思います」

青い瞳に真剣《しんけん》な光をたたえつつ、レイナ＝ルウが身を乗り出す。その顔をしばらく無言で見返してから、ミケルは小さく肩《かた》をすくめた。

「中身が黒ずむのを避《さ》けたいなら、黒ずむ前に調理をすればいい。土臭さが気になるならば、それをやわらげる味付けをすればいい。黒い煮汁が気に食わないなら、別の色をつけてしまえばいい。言ってみれば、それだけのことだ」

「中身が黒ずむ前に調理ですか……そもそもレギィは、どうして黒くなってしまうのでしょう？　このレギィも、上の切り口は黒くなっていますものね」

「でも、煮込んだレギィをかじっても、この切り口ほど黒くはないように思います。だから、わたしの家でもレギィを使うときは、あまりこまかく切らないで鍋に入れていたのですよね」

「ああ、それはうちでもそうだったかも。でも、こまかく切らないと余計に土臭さや苦みが強まってしまうから、けっこう切り方を考えたりしていたんだよね」

レイナ＝ルウとシーラ＝ルウが、熱心にディスカッションをしている。色が黒ずむのは酸化のためではないか、とか、レギィにはこのような味付けが合うのではないか、など、俺は口出しをしたくてむずむずしてしまったが、ミケルの目つきに気づいて、それを我慢《がまん》していた。ミケルは何やら探《さぐ》るような目つきで、両者の様子をうかがっていたのである。

「それに、レギィの臭みや苦みをやわらげる味付けっていうのも……もっと強い香《こう》りをもつ香草《そう》と一緒《いっしょ》に煮込めばいいのかなあ？」

「でも、それではレギィそのものの味を壊《こわ》してしまいそうですよね。たとえばプラなんかも苦いですが、あの苦みこそがプラの美味《おい》しさなのではないかと思います」

「うーん、そっかあ。それに、レギィもプラと同じぐらい硬《かた》いから、あんまり辛《から》くすると食べにくそうだよね」

シーラ＝ルウに対しては、家族のように親しげに話すレイナ＝ルウである。そうしたほうが年少っぽく見えるというのも、よく考えると不思議な作用であった。——と、俺の思考がそんな風に脇道《わきみち》にそれかけたとき、リミ＝ルウが「そうだ！」と元気な声をあげた。

「レギィって、形がギーゴに似てるよね！　それなら、ギーゴと同じように使えばいいんじゃないかなー？」

「ギーゴと同じように？　こまかくすりおろしたりとか？」

「ううん。レギィは硬いから、すりおろしても美味しくなさそー。それに、すりおろしてる間にみーんな真っ黒になっちゃいそうだし！」

「それじゃあ、リミ＝ルウはどのように考えているのですか？」

「リミねー、タウ油のすーぷのギーゴが好きなの！　タウ油だったら色も茶色いし、煮汁が黒くなっちゃうのもごまかせるんじゃないかなー？」

「タウ油か……でも、タウ油の味だけでレギィの土臭さと苦みをやわらげようとしたら、ものすごく塩からくなっちゃいそうだね」

そのように述べてから、レイナ＝ルウはふっと面をあげた。

「でも、アスタの作るかくにや肉チャッチみたいに、汁物《しるもの》じゃなくて煮物《にもの》にするならいいかも……それに、タウ油だけじゃなく果実酒や砂糖の甘《あま》さも使えば、いっそう苦みをやわらげられそうだね」

「ああ、辛みよりは甘みでやわらげたほうが、レギィのもともとの味を活《い》かせるかもしれませんね」

ルウ家の三名は目を見交《みか》わしてから、いっせいにミケルのほうを振り返った。ミケルは相変わらずの仏頂面で、それを見返す。

「タウ油の風味や砂糖の甘みはレギィのもともとの味と合うだろう。辛さを加えるとしたら、その上でだろうな」

「そうですか！　では、皮は剥かずにタウ油や果実酒で煮込んでみようかと思います！」

レイナ＝ルウもシーラ＝ルウもリミ＝ルウも、みんな楽しそうに微笑《ほほえ》んでいる。父親のかたわらにひっそりと控えたマイムは、そんな彼女たちの様子を少しくすぐったそうな面《おも》持ちで見守っていた。

ひょっとしたら、マイムもかつてはこのような形でミケルにレギィの使い方を習っていたのだろうか。それはあくまで俺の想像に過ぎなかったが、何にせよ、一から十まで答えを教わるだけでは、レイナ＝ルウたちもこのような楽しさを覚えることはなかっただろう。トゥール＝ディンとユン＝スドラは、ちょっと羨《うらや》ましそうな面持ちでレイナ＝ルウたちの笑顔を見守っていた。

「それじゃあ、他の食材についてもひと通り検証してみようか。えーと、このオンダに関しては、ルウ家でも問題なく使えていたんだよね？」

「はい。オンダは強い味もないので、普通《ふつう》に鍋に入れていました。ちょっと食感は独特ですが、好む人間も嫌《きら》う人間もあまりいない、という印象ですね」

　このオンダは、俺が知る野菜と非常によく似た形状をしている。色は白くてひょろひょろと細長くて、ひとつひとつはとても小さい。それは薄《うす》黄色をした小さな豆から発芽した新芽であり――ようするに、モヤシとそっくりの見た目をしていた。

「オンダというのは、大昔にジャガルから伝わってきたものらしいな。べつだん雨季でなくとも育てることはできるはずだが、タラパやティノを扱えない物足りなさを埋《う》めるために、雨季の間だけ使われるようになったんだろう」

「なるほど。ひょっとしたら、畑ではなく小屋の中などで育てられる野菜なのでしょうか？」

「ああ。こいつを育てるのにはたっぷりと水を使うから、雨季のほうが都合がいい、という面もあるのだろうな」

　もし味のほうもモヤシと似ているなら、雨季のみと言わずいつでも購入《こうにゅう》させてほしいものである。モヤシならば、さまざまな料理で活用できるはずだ。

「ルウ家では、これを汁物でしか使っていなかったんだよね？　俺の故郷では、これによく似た野菜を炒《いた》め物《もの》でも使っていたよ」

「え？　でも、焼こうとするとすぐに焦《こ》げついてしまいませんか？」

「それは今まで鉄鍋《てつなべ》に油をひく習慣がなかったからじゃないかな。オンダに限らずどの野菜でも、油をひいたほうが綺麗《きれい》に炒められるだろう？」

　ということで、これは実践《じっせん》も容易であったので、ギバの脂《あぶら》をひいた鉄鍋でオンダが炒められることになった。味付けは塩とピコの葉のみとしたが、オンダはモヤシに劣《おと》らず瑞々《みずみず》しくて、それだけでも十分に美味だった。豆の風味はごくわずかで、とてもシャキシャキとした心地好い食感である。

「ああ、炒め物だと、何か目新しい美味しさがありますね！」

「汁物だと、オンダの水気が目立たなくなるためなのでしょうか。炒めてあるのにこれほど水気が多いというのは、ちょっと面白《おもしろ》い気がします」

「はい。他の野菜と一緒に炒めたら、また美味しそうです」

トゥール＝ディンやユン＝スドラも一緒になって、満足そうに微笑んでいた。これは汁物としても炒め物としても、すぐにどの家でも活用することができるだろう。

そうして最後の食材は、トライプなる奇妙《きみょう》な野菜であるが——これぱかりは、俺もどのような食材であるのか見当もつかなかった。表皮は硬くて真っ黒で、マスクメロンのようにびっしりと筋が走っており、形はまん丸だ。直径は二十センチほどで、手に持つとずっしりと重い。ちょっと小ぶりなボーリングの玉みたいな印象であった。

「こいつは切るだけでしんどいからさ、うちじゃあ丸ごと鍋に突《つ》っ込《こ》むだけだったよ」

ミーア・レイ母さんの言葉に、俺は「へえ」と感心してしまう。

「それだけで中に火が通るんですか？　ずいぶん頑丈《がんじょう》そうな表皮をしていますけど」

「ああ。煮込んでいく内に、ぱっくりと皮が割れるんでね。そうしたら、ほぐして中身を溶かしちまうのさ。最後には皮もへろへろになって、一緒に食べられるようになるよ」

「リミはトライプのお鍋、大好きだよ！　でも、ドンダ父さんとかはそんなに好きじゃないんだよねー」

「こいつを使うと、なんもかんも同じ味になっちまうからね。ギバ肉の味にあうかっていうと、ちょっと首をひねりたくなるような味だしさ。……ま、今までは血抜《ちぬ》きをしていない肉を使っていたから、余計そんな風に感じたのかもしれないけどさ」

ますます興味が尽《つ》きないところである。ミケルのほうをうかがってみると、気のない表情で不精髭《ぶしょうひげ》のういた頬《ほお》を撫《な》でさすっていた。

「トライプは味が強いからな。城下町でも、トライプを使うならそれを中心に味を組み立てるのが普通だ。だから、主菜よりも副菜で使われることのほうが多いだろう」

「副菜ですか。それではやっぱり、肉と一緒に使うのにはあまり適していない食材なのでしょうか？」

「ああ。もちろん肉とあわせて主菜にするやつもいなくはないが、それよりは、菓子《かし》で使うやつのほうが多いだろうな」

その言葉に、トゥール＝ディンとリミ＝ルウが鋭く反応した。子猫《こねこ》がピンと耳をあげるような仕草で、とても愛くるしい。

「そういえば、トライプは野菜の中で一番甘いもんね！　そっかー、トライプでお菓子かー。なんか、すっごく美味しそう！」

「甘い野菜などというものも存在するのですね。とても興味をひかれます」

「……まずは、そのままトライプだけで煮込んでみるがいい。下手に切ろうとすれば刀を傷《いた》めるし、煮込んだ後で味を作るほうが最初は容易だろう」

ミケルの助言に従って、俺たちはトライプを単品で丸ごと煮込んでみた。水の状態からトライプを投じ、沸騰《ふっとう》したら蓋《ふた》をする。四半刻――十五分から二十分ていども煮込めば十分だという話であったので、城下町で買い求めた砂時計で時間を測り、料理談義をしながら待つことにした。

そうして蓋を開けてみると、トライプの実がぱっくりと割れていた。そこから覗くのは、黄色みの強い鮮やかなオレンジ色である。その色彩《しきさい》と香りから、俺はようやくその野菜の正体を知ることができた。それはどうやら、カボチャとよく似た野菜であるようだった。

「汁物にしたいならそのまま煮込み続ければいいし、煮物として扱いたいなら鍋から引き上げればいい」

ミーア・レイ母さんは一考したのち、割れた半分を鍋に残し、もう半分だけを皿の上に引き上げた。

「トライプをこんな状態で食べたことはなかったね。今までは、みんな煮汁に溶かしちまってたからさ」

俺たちは、木匙《きさじ》を使ってそのトライプを味見してみた。

確かにこれは、カボチャに近い味わいである。ほくほくとしており、甘い風味が口に広がっていく。これぐらいの煮込み加減だとまだ表皮は硬く、実にも若干の繊維《せんい》が残されていた。

「低温でじっくり煮込めば、もっと甘みを引き出すことができる。それに、煮物として扱いたいなら、最初に切ってから調味料と一緒に煮込むべきだろうな」

「なるほど……確かにこれは、ギバ肉と一緒に食べるよりは、そのまま食べるほうが美味なのかもしれませんね」

そのように発言したのは、ユン＝スドラであった。晩餐《ばんさん》で使うにも商品として使うにも、やはりギバ肉との相性《あいしょう》は考慮《こうりょ》されなければならないのだ。

「でも、ギバ肉とまったく合わないってことはないいんじゃないかな。挽《ひ》き肉《にく》と一緒に甘辛《あまから》く煮《に》付《つ》ければ、主菜にすることもできると思うよ」

俺の脳裏《のうり》には、カボチャのそぼろ煮《に》という献立《こんだて》が思い浮《う》かんでいた。今ぐらい調味料が充実《じゅうじつ》していれば、美味しく仕上げることは難しくないだろう。

何にせよ、トライプとオンダとレギィがカボチャとモヤシとゴボウに類似《るいじ》する食材であるならば、いくらでも活用法をひねり出せそうなところであった。しかもこの場には、ミケルを筆頭にこれほど優《すぐ》れたかまど番がそろっているのだ。俺が故郷でつちかった知識を披露《ひろう》するばかりでなく、もっと有意義におたがいを高め合うことができるに違《ちが》いない。

ミケルとマイムを初めて招いたルウ家の勉強会は、こうして幸先《さいさき》のよいスタートを切ったのだった。

2

あっという間に時間は過ぎて、およそ二の刻を回ったあたりである。かまどの間の卓《たく》の上には、俺たちの試行錯誤《しこうさくご》の結果がずらりと並べられていた。

ルウ家の四名は屋台の料理での使い道を優先的に考案し、その他の人間は晩餐での使い道を考案した。すでにこれらの食材に慣れ親しんでいたマイムはミケルのアシスタントに徹《てっ》し、俺たちの調理をこまかくサポートしてくれていた。

「とりあえず、炒めたオンダは屋台で出す香味焼《こうみや》きにとても合いそうです。ナナールとの相性も悪くはないようですしね」

つい数日前から売りに出された、香り豊かな『ギバ肉の香味焼き』である。シムの香草や果実酒に漬《つ》け込んだギバ肉を鉄板で焼いて、フワノの生地《きじ》でくるむ料理だ。これには千切りのティノが使えない代わりにホウレンソウに似たナナールがはさみ込まれていたが、レイナ＝ルウたちはそこにモヤシのごときオンダを加えることに決定したようだった。

「オンダも肉やアリアと一緒に漬け込んでおこうと思います。そのほうが、味が馴染《なじ》むような感じがしましたので」

「ああ、これはいいね。香草の強い風味をいい意味で中和してくれているように感じるよ」

それに、くったりと茹《ゆ》でられたナナールだけではあまり食感に変化がないので、オンダのシャキシャキとした歯ざわりがここに加わるのは、とても素晴《すば》らしいように思えた。

「レギィのほうは、アスタの言った通り皮を少しだけ削っておくと、『モツ鍋』でも無理なく使えそうです。やはりレギィは、皮のほうが苦くて土臭いようですね」

「うん。その皮はこんな風に仕上げてみたよ」

俺とユン＝スドラが作り上げたのは、ゴボウのごときレギィとニンジンのごときネェノンを使った『きんぴらレギィ』であった。タウ油と砂糖と果実酒で煮込み、最後に金ゴマのごときホボイの実をちょっぴりだけ掛《か》けている。副菜としては十分な出来であるし、これを挽き肉とそぼろ煮にするのも悪くないだろう。

「さすがに皮の部分だけだと味がかたよってしまうから、別のレギィから中身の部分も加えているけどね。これはなかなかお酒にも合うんじゃないのかな」

「ああ、それほど甘くはしていないのですね。でも、苦みや土臭さも強くは感じませんし、美味だと思います」

「うん、おいしーねー！　別に黒い色とかも気になんないし！」

俺としては、むしろ真っ赤な表皮の色合いが新鮮《しんせん》なぐらいであった。表皮の赤、中身の灰褐《はいかつ》色《しょく》、ネェノンのオレンジ色が、タウ油の茶色でほんのり色付けされている格好である。

「タウ油の色でごまかせてるってのもあるし、それに、切ってすぐ煮汁につけてしまったからね。長い時間、空気にさらさなければ、それほど黒ずむことはないと思うんだよ」

これぐらいは解答を示してもかまわないだろうと思いながら、俺はそのように説明してみせた。

「『モツ鍋』のほうも美味しいね。これぐらいの土っぽい風味は、俺はまったく気にならないよ」

「ええ、そうですね。……ただ、土臭さを嫌う人間にとっては、これぐらいでも気になったりはしないでしょうか？」

「うーん、そうだなあ。俺の故郷でも、レギィとよく似た野菜は酢水につけたり、あるいは軽く水にさらしたりして、灰汁《あく》取りをされることが多かったんだよね。軽く水にさらすぐらいなら、それほど滋養を失うことにもならないだろうしさ」

「そうですか……」

「うん。普通の鍋料理でも、煮込んでいる最中に灰汁を取ったりするだろう？　灰汁を雑味とみなすか滋養とみなすかは、わりと作る側のさじ加減だと思うんだよね。徹底的《てっていてき》に灰汁取りをして上品な味を目指すっていうのも、決して間違ったことではないと思うしさ。レギィに関しても、そこまで神経質になることはないと思うよ」

そこで何か視線を感じたので振り返ると、木箱に座《すわ》ったミケルがじっと俺をねめつけていた。

「……城下町では、その上品な味やら見た目やらが求められているんだろう。だから、酢水にひたして黒ずむのを防ぎ、黒く濁った汁《しる》はのきなみ捨ててしまうのが主流だったわけだ」

「ああ、きっとそうなのでしょうね。……ちなみにミケルも、下ごしらえには酢水を使っていたのですか？」

「ああ。ただし、黒く濁って土臭くなった酢水は、もっと強い味と色をつけて、別の料理に使っていたがな」

「なるほど、そういう考え方もあるのですね」

感心したように、レイナ＝ルウが目を見開いた。

「それだったら、酢は入れないで水だけにひたして、その水を煮汁で使ってみるとか……そうすれば、あますことなくレギィの滋養を口にすることができますものね」

「あとでもう一度、試《ため》してみましょう。『モツ鍋』もそれなりに味は強いので、レギィの土臭さがついた水でも味を壊されることはないかもしれません」

やはりレイナ＝ルウとシーラ＝ルウの料理に対する熱意というのは、森辺の民の中でひとつ飛び抜《ぬ》けているような感じがした。もちろんこの場にいるメンバーであればみんな強い熱意は持ち合わせているのだが、探究心という一点においては、やっぱりこの両名が秀《ひい》でているように感じられてしまうのだ。

ただし、そうであるからといって、他のみんなの熱意が否定されるものではない。それを証明するかのように、リミ＝ルウが元気いっぱいに「できたー！」と声をあげた。

「どーかなどーかな？　リミはすっごく美味しいと思うんだけど！」

リミ＝ルウは、おもに俺の監修《かんしゅう》のもとに、まったくの新メニューに取り組んでいたのだ。レイナ＝ルウたちの手伝いをしていたミーア・レイ母さんは、そちらを振り返って「おやおや」と声をあげた。

「こいつは立派な煮汁だね。なんだか、とてつもなく美味しそうな気がするよ」

「トテツモナク美味しいもん！　ねー、食べてみてー！」

リミ＝ルウが、鉄鍋の中身をせっせと木皿に取り分けていく。内容は、カボチャのごときトライプを使ったシチューである。それを口にした瞬間《しゅんかん》、ユン＝スドラが「うわあ」と感嘆《かんたん》の声をあげた。

「すごく美味しいです！　トライプを使った煮汁というのは、こんなに美味しいものなのですね！」

「いやあ、こんなにトライプを美味しく仕上げられたことはなかったよ。リミ、あんたはアスタから何を教わったんだい？」

「えへへー。これはね、くりーむしちゅーなの！　くりーむしちゅーにトライプを使ってみたんだよ！」

　俺が北の民のためにクリームシチューに似た料理をこしらえたために、リミ＝ルウも間接的にそのレシピを学んでいた。俺はそこからさらに入念な手ほどきをして、なおかつトライプを使った応用編にまで踏《ふ》み込んでみたのである。

　トライプは脱脂乳《だっしにゅう》と一緒に煮込み、スープ状に仕上げた上で、完成品のクリームシチューとブレンドさせて、そこから塩とピコの葉で味を調えた。具材はシンプルにチャッチとネェノンとアリアで、ギバ肉はバラと肩の二種を使っている。

「これは……美味ですね。わたしも先日、北の民のためのしちゅーというものを口にさせてもらいましたが……それと比べても、はるかに美味です」

　レイナ＝ルウも、驚きを隠《かく》せない様子である。

「これは乳脂《にゅうし》だけじゃなく、贅沢《ぜいたく》にクリームも使ってるからね。やっぱりコクに違いが出るのかな」

「トライプとカロン乳でとても甘く仕上がっているのに、ギバの肉ともとても合っているようです。このしちゅーも、やはり砂糖などは使われていないのですか？」

「砂糖も果実酒も使っていないよ。トライプとカロン乳のみの甘さだね」

誰もが驚きの表情であったが、とりわけ驚いているのはミケルとマイムであるように感じられた。

「本当に、目を見張るような美味しさですね！　わたしはこれほど見事にトライプを扱うことはできません！　ね、すごいよね、父さん？」

「……これが城下町の料理屋で出されたところで、俺は何も驚かなかっただろうな」

ミケルは軽く息をついてから、じろりとリミ＝ルウを見た。

「マイムよりも幼い娘《むすめ》に、これほどの料理が作れるとは思わなかった。まったく、恐れ入ったな」

「やー、リミはアスタに教わった通りに作っただけだし！」

珍《めずら》しく、リミ＝ルウは恥《は》ずかしそうに身をよじっていた。それぐらい、ミケルの言葉が嬉しかったのだろう。そうしてみんなが試食分のシチューをたいらげたところで、レイナ＝ルウが静かに言った。

「あの、屋台で売りに出す汁物料理はルウ家にまかせると、アスタは仰《おっしゃ》っていましたよね。では、この料理を屋台で出すおつもりはないのでしょうか？」

「え？　ああ、うん。これは森辺の晩餐のためにと思って考案した料理だよ」

「では……わたしたちがこの料理を屋台で出すことを許していただけますか？」

俺《おれ》は、きょとんとしてしまった。

「それはもちろんかまわないけど……でも、せっかく『ミャームー焼き』を取りやめて、自分たちの料理だけで商売をすることができるようになったのに、いいのかい？」

「雨季ではやっぱり雨季の野菜を使った料理が喜ばれると思うのです。それに、わたしたちがアスタに対抗《たいこう》して意地を張るなんて、そんなのは馬鹿げているではないですか」

レイナ＝ルウは、とても大人っぽい表情で微笑んだ。

「わたしたちはまだまだアスタから手ほどきを受けている身です。自分たちではまだトライプを使ってこれほど優れた汁物料理を作ることはできそうにありませんので、アスタの力をお借りしたく思います」

「それじゃあ、今の『モツ鍋』やレイナ＝ルウたち独自のシチューはどうするのかな？」

「それらも、一日置きに出したいと思います。あれらの料理も、きっと宿場町の人々には喜んでもらえているでしょうから」

そういうことならば、俺にもまったく異存はなかった。

「それじゃあさ、最低限の作り方はもうリミ＝ルウに伝授しているから、あとはレイナ＝ルウたちの好みで色々と模索していけばいいんじゃないのかな。正直に言って、これは俺にとって

もそれほど手馴《てな》れた料理じゃないから、トライプの分量とかもけっこう出たとこ勝負だったんだよ」

それから俺は、ミケルは振り返る。

「あと、ミケルにご相談があるのですが……レイナ＝ルウたちに、キミュスの骨ガラで出汁《だし》を取る方法を手ほどきしていただけませんか？」

「キミュスの骨ガラで？　お前さんたちは、ギバの骨で立派な出汁を取る方法を考案したばかりじゃなかったのか？」

「はい。ですが、この料理にはギバよりキミュスの出汁のほうが合うような気がするのですよね。ギバの骨ガラの出汁というのはなかなかクセが強いので、味を壊してしまうのではないかと思います」

「ふむ……」

ミケルが考えている間に、今度はレイナ＝ルウたちへと呼びかける。

「実は前々から、クリームシチューにはキミュスの骨ガラの出汁を使ってみたいと思っていたんだ。たぶんそいつを使えば、こういうシチューも格段に美味しく仕上げられると思う。俺としては、さっき食べてもらったシチューも不完全な状態なんだよ」

「あれでもまだ不完全なのですか」

レイナ＝ルウもシーラ＝ルウも、驚きを隠せずにいる。そうして二人は、同時にミケルを振り返った。

「ミケル。もしもキミュスの骨ガラの扱《あつか》い方《かた》というものをご存じなのでしたら、それをわたしたちに手ほどきしてくださいませんか？」

「そういえば、マイムも自分の料理ではキミュスの骨ガラを煮込んでおりましたよね。あれはカロンの乳を使っていますし、くりーむしちゅーという料理と似た部分をたくさん持っているように感じられます」

「……汁物料理を上等に仕上げたかったら、上《うわ》っ面《つら》よりも出汁を重んじるのが当たり前のことだ。お前さんたちの汁物料理が上出来なのも、ギバや野菜から十分に出汁を取れているからなのだろうさ」

そのように述べてから、ミケルははマイムの小さな頭に手の平を乗せた。

「骨ガラの扱いを学びたいのなら、朝方にこいつの調理を覗いてみればいい。そこに言葉を添《そ》えてやれば、さして苦労もなく扱い方を覚えることもできるだろう」

「ありがとうございます、ミケル！」

「……だから俺は、ルウの家に恩義を返しているだけだ」

あくまでも仏頂面で、ミケルはそのように答えた。とりあえず、トライプのシチューに関してはそれで一段落であるようだった。

あとは、オンダを使った炒め物や、トライプとギバ肉のそぼろ煮など、森辺の晩餐で活用できそうなメニューを俺たちがお披露目《ひろめ》してみせる。そうして最後に残されたのは、デザートである。後半は、トゥール＝ディンとユン＝スドラもずっとそちらの作製にかかりきりになっていた。トライプを使ったさまざまなデザートだ。

もともと甘みの強いトライプは、実にたくさんの使い道があった。フワノの生地にペーストを練《ね》り込んでもいいし、カロン乳のクリームにブレンドしてもいい。あとは甘いトライプソースをこしらえて、チャッチ餅《もち》や蒸《む》しプリンに掛けるという手立てもあった。カカオのごときギギの葉にも劣らない汎用性《はんようせい》である。

「おいしー！　リミにも作り方を教えてー！」

九名中の三名が甘みを大好きな少女であるのだから、盛り上がりようも尋常《じんじょう》ではない。そして、ここでもミケルにうなり声をあげさせることができていた。

「そうか。城下町の貴族に名指しで呼びつけられているのは、そこの娘だったな。確かにこれでは、お抱《かか》えの料理人になるように誘《さそ》われても不思議はないだろう」

そこのあたりの事情は、マイムからも聞かされているのだろう。トゥール＝ディンは、さきほどのリミ＝ルウよりもさらに強烈《きょうれつ》に縮こまることになってしまった。

「ちなみにそいつは、どういった貴族なんだ？　あまり身分のある人間に目をつけられるのは、喜ばしいばかりでもないだろう」

「えーと、実はそれはジェノスの領主のお孫さんなんですよね。まだ五歳《さい》だか六歳だかの幼き姫君《ひめぎみ》なのですが」

ミケルは呆《あき》れ果てたように溜息《ためいき》をついた。よくよく考えたら、オディフィア姫は侯爵家《こうしゃくけ》の直系の血筋であるのだ。それで父たるメルフリードは第一子息であるのだから、下手をしたらオディフィア姫の伴侶《はんりょ》となる人間が次の次の領主に選ばれるのかもしれなかった。

「……トゥール＝ディンは、未来の侯爵夫人のお眼鏡《めがね》にかなってしまったのかもしれないんだね」

俺が余計なことを言ってしまったばかりに、トゥール＝ディンは青くなったり赤くなったりで大変なことになってしまった。

「いや、そんな心配しなくても大丈夫《だいじょうぶ》だよ。メルフリードがいる以上、オディフィア姫だって無茶《むちゃ》な真似《まね》はできないんだからさ。……でも、十年後ぐらいにもトゥール＝ディンは月に一回ぐらい城下町に呼びつけられて、オディフィア姫に美味しいお菓子をふるまっているのかもしれないね」
十五、六歳のオディフィア姫と二十一歳ぐらいのトゥール＝ディンを想像して、俺も思わず感じ入ってしまう。トゥール＝ディンは「も、もう勘弁《かんべん》してください……」と、力なく俺の腕《うで》に取りすがってきた。
「ごめんごめん。でも、どのお菓子も美味しかったよ。俺はこのトライプクリームの焼き菓子が一番お気に入りだね」

「リミはねー、チャッチもち！　あーでもフワノのお菓子も美味しかったなー」

「わたしはとうてい選べません。早くみんなにもこの美味しさを伝えたいです」

リミ＝ルウとユン＝スドラはすっかりはしゃいでしまっている。そして、レイナ＝ルウもまた、晴ればれとした表情で俺を振り返ってきた。

「アスタやミケルたちのおかげで、雨季の間も美味なる料理をぞんぶんに作れそうです。今日は本当にありがとうございました」

「うん。勉強会の一日目としては上出来だよね。これならティノやタラパを使えない物足りなさも何とかできそうでよかったよ」

「ああ、本当にねえ。特にあたしらの家は茶の月に生まれた人間が多いから、普段《ふだん》以上に立派な料理をこしらえたいところだったんだよ」

ミーア・レイ母さんも、笑顔でそのように述べてくる。

「へえ、茶の月ももう二十一日ですが、これから生誕の日を迎《むか》えるご家族が多いのですか？」

「ああ。何故か後半にばっかり固まっていてね。家長とジザとルドとヴィナと、おまけにコタまで増えちまって、五つも生誕の宴《うたげ》が控えているのさ」

わずか十日足らずでその人数というのは、確かに尋常な話ではなかった。

そうして俺が感心していると、リミ＝ルウが俺の袖《そで》をくいくいと引っ張ってくる。

「そういえば、アイ＝ファももうすぐ生誕の日だね！　アスタ、ちゃんとわかってる？」

「あ、そういえば赤の月としか聞いていないんだよ。リミ＝ルウは日にちまで知っているのかい？」

「もちろん！　アイ＝ファが生まれたのは、赤の月の十日だよ！」

赤の月は、来月なのだ。それならば、アイ＝ファの誕生日までもう二十日ていどしか残されていないことになる。

「それじゃあ、ファの家でもご馳走《ちそう》を用意しないとね。ありがとう、リミ＝ルウ」

「どういたしまして！　きちんとアイ＝ファを祝ってあげてね！　……そういえば、アスタの生誕の日はいつなの？」

これはちょっと、即答《そくとう》の難しい質問であった。

「うーんとね、俺の故郷とこの大陸は暦《こよみ》の数え方が違っているんだよ。三年に一回だけ十三ヶ月になるっていう習わしもなかったし、俺の故郷の暦を当てはめるのは難しいみたいなんだ」

「えー！　それじゃあどうするの？　アスタはずーっと十七歳のまま？」

「そういうわけにもいかないだろうから、いっそ森辺にやってきた日を誕生日にしちゃおうかなって考えているんだよね」

そうなると、俺の誕生日は黄の月の二十四日ということになる。その日付は、アイ＝ファがしっかり記憶してくれていたのだ。

「そっかー！　リミも黄の月だから一緒だね！　なんか嬉《うれ》しいな！」

「黄の月ならば、赤と朱《しゅ》の次ですか。今年は金の月が入っているとはいえ、アスタが森辺に現れてからまだ一年も経《た》っていないのですね」

感慨深《かんがいぶか》そうに、レイナ＝ルウがつぶやいた。

「それでもわたしたちの生活は、これほどまでに大きく変わりました。アスタとの出会いを、あらためて森に感謝したいと思います」

「こちらこそ、みんなと出会えた幸運には心から感謝しているよ」

というところで、本日はそろそろお開きの時間であった。

ミケルを除くメンバーで、後片付けに取りかかる。洗い物はまかせてくれとミーア・レイ母さんに言われてしまったが、その前準備まではきちんと協力させていただいた。

「今日はどの家も、賑《にぎ》やかな晩餐になりそうだね！　アスタたちは、これから近在の氏族の女衆に今日のことを手ほどきするのかい？」

「はい。どうせ明日のための下ごしらえで、みんな集まりますから。ファの家の晩餐を手本にして、色々と伝えてみようと思っています」

「あたしらも、分家や眷族《けんぞく》のみんなに伝えてやんなきゃね！　で、次は明後日《あさって》に来てくれるんだよね？」

「はい。サウティのほうもずいぶん落ち着いたみたいなので、しばらくは大丈夫かなと。以前みたいに一日置きにお邪魔《じゃま》させてもらえたら嬉しいです」

「嬉しいのはこっちのほうさ！　それじゃあ、気をつけて帰っておくれよ」

俺たちはそれぞれ挨拶《あいさつ》を交《か》わしてから、いざ外の荷車に向かおうとした。

そこで、最後にミケルに呼び止められる。

「おい。お前さんは、あのシュミラルという男と顔をあわせているのか？」

「シュミラルですか？　いえ、リリンの家は遠いので、病気が治ってからは顔をあわせていませんが……シュミラルがどうかしましたか？」

「別に、どうもせん。何かあれば、このルウの家には連絡《れんらく》が入るのだろうしな」

そういえば、俺をミケルに引き合わせてくれたのは、他ならぬシュミラルなのである。それで今では両者ともに森辺で過ごしているわけだが、俺はまだ二人が顔をそろえている現場を目にしたことがない。というか、ミケル自身はシュミラルと顔をあわせているのだろうか？

「一度、こちらの家を訪《おとず》れたことはある。今は俺などにかかずらってる場合でもないだろうと、すぐに追い返してやったがな。……物好きな男だとは思っていたが、神を乗り換《か》えてまで森辺に婿《むこ》入りを願うなどとは、まったく呆れた話だ」

「はい。ミケルとシュミラルが森辺で暮らすことになるなんて、あの頃《ころ》にはとうてい想像がつきませんでしたよ」

これはいい機会なのかなと思い、俺はミケルと立ち入った話をさせてもらうことにした。

「あの、ミケル。俺にあなたのことをどうこう言う資格なんてないのはわかっているのですが……俺はミケルとマイムが森辺で暮らすことになって、とても嬉しいです。客人の身では何年も過ごすわけにはいかないのかもしれませんが、なるべく長いご滞在《たいざい》になることを心から願っています」

「……ふん。願うだけなら、誰の迷惑《めいわく》にもなりはしないだろう。好きなだけ願っていればいい」

まあ、ミケルであれば、これが当然の反応であろう。それでも俺は、自分の気持ちを伝えられただけで、うんと心が軽くなっていた。それに、レイナ＝ルウやシーラ＝ルウやリミ＝ルウが、今日の勉強会でミケルにとって今まで以上に興味深い存在になっただろう、ということは確信できていた。

「それでは、失礼します。また明後日に来ますので、そのときもよろしくお願いいたします」

俺は雨具のフードをかぶり、しとしとと霧雨《きりさめ》の降る外界へと足を踏み出した。

3

ファの家に戻《もど》ってからは、明日のための下ごしらえに励《はげ》むとともに、雨季の野菜の取《と》り扱《あつか》いを近在の女衆に手ほどきすることになった。

スドラよりはわずかに豊かであったフォウやランの人々も、雨季の野菜はせいぜいオンダぐらいしか扱っていなかった、という話であった。カボチャのごときトライプは大きいぶん値が張るし、ゴボウのごときレギィにはそれほど魅力《みりょく》を感じなかったので、もう長らく口にしていないとのことだった。

しかし、そんな彼《かれ》らも現在では生活にゆとりができている。少なくとも、ティノやタラパぐらいならばためらいなく購入できるぐらいには、生活も潤《うるお》っていたのだ。ならば、レギィやトライプにティノとタラパぐらいの魅力を見いだせれば、購入したいと思うようになるはずだった。

なおかつ彼らは、今のところ城下町から流通され始めた食材にまでは手を出していない。料理を劇的に変化させる砂糖やタウ油などはまだしも、見慣れぬ野菜やキノコや乾物《かんぶつ》といった食材のために銅貨を支払《しはら》うまでには至っていなかったのだ。ならばなおさら、ティノとタラパとプラを扱えない物足りなさを、雨季の野菜で補ってほしい。そんな思いを込めながら、俺は彼《かの》女《じょ》たちに手ほどきすることになった。

「なるほど。レギィってのも、なかなか美味しく食べられるもんなんだねえ。これだったら、試しに使ってみようかと思えるよ」

「若い人間はレギィの味なんて知らないだろうね。うちじゃあもう何年も使っちゃいなかったからさ」

フォウ、ガズ、ラッツに連なる氏族の人々は、明るい表情でそのような感想を述べ合っていた。それよりもわずかに裕福《ゆうふく》であったリッドの女衆も、感想としてはそれほどの差はないようである。

「うちじゃあ、たまにはトライプを買ったりもしていたんだけどね。これほど美味しく仕上げられるとは、驚《おどろ》きさ！　こいつはさっそくカロンの乳ってやつと一緒に買ってみなくっちゃね！」

「それならまず、クリームシチューの美味しい作り方からじっくり手ほどきしないといけませんね。よかったら、明日はもっと早い時間から始めましょう」

「ルウ家での集まりは、一日置きってことでまとまったのかい？」

「はい。できれば、ダイやラヴィッツやスンからもかまど番を招きたいところですね。うかうかしていると、雨季も終わってしまいそうですから」

「病魔《びょうま》を退けたとたんに、せっかちだねえ。雨季はまだまだ半分以上も残ってるんだよ？」

そのように述べながら、フォウの女衆は優《やさ》しげに目を細めた。

「何にせよ、アスタにはまたお世話になっちまうね。そのぶん、ファの家の仕事も一生懸命頑《いっしょうけんめいがん》張《ば》るから、どうぞよろしくお願いするよ」

「こちらこそ、よろしくお願いいたします」

そうして日没《にちぼつ》が迫《せま》るとともに、彼女たちは各自の家に戻っていった。

俺はかまどの間でこしらえた晩餐を濡《ぬ》らしてしまわないように気をつけながら家へと持ち帰り、一人でアイ＝ファの帰りを待ちわびる。アイ＝ファが森から帰還《きかん》したのは、それから十分ほどが経過したのちのことだった。

「おかえり、アイ＝ファ。……うわ、今日もまたずいぶんな大物だな」

俺が玄関口《げんかんぐち》で迎えると、アイ＝ファは「うむ」とうなずきながら地面にギバを下ろした。ほとんど百キロぐらいもありそうなギバである。このようなものを担《かつ》いで雨の中を戻ってきたアイ＝ファはぜいぜいと荒《あら》い息をついており、しかも全身が泥《どろ》まみれになってしまっていた。

「毛皮を剝《は》いで内臓を抜いたのち、身を清めさせてもらう。悪いが、晩餐はその後だな」

「何も悪いことなんてありゃしないよ。ギバの始末は俺が受け持つから、アイ＝ファは先に身を清めてくればいいさ」

「……しかし、皮剝ぎや内臓の処置は狩人の仕事であろう」

「それはそのほうが効率がいいからっていう話だろう？　今日に限っては、俺が手伝ったほうが効率はいいはずだぞ」

しばし思案してから、アイ＝ファは「……そうか」とうなずいた。

「では、お前の言葉に従おう。なるべく手早く片付けるので、よろしく頼《たの》む」

「いえいえ。どうぞごゆっくり」

俺は雨具を着込《きこ》み、アイ＝ファの親父《おやじ》さんの形見たる小刀を手にかまど小屋へと向かった。

前回の休息の期間にディンやリッドの男衆がこしらえてくれた、立派な立派なかまど小屋である。かまどの間の隣《となり》にある解体部屋へと足を踏み入れると、アイ＝ファはもう巨大《きょだい》なギバを吊《つ》るし終えてしまっていた。

「それでは、よろしく頼むぞ」

「ああ、まかせてくれ」

仕事を終えたアイ＝ファは、また屋外に消えていく。かまど小屋の隣に、アイ＝ファは即席《そくせき》のシャワールームをこしらえていたのだ。とはいっても、柱になるグリギの棒を地面に刺《さ》して、そこにギバの毛皮の帳《とばり》を張っただけのことである。そうして余人から裸身《らしん》を隠し、天から降り注ぐ天然のシャワーと、足もとに置いた水瓶《みずがめ》の水を使って、身を清めるのだ。

普段であれば、身体の汚《よご》れは室内でぬぐい、髪《かみ》だけはラントの川で洗っていた。が、水浴びの好きなアイ＝ファは、数日に一度の割合でこのシャワールームを使用していた。スン家と悪《あく》縁《えん》があった頃はディガなどの来訪を警戒《けいかい》して、このような真似も差し控《ひか》えていたのだという話である。

そうして俺が内臓を抜く処置を完了《かんりょう》し、水瓶の水でそれを洗浄《せんじょう》し終えた頃、ようやくアイ＝

ファは戻ってきた。

「手ひどく汚れていたので、思っていたよりも時間がかかってしまった。皮を剥ぐのは私にまかせるがいい」

「うん。皮剥ぎの手早さはアイ＝ファにかなわないからな」

「うむ」とうなずき小刀を手に取ったアイ＝ファは、見違《みちが》えるほどすっきりとした表情をしていた。かくも綺麗《きれいず》好きな家長なのである。

衣服は胸あてと腰《こし》あてだけの軽装にあらためて、ギバの毛皮をざくざくと剥いでいく。長袖《ながそで》の衣服も予備はあったはずであるが、ギバの血や脂で汚してしまうのを厭《いと》ったのだろう。とっぷりと日は暮れてずいぶん気温も下がってきていたのに、寒そうな様子はまったく見せない。

そんなアイ＝ファを尻目《しりめ》に、俺は家のほうに舞《ま》い戻り、晩餐を仕上げてしまうことにした。肉料理などは出来立てを食べてほしかったので、まだ火は通さずにいたのだ。

やがてアイ＝ファが戻ってきて、わずかに汚れた身体を布でぬぐってから、洗《あら》い替《が》えの上着と長めの腰《こしま》巻きを纏《まと》う。洗ったばかりの狩人の衣や着衣などは、かまどのそばの壁《かべ》に掛けられて干されることになった。

そうしてアイ＝ファがようやく腰を下ろしたところで、晩餐のほうも完成である。料理を盛り付けた小皿や小鉢《こばち》を並べていくと、アイ＝ファは「ふむ」と小首を傾《かし》げた。

「今日はずいぶんと品数が多いようだな。……ああ、さっそく雨季の野菜を使ったのか」

「うん。近在の女衆に色々と手本を見せてあげたかったからさ」

リミ＝ルウにも伝授したトライプのシチュー。甘辛く煮付けたレギィのそぼろ煮。トライプのそぼろ煮。オンダと各種の野菜を使った肉野菜炒《いた》め。さらに、シチューとは別にオンダとレギィを使ったタウ油仕立てのスープも準備して、メインディッシュは和風ソースのハンバーグであった。

ハンバーグ自体はタウ油をベースにしたソースを使い、上にダイコンのごときシィマのすりおろしをトッピングしただけであるが、つけあわせにオンダとレギィとブナシメジモドキのソテー、それにトライプの素揚《すあ》げを添えていた。トライプというのは表皮がカボチャ以上に頑丈であるのだが、狩人も携帯《けいたい》している厚刃《あつば》の小刀を使えば生の状態でも断《た》ち割《わ》ることができた。それで皮の部分は取り分けて、実の部分だけを薄《うす》切りにして素揚げに仕上げたのだ。

「さあ、冷めない内に召《め》し上がれ。……アイ＝ファも雨季の野菜には、あまり馴染みがなかったんだよな？」

「うむ。オンダぐらいは口にしたことはあるが、父を失ってからはアリアとポイタンしか買っていなかったからな」

ならば、フォウやランの人々と大して変わらないぐらいの感じであろうか。とにかく俺たちは食前の文言を唱えて、ちょっと遅《おそ》めの晩餐に取りかかることにした。

当然のこと、アイ＝ファはハンバーグから手をつける。食事中には表情を崩《くず》さないアイ＝ファであるが、やはりハンバーグを食しているときが一番幸福そうに見えてしまう。そして、幸福そうなアイ＝ファを見るのが、俺にとっても一番幸福なひとときであった。

「ふむ。トライプというのは、甘《あま》みのあるチャッチのようなものか」

「ああ、一番食感が近いのは、やっぱりチャッチなのかな。ほくほくしていて美味《おい》しいだろう？」

「うむ。このはんばーぐの味付けにも合っているようだ」

表情はほとんど変えていないのに、どうしてアイ＝ファはこのように幸福そうに見えるのだろう。その瞳《ひとみ》に浮かんだ満足そうな光だけで、俺はこの一日の疲《つか》れをすべて溶《と》かされる心地《ここち》であった。

「レギィというのは、変わった野菜だな。ずいぶん筋張っているし、いくぶん土の香りがするようだ」

「そうだな。あまり好みじゃないか？」

「私にそこまで細かい善《よ》し悪《あ》しはわからんが、決して不出来な料理だとは思わん」

それほど親切なレビュアーではないアイ＝ファは、粛々《しゅくしゅく》と食事を進めていく。が、トライプのシチューをすすったときには、ほんの少しだけ表情を変えた。

「これは美味だな。さきほどのトライプより、いっそう甘く感じられるが」

「ああ、トライプはじっくり煮込《にこ》むと甘みが増すんだ。それはお気に召したのかな？」

「うむ。以前にお前も言っていた通り、しちゅーという料理は森辺の民の気風に合うのだろう。とても美味に感じられる」

森辺の民は、一番手っ取り早いということで、肉も野菜もポイタンもすべて同じ鍋《なべ》に放《ほう》り込《こ》んで、それを食するのが主流であった。よって、肉と野菜の美味しさを凝縮《ぎょうしゅく》させたシチューの味が好みに合うらしく、また、このとろりとした質感がポイタン汁を連想させつつ、なおかつ比較《ひかく》にならぬほど美味である、と感じられるらしい。それ以外ではギバのラードを使用した『ギバ・カツ』が喜ばれることが多いのだが、そちらはそちらでギバの美味しさが凝縮された料理ということで心を動かされるのだろうか。

で、アイ＝ファはそういった森辺の民の気風とは関係のない部分で、ハンバーグを一番の好みとしている。ドンダ＝ルウなどはハンバーグの食感を嫌《きら》って「狩人の口にするものではない」などと言い張っていたぐらいなのだから、焼いた肉はしっかりとした噛《か》み心地《ごこち》こそが肝要《かんよう》である、という価値観があるのだろう。

森辺の民には森辺の民の好みがある。そしてその中で、個人の好みというものも存在する。だから俺は、その両面から大事なアイ＝ファを喜ばせていきたいと常々考えていた。

「まだまだ初日だから、至らない点も多いと思うよ。何か意見があったら、遠慮《えんりょ》なく言ってくれよな」

「……何も不満など持ちようもない。目新しい食材が使われるというのは楽しい気分にさせられるものだしな」

そのように語りながら、アイ＝ファはほんの少しだけ口もとをほころばせた。

「特にこのたびは奇抜《きばつ》な料理もないようだし、私には口の出しようもない。すべて美味に感じられるぞ、アスタよ」

「そっか。それなら、よかったよ」

「うむ」

そうして晩餐の時間は、とてもなだらかに過ぎ去っていった。

『アムスホルンの息吹《いぶき》』を発症《はっしょう》した俺が意識を取り戻してから、いまだに十日と少ししか過ぎてはいないのだ。こうして平和に過ごせる時間がどれほど得難《えがた》いものであるか、俺はまだそのありがたみを強烈に感じさせられている時期だった。

それはきっと、アイ＝ファのほうも同様なのだろう。家長らしく凛然《りんぜん》と振《ふ》る舞いながら、どこか優しい空気をかもし出している。俺たちは幸福であるのだと、口には出さないまま確かめ合っているような、そんなくすぐったい感覚さえ覚えるほどであった。

「そういえば、アイ＝ファの誕生日は赤の月の十日なんだってな。今日、リミ＝ルウから聞いてきたよ」

「うむ」

「いちおう確認《かくにん》しておくけど、ファの家でもその日には祝福の花を贈るってことでいいのかな？　他に何か習わしがあるなら、教えておいてくれ」

「特にない。無事に一年を過ごせたことを、森に感謝すればよいのだ」

そうしてトライプのそぼろ煮をついばんでから、アイ＝ファはまたふっと微笑《ほほえ》んだ。

「……そういえば、昨年は生誕の日も一人で過ごすことになったのだ」

「ああ、アイ＝ファは十五歳になって、すぐに親父さんを亡《な》くしてしまったんだもんな」

「うむ。……そうして夕刻にはリミ＝ルウが訪れてくれたのだが、私は家の戸も開けないまま、追い返してしまったのだ。そうしたら、リミ＝ルウは窓から花を投げ入れて、また明日も来るからと言って帰っていった」

淡《あわ》い微笑みをたたえたまま、アイ＝ファはそっと目を伏《ふ》せる。

「そこまでの仕打ちをされながら、リミ＝ルウは私を友だと言い続けてくれたのだ。二年ものあいだ……私はリミ＝ルウを冷たく突《つ》き放《はな》していたのにな」


「だってそれは、スン家との争いにリミ＝ルウたちを巻き込みたくなかったからなんだろう？アイ＝ファのそういう気持ちが伝わったからこそ、リミ＝ルウだってあきらめる気持ちにはなれなかったんだよ」

そんな風に言いながら、俺は昼間のリミ＝ルウの姿を思い出していた。無邪気《むじゃき》に微笑みながら、「きちんとアイ＝ファを祝ってあげてね！」と言っていたあの言葉に、いったいどれほどの思いが込められていたのか。想像するだけで、俺は胸が詰《つ》まってしまいそうだった。

「……アスタがいなかったら、私はリミ＝ルウと縁《えん》を結びなおすこともできず、孤独《こどく》に森で朽《く》ちていたのだろうな」

「そんな仮定に意味はないよ。そもそも、俺を家に連れ帰ろうと決めたのはアイ＝ファ自身なんだからな。アイ＝ファの運命はアイ＝ファ自身が勝ち取ったものなんだ。……それでもって、アイ＝ファがそういう人間に育ったのは、ご両親や、リミ＝ルウや、ジバ＝ルウや、サリス・ラン＝フォウとかのおかげだろう？　人間っていうのは、そうやっておたがいに支え合いながら生きているものなんだよ、きっと」

アイ＝ファは「うむ」としか言わなかったが、その瞳はとてもやわらかい光をたたえて俺のほうに向けられている。それはジバ婆《ばあ》さんのように澄《す》みわたっていて、透《す》き通った眼差《まなざ》しであった。

「……お前は私と出会った日を生誕の日にするつもりだと言っていたな、アスタよ」

「うん。故郷の暦を持ち出せないなら、それが一番妥当《だとう》だろう？」

「そうであろうな。……しかし、それでようやく一年が過ぎるのか思うと……何やら奇妙《きみょう》な心地になる」

そうしてアイ＝ファは、こらえかねたように幸福そうな笑《え》みを広げた。

「あっという間であったような気もするし、まだ一年も経っていないのかという気もするし……何にせよ、私にとってかけがえのない日々であったということに変わりはない」

「うん」

「この先も、森に魂《たましい》を返す日まで、お前とともに過ごしたいと願う。その日が一日でも長く続くよう、私は森にこの身の力を示してみせよう」

「うん、俺も同じ気持ちだよ」

俺の身体が復調して、アイ＝ファの添《そ》い寝《ね》が必要なくなって以来、俺たちは指一本としておたがいの身に触《ふ》れていない。それがどこまで続くかはともかくとして——少なくとも、この一瞬《いっしゅん》はおたがいに触れることなく、俺たちは幸福な時間を確かに共有し合うことができていた。

そんな中、表ではまだかぼそく雨が降り続けているようだった。

第二章★★★思わぬ騒乱

1

茶の月の二十五日――ルウ家における勉強会を再開させた日から、四日後のことである。その日から、ついに『トライプのクリームシチュー』が屋台で売りに出されることになった。

カボチャによく似た食材であるトライプをカロンの乳でじっくりと煮込んでスープ状に仕上げたものを、クリームシチューと合わせて完成させる。それが『トライプのクリームシチュー』である。レイナ＝ルウたちは勉強会の翌日からミケルとマイムにキミュスの骨ガラで出汁を取る手順を学び、いっそう納得《なっとく》のいく味を完成させてから、ついに宿場町での販売《はんばい》に踏み切ったのだった。

具材はオーソドックスに、アリアとチャッチとネェノンである。もうこれまでにも何度となく使われてきた、タマネギとジャガイモとニンジンに似た食材の組み合わせだ。『トライプのクリームシチュー』はようやく味の基本ができたところであるので、むやみに具材を増やす気持ちにはなれなかったのだと、レイナ＝ルウたちは述べていた。

ギバ肉は、肩《かた》とバラの二種を使っている。赤身がメインで、じっくり煮込むとほろほろほどけるようになる肩肉と、たっぷり脂《あぶら》の層を含《ふく》んだバラ肉は、どちらもこの料理に適していた。

他の料理では勉強会の翌日から雨季の野菜を使用していたが、やっぱり『トライプのクリームシチュー』はそれ以上のインパクトをお客さんに与《あた》えることができたようだった。もっとも、その八日ほど前からティノやタラパは使えなくなっていたので、その時点で屋台のメニューは大幅《おおはば》な変更《へんこう》を余儀《よぎ》なくされている。お客さんにしてみれば、次から次へと新しい料理を迎えることになって、戸惑《とまど》いつつも大喜びしているように見受けられた。

ルウ家で売りに出されていた『ギバ・バーガー』はタラパのソースからネェノンのソースに変更され、『ミャームー焼き』は『ギバの香味焼《こうみや》き』にメニューそのものが変更されている。この『ギバの香味焼き』にはモヤシによく似たオンダが使われるようになり、『ギバのモツ鍋』にはゴボウに似たレギィが使われるようになった。そこで今日から『トライプのクリームシチュー』もお披露目されて、雨季の三種の野菜が一通りお目見えする段に至ったわけである。

いっぽうファの家の屋台においては、日替《ひが》わりメニューのほうを中心に、雨季の野菜を使わせていただくことになった。甘辛《あまから》いタレでギバの肉を焼く『ポイタン巻き』あらため『フワノ巻き』では、キャベツに似たティノを使えない代わりにオンダやマ・プラなどを肉と一緒《いっしょ》に焼くというマイナーチェンジを果たしたが、『ギバ・カレー』や『ギバまん』においては、あまり雨季の野菜の出番も生じなかったのだ。

そのぶんは、今後も日替わりメニューでふんだんに雨季の野菜を取り入れるつもりであった。さしあたって本日はレバーの在庫にゆとりがあったため、ニラレバ炒めを意識した『ペペレバ炒め』である。こと炒め物に関しては、オンダは非常に便利な野菜であった。それほど値段が張るわけでもないので、モヤシに似たオンダをたっぷり使うことによって、ボリューム的にも申し分ない料理をお出しすることができた。

そして、献立《こんだて》の変更を余儀なくされたのは屋台の料理ばかりではない。宿屋に卸《おろ》している料理のほうもまた然《しか》りである。特に《キミュスの尻尾亭《しっぽてい》》にはロールキャベツを意識した『ロールティノ』を卸していたのだから、それに代わるメニューを早急《さっきゅう》に考案する必要があった。

さしあたって、俺が提案したのは『トライプのそぼろ煮《に》』と『レギィのそぼろ煮』である。お気に召すのはどちらでしょうとミラノ＝マスに試食を願ったところ、「選べんわ！」と叱《しか》られてしまったので、それらは同時に売られることになった。注文したお客さんには、二種の料理を半分ずつお出しすることに決定されたのだった。

味付けは、タウ油と砂糖を基調にした、甘じょっぱい仕上がりだ。なおかつ、レギィは俺の知るゴボウよりもなお土臭《つちくさ》さや苦みなどが強い気がしたので、それを緩和《かんわ》するためにチットの実も使い、ピリ辛《から》に仕上げてある。もちろん清酒に似たニャッタの蒸留酒やショウガに似たケルの根など、他にもさまざまな調味料を加えてはいたものの、基本的には俺が故郷でつちかってきた優しい味わいを目指したつもりであった。

他にも、《南の大樹亭《たいじゅてい》》に卸している『タウ油仕立てのギバ・スープ』にレギィやオンダを加えてみたり、《玄翁亭《げんおうてい》》に卸している『ギバのソテー・アラビアータ風』をカレー風味の炙《あぶ》り焼《や》きに変更したりと、さまざまな試みが為《な》されている。

そういえば、料理ではなくギバ肉のみを買いつけている《西風亭《せいふうてい》》のユーミなどは、『ギバ肉とティノのお好み焼き』が作れなくなってしまったとたいそう嘆《なげ》いていた。お好み焼きでキャベツに似たティノを使えないというのは、確かに大きな痛手であっただろう。

そこで俺は、朝方にギバ肉を届けた際、自分のささやかなアイディアをユーミたちに授《さず》けることにした。キャベツ代わりのティノがなくとも、韓国《かんこく》料理のチヂミに似た料理なら作れるのではないかな、と思い至ったのだ。そこまでお好み焼きに似た料理にこだわらなくてもいいのかもしれないが、前日に家で試作してみたところ、なかなか悪くない仕上がりであるように思えたので、それをお伝えした次第《しだい》である。

といっても、俺はチヂミという料理にそこまで馴染《なじ》みがあるわけではない。口にしたことだって、たぶん数えるぐらいしかなかっただろう。とにかく俺の生まれ育った津留見《つるみ》家は、外食の機会が少ない家庭であったのである。それで親父の好みは和食と洋食とイタリアンであったから、それ以外の料理にはあまり親しむ機会がなかったのだった。

よってこれは、俺がおぼろげな記憶《きおく》を引っ張りだして考案した、あくまでチヂミ風の料理である。ポイタンの生地《きじ》にはあらかじめ溶いた卵も加えて、ギバのバラ肉とアリア、ペペ、ネェノンなどの細切りといった具材とともに焼く。ポイントは、お好み焼きよりも薄《うす》く仕上げることであろうか。

それでまあ、コチュジャンに代わる食材はないので、調味料もその場しのぎだ。お好み焼きで使用していたウスターソースやマヨネーズのみでもまったく問題はなかったし、そこにチットの実で辛みを加えるのもなかなか悪くはないようだった。

「どうだろう？　ぺぺなんかは香りが強いし他の食材よりは値も張るから、無理に使う必要はないかもしれないけどね」

　とりあえず、試食をしたユーミは大いに瞳を輝《かがや》かせていた。

「すごい！　美味しい！　ていうか、あたしはもとのおこのみやきより、こっちのほうが好きなぐらいかもしれないよ！　……ああ、だけど、あのポイタンのふわっとした感じとか、ティノのしんなりした感じなんかも、やっぱり捨て難いんだよなー！」

「それなら、もとのお好み焼きと同じぐらいには気に入ってもらえたのかな？」

「うん！　さすがはアスタだね！」

　と、ユーミは大きく腕を広げたが、俺《おれ》に抱《だ》きつく寸前で思いとどまってくれた。

「危ない！　うっかり抱きつきそうになっちゃったよ！　森辺の民は、ミダリに相手の身体をさわっちゃいけないんだよね？」

「う、うん。人の目もあることだし、なおさらにね」

　ユーミの背後には、強面《こわもて》の親父さんも控えていたのだ。ちょっとひさびさの再会であったサムスは娘《むすめ》の挙動を一通り見守ってから、「ふん！」と鼻を鳴らした。

「こんなことをしたって一銭の得にもならねえのに、ずいぶんご親切なこったな」

「憎《にく》まれ口《ぐち》はおよしなさいよ。アスタが病で寝込《ねこ》んでいたときには、あんなに心配そうにしてたってのにさ」

伴侶のシルが笑いながらそのように言うと、「デタラメを抜《ぬ》かすな！」とサムスはいっそうへそを曲げてしまった。

「ありがとうね、アスタ。やっぱりただ肉を焼くだけの料理よりは、おこのみやきのほうが喜んでくれるお客は多かったからさ。こいつは本当に大助かりだよ」

「いえ。そんな風に言っていただけるだけで、とても嬉しいです」

「雨季のおかげで、客入りそのものが減っちまったからねえ。仕事がなくってしみったれた顔をしてるお客も多いし、食事ぐらいは楽しんでもらわなくっちゃね」

そんなシルの言葉には、俺も強く共感することができた。やっぱり人の出入りが半減してしまうと、町からは活気が奪《うば》われてしまうものなのだ。雨季が訪れて二十日ばかりが経ち、その影響《えいきょう》は日増しに強くなっているように感じられる。まだまだ雨季の期間は半分以上も残されているのだから、俺たちがここでめげてしまうわけにはいかなかった。


料理の変更に関しては、そんな感じである。

客足は、相変わらずまばらだ。それでも雨季の初日から売上に大きな変動は見られないので、まだ健闘《けんとう》しているほうなのだろう。他の屋台でも城下町から流通された食材に雨季の野菜を組み合わせて、色々な試みを為しているように見受けられたが、俺たちほど上手《うま》くいっている店はないように感じられた。

「色んな食材を使えるようになってからずいぶん日が経ったけど、やっぱりアスタたちほど上等な料理を仕上げている店は他にないだろうからなあ。本当に、雨季の野菜までこんなに美味しく仕上げてくれて、ありがたい限りだよ」

ドーラの親父さんなどは、屋根の下で軽食を食べ終えた後、わざわざまた屋台のほうに近づいてきて、そのように言葉をかけてくれた。そのかたわらでは、ターラがうっとりとした様子で目を細めている。本日から売りに出された『トライプのクリームシチュー』にすっかり魅了《みりょう》されたご様子である。

「ねえ！　カロンの乳だったら、ターラの家にもあるんだよね！　それでもやっぱりギバのお肉を使わないと、こんなに美味しいしちゅーは作れないのかなあ？」

「そんなことはないよ。俺の故郷では、むしろキミュスに似た肉を使うほうが多かったぐらいだね」

「へー、そうなんだ！　いいなあ。ターラも美味しいしちゅーを作ってみたいなあ」

ターラがもじもじしているのを見て、親父さんは笑い声をあげている。

「晩餐《ばんさん》の支度《したく》なんかは、母さんたちにまかせきりじゃないか。ターラはまだ小さいから、火を扱わせるのは危なっかしいんだよ」

「えー！　リミ＝ルウだって、ターラと同じぐらい小さいよー？」

「リミ＝ルウは、八歳とは思えないぐらいしっかりしてるからな。ターラも他の仕事を頑張《がんば》っていれば、そのうち母さんたちを手伝えるようになるだろうさ」

親父さんはそのように言ってなだめたが、ターラはぷうっと頬《ほお》をふくらませてしまっていた。

「何にせよ、またおたがいの家を行き来できたらいいですね。親父さんたちは、雨季でも忙《いそが》しいのでしょうけれども」

「そうだなあ。雨季だと仕事の手間が増えるぐらいだし、ちょっと家を空けるのは難しいかな。でも、こっちにアスタたちを招くんなら、いつでも大歓迎《だいかんげい》だよ！」

「ありがとうございます。俺もまだ病《や》みあがりですので、もう少し時間が経ったら、ぜひご相談させてください」

そして俺は、ターラにもフォローを入れておくことにした。

「そうしたら、ターラのお母さんたちに美味しいシチューの作り方を教えることもできるからさ。トライプが使えなくなってもカロン乳のシチューは美味しいから、そっちはいつでも食べられるようになるよ」

それでターラはようやく笑顔《えがお》を取り戻し、「ありがとう、アスタおにいちゃん！」と元気に言ってくれた。

そうして雨具に包まれた親子の姿が霧雨の向こうへと消えていくと、ほっそりとした体格の女性が入《い》れ替《か》わりに屋台へと接近してきた。

「アスタ様、どうもお疲《つか》れ様《さま》です」

「ああ、シェイラでしたか。雨具をつけていると、なかなか誰《だれ》だかわからなくって……どうもお疲れ様です」

それはポルアースの侍女《じじょ》にしてヤンの調理助手たる、シェイラであった。本日は南の方角から徒歩でやってきたので、ヤンを手伝う日であったのだろう。

「どうしたんですか？　今日も帰りには、そちらの屋台か《タントの恵《めぐ》み亭《てい》》に寄らせていただくつもりでしたが」

アリシュナに『ギバ・カレー』を届けていただくために、それが最近のお決まりになっていたのだ。礼儀《れいぎ》正《ただ》しさと朗《ほが》らかさをあわせ持つシェイラは、「はい」とおしとやかに頭を下げた。

「ですが、行《い》き違《ちが》いになってしまってはいけないので、こうしてお時間をいただきに参りました。……実は、ポルアース様から言伝《ことづて》を申しつけられたのです」

シェイラがそのように言い出すときは、だいたい似たような内容である。そして今回も、その予想が裏切られることはなかった。

「エウリフィア様が、また茶会の厨番《くりやばん》を森辺の皆様《みなさま》にお願いしたいと申されているようなのです。ご足労ですが、森辺の族長ドンダ＝ルウ様にその旨《むね》をお伝えいただけますでしょうか？」

「茶会ですか。となると、トゥール＝ディンをご指名ですね？」

隣の屋台で『ギバ・カレー』の番をしていたトゥール＝ディンが、ひそかに小さくなっている。そちらを申し訳なさそうに見やりながら、シェイラはまた「はい」とうなずいた。

「最後にトゥール＝ディン様をお招きしたのは、金の月の舞踏会《ぶとうかい》でありましたね。あれからひと月ていどが経ちましたので、そろそろご助力をお願いできないかと……いかがなものでしょうか？」

「え、あ、わ、わたしでしょうか？」

「はい。たとえ族長様からお許しをいただけても、トゥール＝ディン様ご本人にお断りされてしまうこともありましょうから……」

「わ、わたしは族長の言葉に逆らえるような立場ではありません……あ、いえ、決して族長たちが横暴なわけではなく、確かな理由もなしにあらがうことは許されない、という意味ですが……」

「様」などという敬称《けいしょう》をつけられただけで、トゥール＝ディンはへどもどしてしまうのである。

ということで、俺が助《たす》け舟《ぶね》を出すことにした。

「族長たちも、トゥール＝ディンの気持ちをないがしろにしてまで、その申し出を受けることはないと思うよ。実際のところ、トゥール＝ディンはどんな風に思っているのかな？」

「ど、どんな風、とは……？」

「やっぱりオディフィア姫《ひめ》は、ひと月にいっぺんぐらいトゥール＝ディンをお招きしないと気が済まないみたいだからさ。それを重荷に感じるなら、もっと期間を空けてもらうとか、それぐらいの意見は主張してもいいんじゃないのかな」

シェイラはちょっと心配そうな顔になってしまっていたが、俺としてはトゥール＝ディンの気持ちを尊重してあげたかった。ルウ家の勉強会においてはついつい冷やかしてしまったが、トゥール＝ディンは最近十一歳《さい》になったばかりの若年《じゃくねん》であるのだ。そんな彼女が名指しで貴族に呼びつけられるというのは、精神的になかなかの負担であるはずだった。

「わ、わたしは……そのような大役をまかされることを、とても光栄だと感じていますが……

でも……」

と、トゥール＝ディンはとても思いつめた面持《おもも》ちで俺を見つめてくる。

「で、でも今回は……なんとかアスタにもご同行を願えないでしょうか……？」

「俺が？　それはもちろん、ご指名がなくても同行したいとは考えているけれど。……ああ、そっか。前回の舞踏会では、俺抜きで菓子《かし》作りの仕事に取り組むことになったんだよね」

「は、はい。トライプを使わないと目新しいお菓子を作ることはできそうにありませんし……わたし一人では、まだまだトライプを使いこなすことはできそうにありません」

確かに、これまでにあみだした菓子は前回の舞踏会でのきなみ出し尽《つ》くしてしまった感がある。せっかくの雨季であるのだから、ここはトライプを使った菓子をお出ししたほうが喜んでいただくことはできるだろう。

「エウリフィア様は、このたびもトゥール＝ディン様とアスタ様とリミ＝ルウ様をお招きしたいと考えておられるようです。アスタ様のご都合はいかがでしょうか？」

つつましやかに微笑みつつ、シェイラはすがるような目つきになってしまっている。貴族の侍女としての礼節は守りつつ、けっこう考えていることが素直《すなお》に表に出てしまうタイプであるのだ。そんな彼女のことを、俺はそれなりに好ましく思っていた。

「そうですね。俺も病みあがりの身でありますし、トライプに関してはまだまだ扱いが慣れていませんので、少し時間をいただけるとありがたいです。……えーと、たとえば赤の月の半ばぐらいまでお待ちいただくことは可能でしょうか？」

「赤の月の半ばですか……具体的な日取りなどをお聞かせ願うことはできますか？」

「うーん、屋台の商売の休業日だとすると……赤の月の十五日でしょうかね」

その五日前には、アイ＝ファの誕生日という大きなイベントを控えているのだ。申し訳ないが、いかにオディフィア姫のご所望《しょもう》といえども、そちらを二の次にする気は毛頭なかった。

「あと、できれば今回、俺は料理人でなくその助手として扱っていただけませんでしょうか？」

「助手ですか？　アスタ様が？」

シェイラはたいそう驚いた様子であったが、俺は前回の茶会の味比べにおいて、恥《は》ずかしながら最低得点を叩《たた》き出した身であるのだ。こと菓子作りにおいて、俺は余人と張り合うつもりはなかった。

「俺の持っている菓子作りの知識は、すべてトゥール＝ディンやリミ＝ルウに伝授しているのですよ。それを彼女たちなりに完成させるというのが、最近のやり方になっているのですね。ですから正直に言って、ここで俺が個人的に菓子を作っても、トゥール＝ディンたち以上に立派なものはお出しできないと思います」

「そうですか……それは驚くべきお話ですね……」

「ちなみに、今回もヤンが一緒にお招きされているのでしょうか？」

「いえ。このたびは、ヴァルカス様のお弟子《でし》であるシリィ＝ロウ様がお招きされております」

前回は客人の身であった彼女が、今度はともに厨を預かるのだ。そういえば、舞踏会で出されていた彼女の菓子は、実に見事な出来栄えであった。

「では、日取りは赤の月の十五日で、アスタ様は調理の助手をつとめられるご予定である、と……ポルアース様には、そのようにお伝えさせていただきます」

「はい。何にせよ、決定を下すのは族長たちですので。三日後ぐらいには、たぶんきちんとしたご返答をできると思います」

「承知いたしました。では、そのように……毎度お手数をおかけしてしまって申し訳ありません」

「いえいえ。シェイラもこれがお仕事なのでしょうから」

俺にしてみれば、おたがい苦労が絶えませんね、といった心境である。シェイラははにかむような微笑《びしょう》を残して、自分の仕事場へと帰っていった。

2

宿場町での商売を終えた後は、ルウ家で勉強会を行う日取りであった。

勉強会を再開して、これが三度目の開催《かいさい》だ。勉強熱心なトゥール＝ディンとユン＝スドラがまた参加を志願して、残りのメンバーは明日の下ごしらえのためにファの家へと帰っていく。こういった流れもここ数日で定着してきたようである。

ルウの集落の広場に荷車を乗り入れると、マイムはミケルを呼ぶために雨の中を走っていき、俺たちはレイナ＝ルウに本家のかまどの間へと案内された。家の脇《わき》に荷車をとめさせていただき、解放したトトスたちを雨のあたらない枝の下につなぎとめて――そうしていざかまどの間の戸板を開くと、そこには意想外の人物が待ち受けていた。

「あ、あれ？　いったいどうしたんですか、ダルム＝ルウ？」

「……俺の家に俺がいて、どうして余所《よそ》の家の人間に文句をつけられねばならんのだ？」

「あ、いえ、決して文句を言ったつもりではないのですが、ひどく珍《めずら》しく思えてしまったので」

ルウ本家の次兄《じけい》ダルム＝ルウは、無表情に俺をにらみつけてくる。「飢《う》えた」という冠《かんむり》をつけずに済むぐらいにはその眼光もとげとげしさを減じてきたように思えるのだが、それでもやっぱり狼《おおかみ》じみた目つきだ。無表情でも、十分な迫力《はくりょく》である。

「今日は男衆も狩《か》りの仕事を休むことになったからさ。ずっと家の中に引きこもっていても面《おも》白《しろ》くないだろうから、ちょいと引っ張りだしてみたんだよ」

そのように説明してくれたのは、このおっかない息子《むすこ》さんとはまったく似たところのない、ミーア・レイ母さんであった。その他には、シーラ＝ルウとララ＝ルウが顔をそろえている。

俺と目が合うと、シーラ＝ルウはうっすらと頬を染めてうつむいてしまった。もうずいぶん古い話となるが、俺はかつてシーラ＝ルウのダルム＝ルウに対する想《おも》いについて口に出してしまい、彼女を大いに慌《あわ》てさせてしまったのだった。

俺の後から入ってきたトゥール＝ディンとユン＝スドラは、いくぶん慌てた様子で頭を下げている。護衛役の仕事などでダルム＝ルウともちょいちょい顔をあわせてはいるはずであったが、もっとつきあいが古くて同性の俺ですら気安い関係を構築することはできていないのだから、これが当然の反応といえよう。

「ずいぶん人数が増えたな。俺は家に戻《もど》ることにしよう」

そうしてダルム＝ルウがきびすを返そうとすると、ララ＝ルウが「えー、戻っちゃうの？」と声をあげた。

「部屋に戻ってもルドはいないし、一人でいても退屈《たいくつ》じゃない？　たまにはあたしらの仕事でも見物していったら？」

「……ルドはいなくとも、他の誰かがいるだろう」

「広間ではジザ兄とサティ・レイがコタをあやしてたね。ドンダ父さんは昼寝中《ひるねちゅう》だし、ティト・ミン婆《ばあ》はジバ婆の部屋じゃないかな」

「……だからといって、かまど番の仕事などを見物していても腹が減るだけだ」

「おなかが空いたら、試食ができるよ。あたしらは色んな料理を作って、それをみんなで食べ比べてるんだから！」

すると、何かを察したらしいレイナ＝ルウも「そうだよ」と声をあげた。

「わたしたちは屋台の料理だけじゃなく、晩餐の料理についても勉強してるからさ。家族に味見をしてもらえたら、けっこう助かるんだよね」

二人の妹に挟撃《きょうげき》されて、さしものダルム＝ルウも折れることになった。試食品に興味をひかれたのか、兄一家の団欒《だんらん》を邪魔《じゃま》するのはしのびないと考えたのか、はたまた他の思惑《おもわく》があったのかは、定かではない。ただ、ダルム＝ルウが了承《りょうしょう》の返事をすると、ララ＝ルウはこっそりシーラ＝ルウの腕《うで》をつついて、さらに顔を赤くさせていた。

「……今日もずいぶんな大人数だな」

と、そこにミケルとマイムがやってくる。挨拶《あいさつ》をするいとまもなく、今度はそちらからじろりとにらみつけられることになった。

「昼頃《ひるごろ》に、煉瓦《れんが》が山ほど届いたぞ。まったく、厄介《やっかい》な仕事を持ち込んでくれたもんだな」

「あ、はい。ようやく注文していた煉瓦が仕上がったので、ルウ家の人たちに運んでもらったんです。お手数ですが、どうぞよろしくお願いいたします」

それは、森辺で石窯《いしがま》を作製するための煉瓦であった。それに関して、俺はミケルに助力を願ったのである。ミケルならば、城下町で使われている鉄製のオーブンに関しても少なからず知識を蓄《たくわ》えているはずだ。なおかつ、ミケルは燻製《くんせい》作りにも造詣《ぞうけい》が深いし、料理人の職を失ってからは炭焼小屋で働いていた。そんなミケルならば、火の扱《あつか》いに関しては特に頼《たよ》れるのではないかと考えたのだった。

俺の構想は、すでにミケルに伝えてある。城下町のオーブンと同じようなものを、どうにか煉瓦で作製したいのだ。そのようなことが可能であるのか、煉瓦と粘土《ねんど》以外に必要な材料はあるのか、まずはミケルが時間のあるときに考案してくれるということで話はついていた。

「ポイタンをいっぺんに焼けたら、そいつは便利だからねえ。煉瓦とやらを組むのに人手が必要ならあたしらも手伝うから、どうぞよろしくお願いするよ、ミケル」

ミーア・レイ母さんが笑顔でそのように言うと、ミケルは「ああ」とぶっきらぼうに応じた。

してている。

またもやミケルに活躍《かつやく》の場が訪《おとず》れたということで、かたわらのマイムは嬉《うれ》しそうににこにことしている。

「さて、それでは何から取りかかりましょうかね。雨季の野菜についてはだいぶ話もまとまってきたように思えるのですが、いかがなものでしょう？」

「そうだねえ。レギィもトライプも揚《あ》げ物《もの》にまで使えるとは思わなかったよ。どっちもなかなか美味しかったしさ」

「トライプの揚げ物は、ジバ婆もとても喜んでいました。皮さえ除いておけば、ジバ婆でも普《ふ》通《つう》に食べられるやわらかさですものね」

レイナ＝ルウも、笑顔で賛同する。二日前の勉強会では、ひさびさに揚げ物にもチャレンジしていたのだ。

「揚げ物か……実はまだまだ揚げ物でも試《ため》してみたい料理が残っているんですよね。気分転換《てんかん》に、ちょっとそいつに取り組んでみましょうか」

俺の頭にあったのは、クリームコロッケであった。ギバ肉を使わないので男衆などのお気には召さないかもしれないが、宿屋での料理で出せれば評判になりそうだし、ジバ婆さんだって何の苦労もなく食することができるだろう。

カニに代わる食材がないのは残念なところであったが、クリームのタネだけで十分な驚《おどろ》きは生み出せるだろうし、そこでもカボチャに似たトライプを使えれば、また雨季のお楽しみも増えようというものであった。ちょっとした遊び心としては、ベーコンや腸詰《ちょうづめ》肉などを揚げてみても面白いかもしれない。『ギバ・カツ』があれだけ喜ばれたのだから、そちらは意外に森辺の民のお気に召す公算も高いのかもしれなかった。

「ころっけってのは、あのルドが大好きな揚げ物のことだよね。くりーむころっけっていうのは、いったいどんな料理なんだい？」

「カロンの乳を使った、面白い料理ですよ。主菜にはならないかもしれませんが、副菜としては悪くないと思います」

ということで、まずはクリームコロッケの作製に取りかかることになった。

アリアのみじん切りを乳脂《にゅうし》で炒めて、しんなりしてきたらフワノの粉も投じて火を通す。粉っぽさがなくなってきたら、カロンの乳を加えてなじませる。あとはカロン乳を追加しながら、とろとろになるまでじっくりと煮込むのだ。冷蔵庫が存在しないので、常温でも固まるように、かなりもったりとした仕上がりを心がけるべきだろう。最後に塩とピコの葉で味を調《ととの》えれば、タネは完成である。

「うーん、だけどやっぱり、これだけじゃ芸がないかなあ。三つに分けて、ひとつにはトライプのスープを、もうひとつにはギバの挽《ひ》き肉《にく》でも入れてみましょうか」

あくまで試作品なのだから、思いついたことはどんどんチャレンジさせていただくことにする。みんなで手分けをして三種類のタネをこしらえていくと、かまどの間には煮詰《につ》めたカロン乳のまろやかな香りが満ちることになった。

「これぐらい煮詰まってきたら、あとは冷まして粗熱《あらねつ》を取ります。雨季だと気温が低いので、普段《ふだん》よりずっと早く済みますね」

　その間に、ベーコンと腸詰肉の準備を進めておくことにした。ベーコンは普通に薄切《うすぎ》りで、カツと同じ衣《ころも》にするための準備を整えておく。腸詰肉はいったん茹《ゆ》でてやわらかく戻し、衣は天ぷら風にすることにした。

　そうして作業を進めながら、俺は心に引っかかっていた疑念をララ＝ルウにぶつけてみる。

「そういえば、さっきルド＝ルウは部屋にいないって話してたよね。この雨の中、どこに出かけてしまったのかな？」

「ああ、ルドはリミのお供で、サウティの家だよ。またサウティの女衆に手ほどきをしてあげるんだってさ」

「そっか。リミ＝ルウは熱心だねえ」

　病魔《びょうま》から回復した後、俺も数回だけサウティの家には出向いたが、すぐに雨季の野菜が売りに出されてしまったため、けっきょく責任者はリミ＝ルウに継続《けいぞく》してもらうことになったのだ。三日に一度しか町に下りないリミ＝ルウならば、こうして気軽にサウティ家まで出向くことがかなうのだった。

「ま、雨季じゃなかったら、こんなしょっちゅう家は空けられなかっただろうけどね。家に閉じこもってるよりは、雨でも外に出られたほうが楽しいと思ってるんじゃないかな」

「なるほど。俺は毎日のように町に下りてるから感じなかったけど、普通はそうなのかもね。ララ＝ルウも、町に下りるのが三日に一度じゃ物足りないんじゃない？」

「うーん、あたしはそれぐらいでちょうどいいかなー。家で家族と過ごすのだって楽しいし」

「あ、そういえばシン＝ルウは自分の家なのかな？」

「……どうしてそこでシン＝ルウの名前が出てくるの？」

「いや、深い意味はないけれど」

「……シン＝ルウは、ルドやリミと一緒に出かけてるよ」

ララ＝ルウは眉間《みけん》と鼻にしわを寄せながら、いーっと顔を突き出してきた。実に可愛《かわい》らしいお顔である。

「あ、そうだ。そんでもって、ヴィナ姉はリリンの家に出かけてるんだよね。かまど番の手ほどきに行くんだーとか言っちゃってさ」

ララ＝ルウが小声でそんな言葉を届けてくれたので、俺も小声でしか聞けないことを聞いてみた。

「そういえば、ヴィナ＝ルウとダルム＝ルウはシュミラルの件で喧嘩《けんか》になっちゃったらしいね。そっちのほうはもう大丈夫《だいじょうぶ》なの？」

「あんなのは、その日だけの話だけどさ。次に騒《さわ》いだら、ドンダ父さんにぶん投げられそうだし」

囁《ささや》きながら、ララ＝ルウは兄の姿を盗《ぬす》み見る。ダルム＝ルウは、ラードの準備をしているシーラ＝ルウやミーア・レイ母さんと静かに言葉を交《か》わしていた。

「……ダルム兄も、黄の月には二十歳《はたち》になっちゃうんだよね」

「あ、そうなんだ？　リミ＝ルウと同じ月なんだね」

そして、俺の新たな誕生日とも同じ月である。

「ルウ家では、二十歳で伴侶《はんりょ》を迎《むか》えないのは遅《おそ》すぎるって言われてるんだよ。だからヴィナ姉もみんなにせっつかれてたわけだし……まあ、ヴィナ姉はもう二十一になっちゃったけどさ」

ルウの本家では、茶の月の後半で誕生日を迎えるご家族が五名もいたのだ。その内、ヴィナ＝ルウとジザ＝ルウはこの四日間ですでに年齢《ねんれい》を重ねてしまっていた。

「リリンの家のシュミラルは、またヴィナ姉に飾《かざ》り物《もの》をあげたみたいだよ。こんなの森辺の民の習わしじゃないのにーって、ヴィナ姉は困ったふりしてすごく喜んでた」

「そっか。でも、ヴィナ＝ルウが婚儀《こんぎ》をあげるには、もうちょっと時間がかかっちゃうだろうね」

「そりゃまーそうでしょ。……でも、ダルム兄はこれ以上時間をかけなくてもいいんじゃないかなあ？　いま考える中で一番ふさわしい相手と婚儀をあげちゃえばいいのに」

俺はあんまり偉《えら》そうなことを言える立場ではないので、コメントは差しひかえておく。しかしまあ、気持ちの上ではまったく異論はなかった。

「たとえばの話だけど、ダルム＝ルウがルウの分家から嫁《よめ》を取るときは、いったいどこで暮らすことになるのかな？　普通、長兄《ちょうけい》以外は家を出るんだよね？」

「うん。新しい家を建てるか、いっそ伴侶の家に婿《むこ》入りしちゃうか……でも、コタがまだまだちっちゃいからなあ」

「うん？　コタ＝ルウがちっちゃいと、何か問題でも？」

「あんまり口にしたくないけど、コタが狩人《かりうど》の年齢になる前にドンダ父さんとジザ兄が魂を返しちゃったら、本家の跡継《あとつ》ぎがいなくなっちゃうでしょ？　そのとき、ダルム兄が分家に婿入りしちゃってたら、ルドが本家の家長ってことになっちゃうんだよね」

なるほど。なかなかややこしい話である。ダルム＝ルウがシーナ＝ルウに婿入りをしたら、「本家の次兄」ではなく「分家の家人」として扱われることになるのだ。その際は、あくまでシン＝ルウを家長として立てることになるのだろう。

「でも、ダルム兄が本家の次兄として新しい家に住んでれば、いざというときはダルム兄が家長を継《つ》ぐことになるの。ダルム兄もルドも余所の家に婿入りしちゃってたら……えーと、ヴィナ姉がいったん継いで、自分の子が育つのを待つことになるのかな」

「そうか。ルウ家ぐらい大きな氏族だと、いろいろ大変なんだね。ましてや今では、森辺の族長筋になっちゃってるわけだしさ」

しかし、ララ＝ルウが「あんまり口にしたくない」と前置きしたのも道理であった。それらはすべて、ドンダ＝ルウとジザ＝ルウがこの十数年で魂を返してしまったら、という仮定のもとに語られているのだ。

「だけどまあ、何も心配することはないさ。コタ＝ルウが大きくなるまで、ドンダ＝ルウもジザ＝ルウも元気でいてくれるに違いないよ」

「あたしだって、そう思ってるよ。……ドンダ父さんは、あと数日で四十三歳だけどね」

「六十歳でも七十歳でも、ドンダ＝ルウはずっと元気さ」

ララ＝ルウはけげんそうに俺を見てから、ちょっと普段にはない感じで優《やさ》しげに目を細めた。

「能天気なこと言ってるなーと思ったけど、アスタはそうであればいいって思ってくれてるんだね。……なんか、嬉しいな」

「そう思うのが当たり前だろう？　大事な相手には、みんな長生きしてほしいよ」

思いも寄らぬ成り行きから、俺たちはしんみりすることになってしまった。

俺は気持ちを目の前の仕事のほうに戻して、クリームコロッケのタネを木串《きぐし》でつついてみる。ちょっと中身をほぐしてみても、そこから湯気があがることはなかった。

「そろそろ頃合《ころあ》いみたいですね。こいつはちょっと扱いが難しそうなので、俺が手本でいくつか仕上げてみせますね」

常温で冷やしただけのタネである。俺はそれを大きめの木匙《きさじ》ですくい、指先でちょちょいと形を整えてから、衣をつける作業に取りかかった。

これも要領はカツやコロッケと一緒である。まずは普通のフワノ粉をまぶして、溶《と》いた卵にくぐらせてから、干上《ひあ》がった焼きフワノの削《けず》り粉《こ》をまぶしていく。形は、ころんとした俵形だ。

「こんな感じです。挽き肉とトライプのほうもひとつずつ仕上げてみましょう」

挽き肉は、あくまでカニクリームコロッケのカニていどの目安でしか入れていない。トライプは、元のタネに対して二割ぐらいの分量だ。それでも色彩《しきさい》は、しっかりオレンジ色に染まっている。

意外とトライプのほうが粘《ねば》ついて成形が難しかったので、みんなにはプレーンと挽き肉のほうで練習をしてもらった。その中で、手際《てぎわ》のよかったレイナ＝ルウ、シーラ＝ルウ、トゥール＝ディン、マイムの四名に、トライプのほうもチャレンジしていただく。

「確かに、これは作りにくいですね。ちょっと不格好になってしまいました」

「トゥール＝ディンは上手ですね。……ひょっとしたら、こういう作業はリミのほうが上手いかもしれません」

「あー、わたしは全然駄目《だめ》です！　すいません、ぐちゃぐちゃになってしまいました……」

マイムはひとつ目でタネを潰《つぶ》してしまい、レイナ＝ルウとシーラ＝ルウはぎりぎり及第点《きゅうだいてん》、トゥール＝ディンは俺と変わらぬぐらいに大成功、という結果に終わった。

「マイムにも、苦手な作業というものがあるのですね。申し訳ないのですが、ちょっとほっとしてしまいました」

「苦手というか、みなさんがすごいです！　どうしてそんな風に、きちんと形にできるのですか？」

「もしかしたら、ころっけなどで手馴《てな》れていたからかもしれませんね。初めてころっけを作ったときは、泣きそうなぐらい不出来でしたから」

となると、コロッケの作製に関わっていないトゥール＝ディンが巧《たく》みであるのは、純粋《じゅんすい》に指先が器用であるから、ということになるのだろうか。トゥール＝ディンは、みんなの視線から逃《に》げるように首をすくめている。

「あ、そうか。トゥール＝ディンも菓子作りに取り組んでいる時間が長いから、フワノの生地をこねたりするのは手馴れているよね。もともと上手だとは思っていたけど、そういう経験が活《い》きているのかもしれないよ」

「そ、そうなのでしょうか……これまでの仕事が身についているのなら、わたしも嬉しいのですが……」

「きっとそうだよ。トゥール＝ディンはそれだけ一生懸命《いっしょうけんめい》、仕事に取り組んできたんだからさ」

ともあれ、クリームコロッケの準備は整った。あとは、ベーコンと腸詰肉だ。こちらは誰も苦労なく、次々と衣を纏《まと》わせていくことができた。

「ずいぶんな手間がかかるのだな。……あのぎばかつにも、これぐらいの手間がかけられているということか」

ダルム＝ルウがぼつりとつぶやくと、一番近くにいたシーラ＝ルウが「そうですね」と笑顔で応じた。

「でも、あちらは肉を切るだけですので、下準備はまだ楽だと思います。こちらのベーこんなどと同じ感じですね」

「しかし、あの料理は美味《うま》かった。特に、シーラ＝ルウがこしらえたやつは格別だったな」

「え？」と目を丸くしたシーラ＝ルウは、それからじょじょにその面を赤く染めていった。

「そ、それはいつのお話ですか？　ずいぶん昔のお話であるように思うのですが……」

「いつのことかは覚えていないが、あの美味さは忘れられるものではない」

シーラ＝ルウとは対照的に、ダルム＝ルウは平常心そのものだった。というか、何も特別な言葉を発しているという意識もないのだろう。シーラ＝ルウのほうを見ようともせずに、ずらりと食材の並べられた卓《たく》の上を感心したように眺《なが》め回しているばかりである。

だが、それは幸いであったのだろうか。シーラ＝ルウはいつしか真っ赤になってしまっており、それでも手がフワノ粉などで汚《よご》れていたので顔を隠《かく》すこともできず、ただ懸命に身をよじっていた。

「……こういう場合、あたしはダルム兄をほめるべきなのかなあ？　叱るべきなのかなあ？」

と、ララ＝ルウが溜息《ためいき》まじりに囁きかけてくる。俺は心を込《こ》めて、「そっとしておけばいいんじゃないかな」と答えておいた。

そんな中で、いざ揚げ作業である。これは、経験の浅いマイムやユン＝スドラに率先《そっせん》して取り組んでもらうことにした。

屋台で『ギバの揚げ焼き』を手伝ってもらったことのあるトゥール＝ディンは、ここでもその手際を発揮することができた。それを見て、ミーア・レイ母さんなどはたいそう感心してしまっていた。

「そんなに小さいのに、レイナやシーラ＝ルウと変わらないぐらいの手際に見えちまうねえ。……あんたはいくつだったっけ、トゥール＝ディン？」

「わ、わたしは最近、十一歳になりました」

「十一歳かい。本当に大したもんだねえ。まだまだ先の話だけど、きっとあんたはいい嫁にな

るよ、トゥール＝ディン」

　どうも今日は、トゥール＝ディンに注目が集まる日取りであるようだった。まあ、彼女《かのじょ》はそれに見合うだけの努力を続けてきた身なのである。さっきからずっと静かにしているミケルも、その目をトゥール＝ディンに向ける時間がとても長いように感じられた。

　そんな中で、揚げ物は次々と仕上げられていく。三種のクリームコロッケに、ベーコンのカツと腸詰肉の天ぷらだ。熱されたラードがぱちぱちと音をあげるたびに芳《かぐわ》しい香りが濃《こ》くなりまさり、嫌《いや》でも食欲を刺激《しげき》してくれた。

「ね？　居残ってて得したでしょ？」

　ララ＝ルウが笑顔で言いたてると　ダルム＝ルウは「食ってみないことには、得かどうかもわからん」とクールに返した。

「だったら、食べてみなよー！　きっと美味《おい》しいから！　……えーと、シーラ＝ルウが作ったのはどれだっけ？」

「た、ただの味見なのですから、どれでもかまわないのでは……？」

「いいのいいの！　あ、これだね！　数が少ないから、あたしと半分こね」

　鉄網《てつもう》の上で油を切っておいた完成品を、ララ＝ルウが二つの木匙を使って器用に取り上げる。木皿に移されたそれは、たしか挽き肉入りのクリームコロッケであった。

「あ、それはたぶん中身がとろとろだから、皿の上で切ろうとすると、形が崩《くず》れちゃうかもよ」

　ララ＝ルウが調理刀に手をのばそうとするのを見て、俺はそのように忠告してみせた。

「ああ、そーなんだ？　じゃあ、ダルム兄が先にかじってよ」

お年頃《としごろ》の男女でも、家族であればそういう真似《まね》は許されるのだ。ダルム＝ルウは無表情のまま、その木皿を受け取った。

「火傷《やけど》をしないように気をつけてくださいね。少しずつかじったほうが危なくないと思います」

ダルム＝ルウはうるさげに俺をにらみつけてから、それでもクリームコロッケのはじっこを慎重《しんちょう》にかじり取った。

実際問題、どのような出来栄えなのだろう。最初の味見をダルム＝ルウにお願いするというのも、少し不安なところであったのだが――しかし、そんな不安は杞憂《きゆう》に終わった。無言で咀嚼《そしゃく》をしていたダルム＝ルウは、残りのクリームコロッケを丸ごと口の中に放り入れてしまったのである。

「あー！　半分こって言ったのに！」

「まだ数はあるんだから、騒ぐんじゃないよ。お味はどうだったね、ダルム？」

「……腹が減っているせいか、やたらと美味く感じられる」

そのように答えながら、ダルム＝ルウはシーラ＝ルウを振《ふ》り返った。

「しかし、やたらとぐちゃぐちゃしているし、ギバの肉も申し訳ていどしか入っていないのだから、とうてい狩人の食べ物だとは思えないのだが……そのようなものを、あのぎばかつという料理より美味く感じることなど、ありうるのだろうか？」

「あ、揚《あ》げ物《もの》というのは、出来立てだと素晴《すば》らしく美味であるのです。それで余計に、美味であるように思えたのではないでしょうか？」

「なるほど。そういうこともあるのか」

ダルム＝ルウは腕を組み、何やら考え込み始めてしまった。

その間に、俺《おれ》たちも試食をさせていただく。

まずプレーンのクリームコロッケは、俺としては上々の仕上がりだった。シーラ＝ルウの言う通り、揚げたてなので格別美味しく感じられてしまう。ラードで揚げた衣はさくさくで、それを突破《とっぱ》すると熱々の中身がとろりと広がってくる。カロン乳の濃厚《のうこう》な風味が素晴らしくて、とてもまろやかな甘《あま》みであった。

「なんだかこれは、菓子のようですね。そのように考えると、わたしは大好きです！」

ユン＝スドラが笑顔で宣言すると、ミーア・レイ母さんも同意を示した。

「確かにね。菓子だとか、あとは、副菜って言ったっけ？　とにかく、ギバの肉を使っていない料理としては、何の申し分もないお味だね」

その横では、レイナ＝ルウが小首を傾《かし》げていた。

「わたしも、同じ気持ちです。こちらのギバ肉を使ったほうよりも、むしろギバ肉を使っていないほうがしっくりくるかもしれません。……ただそれは、森辺の民だからそのように思うのかもしれませんが」

「はい。町の人間なら、どちらも違和感《いわかん》なく受け入れられるのではないでしょうか」

シーラ＝ルウはそのように述べてから、ダルム＝ルウのほうにおずおずと木皿を差し出した。

「よ、よかったらダルム＝ルウも味を確かめてください。こちらは普通のくりーむころっけで、こちらはトライプを使ったものです」

「ああ」

その光景を横目に、俺も残りの二種の味を確かめてみた。

挽き肉入りのほうは、確かにどこか物足りなさがあるかもしれない。俺の場合はカニクリームコロッケとの差異を感じているのだろうか。クリームのタネと調和していないことはないが、これならば挽き肉とチャッチのコロッケのほうが好ましいかもしれなかった。

ルウ家では購入《こうにゅう》していないが、城下町の食材にはアマエビに似た甲殻類《こうかくるい》の乾物《かんぶつ》が存在する。あれを使えば、カニクリームコロッケに近い味を目指せるかもしれないが――しかしまた、あれは王都から届けられる貴重な食材なのだ。そのぶん値段も張るのだから、森辺の民が副菜のために購入しようとは考えないに違いない。それにまあ、そこまで海鮮類《かいせんるい》の風味を求めなくとも、このクリームコロッケは十分に美味であった。

そして、トライプを使ったクリームコロッケであるが、こちらもプレーンに負けない出来だった。やはりトライプは、カロン乳との相性《あいしょう》がいいらしい。おたがいの甘みを引き出しあって、補完しているような、そんな調和が感じられる。副菜としては、十分以上の出来栄えであろう。

俺がそのように考えていると、ダルム＝ルウが「うむう」とうなり声をあげた。

「これはどちらも……格別に美味いな」

「やはり挽き肉を使ったものより、それらのほうがお口にあいますか？」

「うむ。中途半端《ちゅうとはんぱ》にギバ肉を使われると、なんだか落ち着かないのだ。これならば、ギバの料理とは別のものとして、美味いと感じることができる」

「ダルム兄も、けっこう甘いチャッチ餅《もち》とか好きだもんね！　……ちなみに、いま食べたのもシーラ＝ルウが作ったやつだよー」

「そうか。本当にお前は、大したかまど番なのだな」

シーラ＝ルウは大いに照れつつ、それでもこれ以上ないぐらいに幸福そうだった。そちらを満足げに見やってから、ミーア・レイ母さんはミケルを振り返る。

「ミケルたちも食べたかい？　町の人間だと、いったいどういう感想になるんだろうね？」

「美味かった。こういう細工は、城下町でも喜ばれることだろう」

「細工？　ああ、中身がとろとろに溶けてることかい？　確かにこいつには驚かされたねえ」

「細工に凝《こ》っても味が不出来ならばどうしようもないが、こいつは味も上等だ。揚げ物は流行《りゅうこう》遅《おく》れとされている城下町でも、こいつはたいそうな評判を呼ぶだろう」

それもまた、俺には新鮮《しんせん》な視点であった。固形の衣に半液状の具が詰《つ》められていることを、ミケルは「細工」と称《しょう》しているのだ。俺にとっては当たり前の料理でも、知らない人間には奇《き》妙《みょう》で不可思議な料理と受け止められるのかもしれない。

なおかつ、森辺の民にしてみると、俺の作る料理は最初から不思議づくしであったので、クリームコロッケの登場にもそれほど驚かされていない様子なのである。それもなんだか、愉快《ゆかい》な作用であった。

「本当に美味ですね！　わたしもますます揚げ物料理に取り組んでみたくなりました！　……でも、父さんが許してくれないのですよね」

マイムが上目づかいで父親の顔色をうかがうと、ミケルは「ふん」とそれを一蹴《いっしゅう》した。

「あれこれ手を出して上手《うま》くいくと思うのなら、勝手にするがいい。アスタであれば、望むだけ手ほどきしてくれるだろう」

「もう！　駄目なら駄目って言えばいいじゃん！　意地悪なんだから！！」

マイムはすねたお顔になり、父親の服をくいくいと引っ張る。ミケルがそばにいないとなかなか見せない、年齢相応の可愛らしい仕草である。

その後は、ベーコンのカツと腸詰肉の天ぷらの試食であった。

こちらは何というか、もう少し研究の余地がありそうだ。ベーコン・カツなどは、あと一歩で素晴らしい料理に仕上げられそうな感じがする。ベーコンに他の下味をつけるか、あるいは調味料をつけて食すか、もうひとひねり欲《ほ》しいところであった。

腸詰肉の天ぷらは、可もなく不可もなくといったところである。腸詰肉の美味しさが損なわれているわけではないが、もっと他にいくらでも美味しい食べ方は存在するだろう。まあ、各種の天ぷらがずらりとそろえられた中に、こいつがまじっていても、不評を買うことはないかな、というぐらいの仕上がりであった。

ということで、俺的には大成功がプレーンとトライプのクリームコロッケ、次点がベーコンのカツ、選外気味の保留が挽き肉のクリームコロッケに腸詰肉の天ぷら、といったところである。他のみんなに意見をつのったところ、おおむね同意を得られることができた。プレーンとトライプのどちらが美味かで、意見が割れたぐらいだ。

「前半戦は、こんなところでしょうかね。それじゃあ後半は、あらためて雨季の野菜でも――」

俺がそのように言いかけたとき、かまどの間の戸板が乱暴に叩かれた。

誰《だれ》よりも早くダルム＝ルウが反応し、一番戸板の近くにいたレイナ＝ルウに「動くな」と言いつける。

「俺が出る。お前たちは下がっていろ」

レイナ＝ルウはうなずきながら、俺のほうに下がってきた。そのかたわらをすりぬけて、ダルム＝ルウが戸板の前に立つ。

「……何者だ？」

「シン＝ルウだ。ミーア・レイ＝ルウとダルム＝ルウに伝えたい話がある」

緊張《きんちょう》していた空気が、いっぺんに緩和《かんわ》される。しかし、ララ＝ルウは一人心配げな表情でダルム＝ルウのそばに駆《か》け寄った。その間にダルム＝ルウが戸板を引き開け、雨具を纏ったシン＝ルウの姿が俺たちにさらされる。

「どうしたの、シン＝ルウ？　サウティの家で何かあったの？」

「リミ＝ルウとルド＝ルウに危険はない。ただ、西の衛兵や北の民たちが、飢えたギバに襲《おそ》われてしまったのだ」

さきほどとはまた異なる緊張が、屋内に走り抜ける。シン＝ルウは普段通りの冷静な面持ちであったが、少しだけ息を切らしていた。

「負傷をした人間は、サウティの集落に集められている。無事な衛兵たちが町に助けを求めに向かったが、とにかく人手と薬が足りていないのだ。ドンダ＝ルウの判断で、ルウ家からも人間と薬を貸すことになった。ダルム＝ルウも、力を貸してほしい」

「わかった。……それで、その飢えたギバはどうなったのだ？」

「そちらは、なんとかなったらしい。なにせ、百人以上の人間がその場にはいたのだからな」

ダルム＝ルウはひとつうなずき、母親を振り返った。その口が開かれるより早く、ミーア・レイ母さんは「ああ」とうなずく。

「薬だね。分家からもかき集めれば、それなりの量になるだろう。アスタ、悪いけどあたしはここまでにさせていただくよ」

「ま、待ってください！　俺もサウティの集落に連れていってもらえませんか？」

ダルム＝ルウが、うろんげな眼光を飛ばしてくる。

「貴様が出向いて、何になる？　かまど番の出番はないぞ」

「よ、様子を見たいだけなんですが、駄目ですか？　手伝えることがあれば、手伝います！」

「……それを決めるのは、俺ではなく父ドンダだ」

そうしてルウ家での勉強会は、思わぬ形で断《た》ち切られることになってしまった。

俺の心臓をしめつけているのは、シフォン＝チェルの兄、エレオ＝チェルの存在である。

（エレオ＝チェルは、無事なのか……？　くそっ！　ギバには十分用心していたはずなのに、どうしてこんなことに……）

俺は壁《かべ》に掛《か》けてあった雨具を纏うのももどかしく、霧雨《きりさめ》の降りそぼつ外界へと飛び出すことになった。

3

俺たちは、二台の荷車でサウティの集落を目指すことになった。

意外なことに、同行するのは全員が男衆である。男衆は森の中で手傷を負うこともままあるので、女衆よりもその処置に手馴れているのだという話であった。

俺を含《ふく》めて十二名もの男衆が、二台の荷車に乗っている。俺が名前を知っている人間は、ドンダ＝ルウとミダを除いて全員が顔をそろえていた。すなわち、ジザ＝ルウ、ダルム＝ルウ、シン＝ルウ、リャダ＝ルウ、ジーダの五名である。残りの六名は、顔見知りである分家の男衆だ。

トゥール＝ディンとユン＝スドラは、先に帰ってもらうことにした。ルウ家とサウティ家を往復するだけでもかなりの時間を取られてしまうので、どうあがいても帰りは日没《にちぼつ》近くになってしまうのだ。俺の帰りはルウ家の誰かに送ってもらうことにして、アイ＝ファにもその旨《むね》を伝えてもらえるようトゥール＝ディンたちには頼《たの》み込んでおいた。

「怪我《けが》をしたのは、三十名ていどだと思う。危険な状態にあるのはその内の数名だが、サウティの男衆はみんな狩りの仕事中だし、何より薬が足りていないのだ」

シン＝ルウは、そのように述べていた。

「それに、町の人間たちは骨のつなぎ方もわかっていないらしい。今はルド＝ルウが一人で駆け回っていることだろう。もっと近場のリリンやムファの家に向かおうかとも思ったが、薬の備えが一番多いのはルウの家だろうと思い、けっきょくここまで戻ることにしたのだ」

「うん。少なくとも、宿場町に向かった衛兵たちが戻るよりは早いだろうしね」

はやる気持ちをおさえながら、俺はそのように答えてみせる。ルウ家とサウティ家を往復するのにかかるのは、およそ二時間。その間に、手遅《ておく》れになってしまう怪我人はいないのか。否が応にも、焦燥《しょうそう》をかきたてられてしまった。

「……リミはどうして、シン＝ルウと一緒《いっしょ》に戻らなかったのだ？　あいつが居残っても意味はないはずだろう」

底ごもった声でダルム＝ルウが問うと、シン＝ルウは湿《しめ》った髪《かみ》をかきあげながらそちらを振り返った。

「かまど番の手ほどきで顔を見知っていた北の女衆もわずかに手傷を負ってしまったので、そのそばを離《はな》れる気持ちになれなかったらしい。ルド＝ルウと一緒に、怪我人を助ける仕事に取り組んでいるはずだ」

「そうか。城の人間はマヒュドラの女衆にまで働かせていたのだったな。……いかにギバの少ない場所であったとはいえ、森の奥深《おくふか》くに女衆を入れるなど、馬鹿げた話だ」

薄暗《うすくら》がりの中で、ダルム＝ルウは青い瞳《ひとみ》を燃やしている。すると、沈黙《ちんもく》を保っていたジザ＝ルウも声をあげた。

「しかし、どうしてそこまでの騒ぎになってしまったのだ？　飢えたギバの恐《おそ》ろしさやその対処については、族長たちから聞かされていたはずだろう。ダリ＝サウティなどは、ギバ除《よ》けの実だって準備してやったはずだ」

「詳《くわ》しい話は、俺にもわからない。とにかく衛兵たちは我を失ってしまっていて、まともに口もきけないような状態であったのだ」

「森の怒《いか》りに触《ふ》れたのだろうな。これで恐れをなしたのならば、馬鹿げた仕事は取りやめればいい」

ダルム＝ルウは、無慈悲《むじひ》にそう言い捨てた。ジーダやリャダ＝ルウは、黙《もく》して語らない。

そうして一時間ほどが経過して、俺たちはようやくサウティの集落に辿《たど》り着いた。広場に張られた屋根の下に、たくさんの人影《ひとかげ》が見える。しかしその数はせいぜい五十人ていどで、思っていたよりもよほど静まりかえっていた。

「……怪我人と見張りの衛兵以外は、町に戻ったようだな」

シン＝ルウが、誰にともなくつぶやいた。

ともあれ、二台の荷車は屋根のほうへと寄せられていく。すると、それに気づいた小さな人影がぶんぶんと手を振ってきた。

「早く早くー！　血止めと痛み止めの薬を持ってきて！」

いつでも元気いっぱいの、リミ＝ルウの声である。敷物《しきもの》の上には大勢の人々が寝《ね》かされており、その隙間《すきま》をぬうようにしてサウティの女衆らが立ち働いていた。

荷車が動きを止めたので、俺は急いで飛び降りようとする。すると、背後から肩《かた》をつかまれた。振り返ると、ダルム＝ルウが怖《こわ》い顔で俺をにらみつけてくる。

「おい。誰でもいいから、狩人のそばを離れるな。森辺の民に憎《にく》しみを抱《いだ》いている人間がひそんでいることだってありうるのだからな」

「はい。わかりました」

衛兵とも北の民とも交流のないダルム＝ルウであれば、そのように思うのも当然であっただろう。とりあえず、俺はそのダルム＝ルウ自身にひっついて荷車を降りることにした。

「あー、やっと来てくれたのかよ！　こっちこっち！　傷のひどい連中は、こっちに集めておいたぜー」

人の群れの真ん中あたりで、今度はルド＝ルウが手を振ってくる。そちらに向かって歩を進めながら、俺は戦慄《せんりつ》を禁じ得なかった。

まるで野戦病院のごとき惨状《さんじょう》である。二十名ぐらいの人々は起き上がることもできないまま、地べたで苦痛のうめき声をあげているのだ。傷口には布をあてがわれて、そこに赤い血をにじませている。中には、腕や足に添え木《そぎ》を当てられている者もいた。

だが、俺の想像とは異なり、そこで横たわっている人間のすべては西の民であった。つまりは、全員が衛兵たちであったのだ。

北の民の姿もある。が、その数はせいぜい五、六名で、みんな黙然《もくぜん》と座《すわ》り込んでいた。彼《かれ》らも負傷はしていたが、身を起こせないほどの重傷者は一人として存在しないようだった。

「あれ、アスタまで来ちまったのかよ？　まーいいや。こっちはいいから、リミのほうを頼むよ」

そんな風に言いながら、ルド＝ルウはダルム＝ルウから小さな壺《つぼ》を受け取った。町で売っている、血止めの薬である。各種の薬草を町の知識で調合された、高価な薬だ。

「えーと、リミ＝ルウは……？」

「こっちだ。俺も一緒に行こう」

薬や包帯を抱《かか》えたシン＝ルウに導かれて、怪我人の間を移動する。

リミ＝ルウは、北の民の一団のそばにいた。北の民の内、二名は女衆であったのだ。残りの四名は男衆で、全員がドンダ＝ルウに負けないぐらい大柄《おおがら》で魁偉《かいい》な風貌《ふうぼう》をしている。彼らもまた、頭や腕に包帯を巻かれて、そこに血をにじませていた。

そんな北の民たちを見張る衛兵も、五名ほどしかいない。彼らは全員青い顔をしており、無言で北の民たちを取り囲んでいた。そちらのほうは、いまだにギバからもたらされた恐怖《きょうふ》から抜け出せずにいるようだった。

「薬が届いてよかったねー！　ほら、痛み止めの薬だよ！」

「ありがとうございます、りみ＝るう」

頭に包帯を巻いた北の女衆が、やわらかく微笑《ほほえ》む。その紫色《むらさきいろ》の目が、俺の姿を認めて大きく見開かれた。

「あなた、ふぁのいえのあすたですね?」

「あ、はい。以前にも一度、かまどの間でお目にかかりましたよね」

女衆はうなずき、後方を振り返った。奥《おく》のほうで座り込んでいた男衆の一人が、小山のような巨体《きょたい》を揺《ゆ》らす。

「……ファの家のアスタ。また会える、思わなかった」

「あっ! あなたは、エレオ=チェルですか!?」

大きな声をあげてしまってから、俺は慌《あわ》てて口をふさいだ。が、見張りの衛兵たちは悄然《しょうぜん》と立ち尽《つ》くしたまま、べつだん目を向けてこようともしない。もはや見張りの仕事を果たす気力も残されていないようだ。それを幸いと、俺はエレオ=チェルに声をかけることにした。

「あなたも怪我をされてしまったんですね。大丈夫ですか?」

「大丈夫。肩の骨、森辺の民、治してくれた」

エレオ=チェルは、頭と上半身に包帯を巻かれてしまっていた。頭は裂傷《れっしょう》を負っているようで、どっぷりと血がにじんでいる。そして上半身のほうは、右腕《みぎうで》もろともぐるぐる巻きにされてしまい、ミイラ男さながらであった。おそらくは右肩《みぎかた》を脱臼《だっきゅう》したために、固定されているのだ。

だが、彼は数ヶ月前と同じように、紫色の瞳を静かに力強く輝《かがや》かせていた。金褐色《きんかっしょく》の不精髭《ぶしょうひげ》に覆《おお》われた厳《いか》つい顔にも、苦痛の色は見られない。

「アスタ、シン＝ルウ、その人にも血止めの薬を塗《ぬ》ってあげてくれる？　ルドが縫《ぬ》ってくれたんだけど、かなり深い傷だったみたいだから」

女衆の世話をしていたリミ＝ルウが、そのように声をあげてくる。シン＝ルウがそちらに足を踏《ふ》み出すと、エレオ＝チェルの前側にいた男衆たちが横にずれて道を空けてくれた。

間近で見ると、いっそう恐ろしげな風貌である。ドンダ＝ルウどころか、ジィ＝マァムに匹《ひっ》敵《てき》するような大男もまじっている。全員が金褐色の渦《うず》巻《ま》く髪を蓬々とのばしており、赤銅色《しゃくどういろ》に焼けた顔は、岩盤《がんばん》に彫《ほ》りつけられた彫像《ちょうぞう》のように厳つかった。

シン＝ルウは、無言でエレオ＝チェルの頭の包帯を解いていく。その間、彼はずっと俺の姿を注視していた。

「……これはひどいな。痛み止めの薬は口にしたのか？」

シン＝ルウが問うと、エレオ＝チェルはゆっくりと首を横に振る。

「これだけの深手を負って、肩の骨まで外れていたのに、薬を与《あた》えられなかったのか。まあ、数が足りていなかったのだから、しかたがないが……アスタ、そちらの壺の薬を与えてやってくれ。木匙に二杯《はい》だ」

「うん、この壺だね？」

見てみると、そこには真っ黒な薬が詰められていた。ねっとりとした、半液状の薬である。これも町で調合された高価なものだ。森でとれるロムの葉よりも、格段に質はいいらしい。木匙は壺の中に封入《ふうにゅう》されていたので、俺はそれを使って薬をひと口分すくいあげた。

「どうぞ、エレオ＝チェル。かなり苦いと思いますけど」

エレオ＝チェルはしばらく彫像のように不動であったが、やがてのろのろと口を開いた。その頑丈《がんじょう》そうな歯の並んだ口の中に、俺は木匙を差し入れる。

同じ要領でもうひと口あたえてから、俺が周囲に視線を巡《めぐ》らせると、いつの間にか近づいてきていたリミ＝ルウが水をたたえた柄杓《ひしゃく》を俺のほうに差し出してきてくれた。

「はい。痛み止めの薬は苦いから、水を飲ませてあげて。木匙は洗って壺に戻《もど》しておいてね」

「うん、ありがとう」

エレオ＝チェルは無言で柄杓の水を飲み、俺は残りの水で木匙を清めてから、それを壺に戻した。

リミ＝ルウは、他の男衆の看護に取りかかっている。衛兵たちほどひどくはないものの、やはり全員がそれ相応の手傷を負っているのだ。苦痛の色を見せていないのは、ただ彼らの心が強靭《きょうじん》であるゆえなのかもしれなかった。

「……ファの家のアスタ。貴方《あなた》、感謝している」

と、ふいにエレオ＝チェルが小声で囁いた。その唇《くちびる》はほとんど動いておらず、視線も別の方向に向けられたままである。

「食事、とても、美味だった。最初、作った、貴方、聞いている。……俺たち、全員、森辺の民、感謝している」

彼はきっと、見張りの衛兵たちの耳をはばかっているのだろう。奴隷《どれい》の身である北の民と迂《う》闊《かつ》に口をきいてはならないと、俺も以前に衛兵からたしなめられたことがあったのだ。俺はシン＝ルウを手伝うふりをしながら、そっと彼の耳に口を寄せてみせた。

「喜んでもらえたのなら、何よりです。……そして、あなたに伝えたいことがあります、エレオ＝チェル」

「…………」

「妹さんのシフォン＝チェルは、今でも城下町で無事に暮らしています。そして、あなたが彼女の身を案じていたということも、なんとか人づてに伝えることができました」

エレオ＝チェルは、岩塊《がんかい》のように分厚い肩をわずかに揺らした。

「貴方、気持ち、ありがたい。しかし、危険、ないだろうか？」

「はい？　危険ですか？」

「トゥラン、城下町、北の民、言葉、交わすこと。貴族、知る、危険、ないだろうか？」

シュミラルよりも言葉がつたないので、少し判別が難しいのだが――トゥランと城下町で別々に暮らす北の民がこっそり連絡《れんらく》を取り合っていることが貴族たちに知れてしまったら、危険ではないのかという意味なのだろうか。

「大丈夫だと思います。俺が言伝《ことづて》を頼んだのは南の民の商人であったので、西の貴族の耳に入ることはないでしょう」

なおかつ、シフォン＝チェルの主人であるリフレイアは北の民に対して同情的であるようだから、そちらは心配する必要がない。……と、そこまで伝えてしまうのは、何か危《あや》うい感じがしてしまったので、やめておいた。森辺の民は、まずジェノスの領主マルスタインがリフレイアの行動をどのような形で受け止めるか、それを見届けるべきであるのだ。

「くそっ！　いつになったら迎えのトトスは来るんだよ……あいつら、俺たちのことなんて忘れちまったんじゃないのか？」

と、少し離れた場所に立っていた衛兵の一人がそのように言い捨てるのが聞こえてきた。

「ぼやいたって始まらないさ。生命があることを西方神に感謝しようぜ」

「今日は無事に済んだとしても、明日からはわからねえよ。雨季はまだひと月以上も残ってるんだぞ？」

「そうは言っても、交代の日が来るまでは耐《た》えるしかないだろう。まさか、ギバが恐ろしいからと言って、護民兵団を辞《や》める気か？」

「そうは言ってねえけど……こんな仕事、俺はもううんざりなんだよ！」

片方の声が、だんだん大きくなってくる。しかし、エレオ＝チェルもシン＝ルウもその他の北の民たちも、そちらを振り返ろうとはしなかった。

「こんなところに道を切り開いたって、得をするのは貴族とシムの商人だけだろう？　何の関係もない俺たちが、どうして生命を張らなきゃならねえんだ？」

「ジェノスが豊かになれば、俺たちの生活も潤《うるお》うだろう。それに、今さらそんなことをぼやいたって意味はない、と言っているんだ」

「へえ。貴族や商人が銅貨を稼《かせ》いだら、俺たちの給金も上がるってのか？　ここ数年、いい思いをした覚えなんて一度もねえけどな！」

衛兵にも衛兵なりの不平や気苦労というものがあるのだろう。そのように思って、俺も気にしないように努めた。が、それを聞きとがめた人物が、広場の中央からずかずかと近づいてきた。

「何を騒《さわ》いでいるか！　無駄口《むだぐち》を叩《たた》かず、仕事に集中しろ！」

頭に包帯を巻いて、左腕《ひだりうで》を肩から吊《つ》った、まだ若そうな衛兵である。どうやら彼らより位は高いらしく、見張りの衛兵たちは元気なく敬礼することになった。

「迎えの車も、もうじきに来るだろう。あれだけの騒ぎで死者が出なかったのだから、俺たちは西方神に感謝するべきなのだ。……だいたい、五体満足で済んだくせに文句を垂れるな。こやつらなどは、お前たちの身代わりで傷ついたようなものなのだぞ？」

と、無事なほうの腕《うで》で、北の民たちを指し示していく。身代わりとはどういう意味なのだろう――と俺が顔を上げると、その若き衛兵と目があった。衛兵は、ぎょっとしたように目を見開く。

「何だ、お前も来ていたのか」

「あ、あなたはマルスですか。どうもおひさしぶりです」

それは宿場町で何度か顔をあわせたことのある、衛兵の小隊長マルスであった。兜《かぶと》を外して包帯を巻かれていたので、すぐには気づくことができなかったのだ。

「このたびは、すっかりお前たちの世話になってしまったな。あの若い狩人がいなかったら、仲間の何人かは魂《たましい》を返すことになっていただろう」

「ええ、本当にひどい災難でしたね。飢《う》えたギバに襲われてしまったそうで」

「ふん。落ち着いて対処していれば、このような騒ぎにはならなかったのだ。しかし、恐怖で我を失った衛兵の一人が、ギバに槍《やり》を投げつけてしまってな。それで怒《おこ》ったギバがこちらに飛び込んできて、このざまだ」

忌々《いまいま》しげに言い捨ててから、マルスは俺の背後を透《す》かし見た。そこに座り込んでいるのは、エレオ＝チェルだ。

「あのギバを最初に食い止めたのは、お前だったな。お前があそこで身体を張らなければ、おそらくあの時点で何人かは魂を返すことになっただろう。……というか、お前たちがいなければギバを仕留めることもできず、もっと大きな被害《ひがい》が出ていたはずだ」

「………………」

「お前たちの働きは、しかと報告させてもらう。傷が癒《い》えるまでは、トゥランのねぐらでしっかりと休むといい」

それだけを言いおいて、マルスはきびすを返してしまった。

そういえば、数ヶ月前にエレオ＝チェルが伐採《ばっさい》作業の現場を抜け出して俺に会いに来たとき、それをとがめに来たのはこのマルスであったのだ。北の民はみんな風貌が似ているので、マルス自身は気づいていないのかもしれないが、なんとも不思議な巡り合わせであった。

「ギバを仕留めたのは、お前たちだったのか」

と、エレオ＝チェルの手当てを終えたシン＝ルウが静かにつぶやく。

「刀もなしに、よくギバを仕留めることができたな。いったいどのようにして仕留めたのだ？」

「……刀、無いが、斧《おの》、あった。丸太、殴《なぐ》る者、いた」

「斧や丸太でギバを仕留めたのか。それは大したものだ」

そうしてシン＝ルウも、別の北の民の手当てに取りかかる。俺もそちらに向かわなくてはならなかったが、最後にもう一言だけエレオ＝チェルに声をかけさせてもらった。

「本当に大変な一日でしたね。早く怪我がよくなるように、俺も祈《いの》っています」

するとエレオ＝チェルは、目だけを俺のほうに向けながら、重々しい声を返してきた。

「仕事、休む、残念だ。……森辺、食事、美味。トゥラン、味わえない」

そうして見張りの衛兵たちには気づかれないように、エレオ＝チェルはこっそり俺のほうに顔を寄せてきた。

岩のように厳ついその顔には、まるで子供のように無邪気《むじゃき》な笑《え》みが浮《う》かべられていた。

第三章★★★ファの家長の生誕の日

1

　飢えたギバに襲撃《しゅうげき》された日から、茶の月が終わるまでの五日間、森辺に道を切り開く作業はいったん中止されることになった。たった一頭のギバによって何十名もの負傷者を出す結果になってしまい、再び安全面に関して討議されることになったのだ。

　そもそも、そのように危険な場所を街道《かいどう》として使用することができるのかと、そんなところまで話は蒸《む》し返されることになったらしい。それに関しては、「トトスの荷車に乗っていれば問題はない」ということで決着がついていたはずであった。荷車を引いたトトスがぞんぶんに走れる道幅《みちはば》を確保できれば、三、四時間で踏破《とうは》できる距離《きょり》であるのだから、間に休憩《きゅうけい》をはさまずに走り抜ければギバに襲われる危険はない、という判断だ。

　よって問題は、やはり工事の継続《けいぞく》に関してであったが――これもまた、怯《おび》えた衛兵がむやみにギバを刺激してしまったための悲劇であったのだから、落ち着いて対処をしていれば、このような騒ぎにはならなかったはずだった。ギバは自分の頭より高い場所に跳躍《ちょうやく》することができないので、荷台や材木などの上に退避《たいひ》して、サウティ家から授《さず》かったギバ除けの実をうまく使えば、事なきを得たはずなのである。

つまるところ、焦点《しょうてん》となるのは衛兵たちの心情であった。彼らは恐るべきギバと初めて森の中で遭遇《そうぐう》し、すっかり恐怖の虜《とりこ》になってしまったのだ。幸い死者こそ出なかったものの、たった一頭のギバによってこれだけの人間が傷つくことになった。その事実が、彼らを震《ふる》えあがらせてしまったのだった。

むろん、貴族の側が工事の継続を命令すれば、衛兵たちに逆らうことは許されない。が、また同じ悲劇が繰《く》り返されれば、今度こそ死者を出してしまうかもしれない。そして、衛兵たちがパニック状態に陥《おちい》ってしまうと、見張りの任務も果たせずに、北の民の脱走《だっそう》を許すことにもなりかねないのだ。

また、騒乱《そうらん》の場にあっても、北の民たちは取り乱すことがなかった。それどころか、最終的にギバを仕留めたのは彼らであったのだ。そういった報告が、いっそう貴族たちを不安にさせたようだった。

で、結論である。五日間の協議の末、工事の現場には森辺の狩人《かりうど》も駆り出されることになってしまった。作業員でも見張り役でもなく、それらを守る護衛役としてである。飢えたギバが現れたら、しかるべき手段でそれを撃退《げきたい》する。それを唯一《ゆいいつ》の仕事として、森辺の狩人が工事の現場に招かれることが決定されたのだった。

「でも、あれだけの人間がわいわい騒いでたら、普通《ふつう》はギバなんて寄ってこねーんだよな。この間はたまたま飢えたギバが正気を失って近づいてきたんだろうけど、たぶんこの先は護衛役の出番なんてねーよ」

ルド＝ルウなどは、そのように評していた。

しかし、彼らが欲《ほっ》していたのは精神面における安心感であったのだ。現場の人間たちが安心して仕事に取り組めるようにどうか力を貸してほしいと、貴族からは多額の謝礼金を提示されたのだった。

「朝から晩まで、雨の中で突《つ》っ立ってなきゃいけねーんだろ？　そんなつまんねー仕事はねーよなー。俺だったら、絶対に御免《ごめん》だぜ！」

多くの狩人はルド＝ルウと同じ気持ちであったのだろうが、これはジェノスの領主マルスタインの名によって正式に届けられた仕事の依頼《いらい》なのだ。領民の端《はし》くれたる森辺の民としては、可能な限り従うしかなかった。

「しかし、狩人の仕事をおろそかにすることはできん。その仕事は、休息の期間にある氏族に割《わ》り振るしかねえだろうな」

族長たちは、そのように決定した。それで、今はどの氏族が休息の期間であったかというと――なんと、ラヴィッツを親筋とする三つの氏族であった。茶の月の頭までは北の一族が休息の期間にあり、そのすぐ後にスン家が休息の期間となり、そしてつい数日前からラヴィッツ家が休息の期間に突入《とつにゅう》したのだという話だった。

「まあ、突っ立っているだけで銅貨をもらえるというのならば、そんな気楽な話はないが……それにしても、馬鹿馬鹿しい仕事だな」

ラヴィッツ本家の家長デイ＝ラヴィッツも、そのように述べていたらしい。

ともあれ、これで十日から半月ばかりの人員はまかなうことができた。赤の月の半ばになり、彼らの休息の期間が終われば、今度はサウティあたりに順番が回ってくるのではないかという見込《みこ》みであった。

「この際、謝礼の銅貨などというものは、仕事を果たした氏族にまるまる渡《わた》してしまうべきだろう。他の氏族の人間は、何の労力も払《はら》ってはいないのだからな」

ドンダ＝ルウの提案で、謝礼金についてはそのように取り決められた。きっとルウ家がその仕事を受け持つことになっていた場合は、森辺の民の共有財産にするべきだと主張していたのだろう。

何にせよ、それでようやく万事《ばんじ》は収まることになった。俺たちはこれまで通りに宿場町での仕事に取り組みながら、ルウやフォウの人々からそういった話の進捗《しんちょく》具合いを順次、耳にすることができたのだった。

「まったく、面倒《めんどう》なことをしてくれたもんだねえ。こっちは祝いの準備で大忙《おおいそが》しだったってのに、本当に迷惑《めいわく》な話だよ」

珍《めずら》しく、ミーア・レイ母さんはそのようにぼやいていた。この五日間で族長たちは城下町に招かれたり、族長同士で協議したりと大忙しであったが、その期間内にはドンダ＝ルウ、ルド＝ルウ、コタ＝ルウの生誕の日が含まれていたのである。特にドンダ＝ルウはルウの本家の家長であるのだから、その生誕の日は他の家人よりもいっそう盛大《せいだい》に祝われなければならなかったのだった。

しかしまた、現在は雨季の真《ま》っ只中《ただなか》である。本来であれば広場を使って祝宴《しゅくえん》が執《と》り行われるところであるのだが、これではそれも難しい。晩餐《ばんさん》は夕刻ぐらいから早めに始められて、食後の酒宴《しゅえん》で分家の人々や眷族《けんぞく》の家長たちが祝いの言葉を述べにやってくる、という変則的なスタイルがとられたのだそうだ。

「金の月がある年は、どうしたって茶の月の終わりが雨季のど真ん中になっちまうからね。普《ふ》段《だん》だったら、ぎりぎり広場が使えたりもするんだけどさ」

そういえば、今年は三年に一度の閏月《うるうづき》が存在する年であったのだ。そうでなければ、通常はだいたい赤の月になってから雨季が訪《おとず》れるのだという話であった。

ルウの本家はとりわけ大きな造りをしていたが、それでもいっぺんに収容できる人間の数は限られている。だから、客人たちも長居はせずに、入れ代わり立ち代わりで訪れてくるのだろう。それをもてなすミーア・レイ母さんたちとしては、広場の祝宴とはまた異なる苦労を背負わされるのだろうと思われた。

しかしそれも、ルウ家とその眷族の間における問題である。ここ最近で五つもの誕生日が立て続けに行われることになったルウの本家であるが、俺はそれを人づてで聞くばかりであった。

俺はかつてララ＝ルウとティト・ミン婆《ばあ》さんの生誕の日に客人として招かれたことがあったが、それ以降はルウ家の人々も自分たちで祝いの料理をこしらえるようになっていた。ちょっとさびしい話であるが、本来、生誕の日というのは血の縁《えん》を持つ人間の間のみで祝われるものなのである。

それ以外で俺が招かれたのは、ダン＝ルティムのお誕生日会ぐらいであった。ダン＝ルティムは「来年も楽しみにしているぞ！」と大笑いしていたが、あれはまあダン＝ルティムの大らかさゆえなのだろう。それからの数ヶ月でガズラン＝ルティムやアマ・ミン＝ルティムなどもひとつずつ齢《よわい》を重ねていたが、その祝宴に俺が招かれることはなかったし、それを「水臭《みずくさ》い」と判ずるような習わしは、森辺に存在しなかったのだった。

身近なところでは、トゥール＝ディンやミダやツヴァイなども、ひっそりと生誕の日を終えていた。それもたまたま世間話などから知れただけで、そもそも余所《よそ》の家の人間に積極的に伝えるような話ではないのだ。

ゆえに、俺が重んじるべきは、アイ＝ファと自分の生誕の日のみであった。

そうして月は、ついに赤の月に至っている。

雨季の後半戦を迎《むか》えると同時に、俺はいよいよアイ＝ファの誕生日をも迎える段に相成ったのだった。


森辺の開削《かいさく》工事が再開されて、十日目。

アイ＝ファがこの森辺に生を受けた、赤の月の十日。

その日も、俺は宿場町で仕事であった。奇《く》しくも、休業日はその前日であったのだ。むろん休業日をずらすことも可能であったが、アイ＝ファには「無用だ」と言われてしまっていた。

「美味《うま》い晩餐を準備してもらえれば、それで十分だ。無理に仕事をずらしたとて、特別に為《な》すべきこともなかろうが？」

それが家長の、厳粛《げんしゅく》なるお言葉であった。

まあ、森辺において生誕の日というのは、実につつましく執り行われているのである。普段よりも上等な食事を準備して、家人からお祝いの花を届ける。言ってみれば、それだけの話なのだ。重要なのは形式ではなく気持ちである、ということなのだろう。

そして俺は、赤の月に入ってからすぐに、アイ＝ファにひとつの相談をさせてもらっていた。生誕の日というのは、血の縁を持つ人間の間で行われるべきものである。それをしっかりとわきまえた上で、今回は客人を招いてみてはどうかと提案させていただいたのだった。

「アイ＝ファとしては、どっちが望ましいだろう？　俺はアイ＝ファが一番望むかたちで、その日を迎えたいと思っているよ」

俺の言う客人とは、リミ＝ルウとジバ婆さんのことであった。アイ＝ファは昨年の生誕の日に、リミ＝ルウを冷たく追い返してしまったことをひどく悔《く》いているようだった。ならば、リミ＝ルウたちを招くことによって、双方《そうほう》の心を癒《いや》すことができるのではないかと考えたのだ。

俺の提案に、アイ＝ファは大いに煩悶《はんもん》することになった。

「しかし……昨年は無下《むげ》に追い返したのに、今年は客人として招こうなどとは……あまりに身勝手な人間だと思われてしまわないだろうか……？」

「リミ＝ルウだったら、そんな風に思ったりはしないだろう。絶対に大喜びしてくれるはずさ」

「うむ……それはそうなのかもしれないが……」

最近は毅然《きぜん》とした面持《おもも》ちでいる時間が長くなっていたアイ＝ファであるが、そのときばかりは子供のように不安そうになってしまっていた。

「それでは、アスタからその話をリミ＝ルウに伝えてみてもらえるか……？　それでもしも、万が一にもリミ＝ルウが嫌《いや》そうな顔をしたときは、包《つつ》み隠《かく》さず私に告げてほしい……」

「大丈夫《だいじょうぶ》だってば。アイ＝ファは心配性《しんぱいしょう》だなあ」

もちろん、アイ＝ファの心配は空振《からぶ》りに終わった。翌日、その旨を告げてみると、リミ＝ルウはめいっぱい驚《おどろ》いたのちに、めいっぱい喜んでくれたのだった。

「でも、いいのかなあ？　アイ＝ファだって、生誕の日はアスタと二人きりで過ごしたいんじゃない？」

「俺《おれ》たちは毎晩二人きりだからね。そんな気を使う必要はないよ」

「だったら、行くー！　ジバ婆も喜ぶよ！」

そうしてリミ＝ルウは、うっすらと涙《なみだ》までにじませながら、俺の胸《むな》もとに飛びついてきたのだった。

「それって、アスタが言ってくれたんでしょ？　アイ＝ファはそういうの、自分からは言えない性格だもんね」

「うん。さすがリミ＝ルウは、アイ＝ファの性格をわかってるね」

「当たり前じゃん！　一番大好きな友達だもん！」

その夜、俺は自分で体験した出来事を包み隠さずアイ＝ファに伝えてみせた。

アイ＝ファは額に手をあてると、深くうつむきながら「そうか……」とつぶやいた。

「リミ＝ルウを嫌な気持ちにさせなかったのなら、本当によかった。……アスタよ」

「うん」

「……お前の気づかいには、深く感謝している」

アイ＝ファの声は、わずかに震えていた。

もしかしたら、その瞳には涙もにじんでいるのかもしれない。

それには気づかないふりをして、俺はもう一度「うん」とだけ答えておいた。


そうして迎えた、当日である。

屋台の商売そのものは敢行《かんこう》したが、さすがに勉強会の類いだけはお休みをいただくことになった。無事に仕事を終えたならばルウの集落に向かい、そこでリミ＝ルウたちと合流である。

最長老たるジバ婆さんをファの家に迎えるにあたって、ドンダ＝ルウからはひとつだけ条件を賜《たまわ》っていた。それは、男衆を一名同行させるべしというものであった。

よもや集落の内部で危険な事態に見舞《みま》われる恐れはなかろうが、やはりお供もつけずに最長老と幼子を余所の家の晩餐に参加させるというのは、森辺の習わしにそぐわない行いであるらしい。規律に厳しいジザ＝ルウの目もあることだし、こればかりは了承《りょうしょう》するしかなかった。

そうして選ばれた男衆は、ルド＝ルウである。まあ、ルウ家で一番ファの家とゆかりの深い男衆は、ルド＝ルウかシン＝ルウだ。それでルド＝ルウはリミ＝ルウたちと同じ家に住む家族であるのだから、これがベストの選択《せんたく》であったことだろう。ドンダ＝ルウはわざわざその日を休息の日にしてルド＝ルウの身も空けてくれたのだから、文句のつけようもなかった。

「今日はありがとうねえ、アスタ……婆は本当に嬉《うれ》しく思っているよ……」

雨具を纏《まと》い、ルド＝ルウに手を取られて家の外に出てきたジバ婆さんは、そのように言いながら優《やさ》しく笑いかけてきてくれた。

帰り道があるので、彼らはルウルウの荷車だ。かつてはダレイムや宿場町まで出向いたジバ婆さんであるのだから、これぐらいの移動は苦にもならないだろう。俺の目から見ても、その足取りは以前よりも軽くなっているように感じられた。

「ま、俺は邪魔《じやま》にならないように、隅《すみ》っこで小さくなってるからさ。美味い料理を期待してるぜ、アスタ？」

そのように述べてから、ルド＝ルウは御者台《ぎよしやだい》に落ち着いた。そんな彼らを引き連れて、いざファの家に帰還《きかん》である。

トゥール＝ディンたちを送り届けて、ファの家に戻ってみると、かまどの間にはたくさんの女衆がいた。明日の商売の下ごしらえをお願いしておいた人々だ。

「おかえり、アスタ。ちょうど仕事もあらかた片付いたところだよ」

「ありがとうございます。本当に助かりました」

この後の時間はすべて晩餐の準備に費《つい》やしたかったので、俺は普段よりも早い時間から下ごしらえの仕事を彼女《かのじょ》たちに依頼していたのだった。

すでに調理の作業は終了《しゅうりょう》し、みんな後片付けに取りかかっている。リーダー格のトゥール＝ディンとユン＝スドラがいなくとも、フォウの家長の伴侶《はんりょ》が中心となって、滞《とどこお》りなく仕事を果たしてくれたようだった。

「お邪魔するよ……おやまあ、賑《にぎ》やかなことだねえ……」

少し遅《おく》れてジバ婆さんたちもかまどの間にやってくると、人々は作業の手を止めて、そちらを振《ふ》り返った。

「あなたがルウ家の最長老ジバ＝ルウですか。まさかお目にかかる日がやってこようなどとは思ってもみなかったですよ」

フォウの家長の伴侶が、うやうやしい仕草で頭を下げる。雨具のフードをリミ＝ルウに外されながら、ジバ婆さんは静かに微笑んだ。

「こんな老いぼれに気を使うことはないよ……どうぞ仕事を続けておくれ……」

女衆はそれぞれ礼をしてから、言われた通りに仕事を再開させた。しかし年若い女衆などは、その合間にちらちらとジバ婆さんの様子をうかがっている。ルウ家の最長老という肩書《かたが》きはもちろん、ここまで年老いた人間を目にすること自体が珍しかったのだろう。トゥール＝ディンやユン＝スドラも、初めてジバ婆さんと対面したときには同じような反応を見せていたものだった。

「よし、こんなもんかね。それじゃあ、アスタ。あたしたちはこれで帰らせていただくよ」

「はい。本当にありがとうございました。明日の朝もよろしくお願いします」

「日が沈《しず》む頃《ころ》に、例のあれを持って来るからね」

そのように言っていたのは、ランの女衆であった。彼女たちは彼女たちで、サプライズの準備があったのだ。俺は「はい」と笑顔《えがお》で応じて、かまどの間を出ていく彼女たちの姿を見送った。

「さあ、それじゃあ晩餐の準備を始めようか」

「うん！　美味《おい》しい料理をいーっぱい作ろうね！」

待ちかまえていたリミ＝ルウが、てけてけと駆《か》け寄ってくる。アイ＝ファのための晩餐は、俺たち二人でこしらえるのだ。これでこそ、リミ＝ルウを招いた甲斐《かい》もあったというものであろう。

「まずは、しちゅーの下準備からだよね！　時間がないから、急いでキミュスの骨を煮込《にこ》まないと！」

現在は下りの三の刻になるかならないか、日没までは三時間半ぐらいの見込みであった。骨ガラの出汁《だし》を取るところから始めると、なかなかぎりぎりのスケジュールだ。しかしこればかりは、余人の手を借りるわけにはいかなかった。俺たちは俺たちだけの力だけで、本日の宴《うたげ》料理《りょうり》を完成させなければならなかったのだった。

「ジバ＝ルウ、本当に母屋《おもや》で休んでいなくて大丈夫ですか？　かまどに火を入れるので寒いことはないかと思いますが、あまり居心地《いごこち》はよろしくないでしょう？」

「大丈夫だよ……せっかくファの家を訪れたんだから、その喜びをすみずみまで噛《か》みしめさせてもらいたいのさ……」

ジバ婆さんは、壁際《かべぎわ》に敷《し》かれた敷物の上で、ちょこんと座り込《こ》んでいた。雨具を脱《ぬ》いだ代わりに、ルウ家から持参した肩《かた》掛《か》けを羽織っている。お供のルド＝ルウは、その隣《となり》であくびを噛み殺していた。

聞くところによると、ジバ婆さんがファの家を訪れたのは、これが初めてであるらしかった。いかに旧来よりの友人同士とはいえ、ルウ家の最長老がむやみに小さき氏族の家を訪れるというのは森辺の習わしにそぐわないことであったし、また、以前までは距離的《きょりてき》な問題もあったのだろう。ファの家とルウの家は、徒歩だと往復で二時間もかかってしまうのだ。

ジバ婆さんとリミ＝ルウは、たしか散歩をしている中で、アイ＝ファとたまたま知り合うことになったのだという話であった。二人は家から北に向かい、アイ＝ファは家から南に向かい、おたがいの家の中間地点で遭遇することになったのだそうだ。

以来、ジバ婆さんたちが散歩に行く際は必ず北に向かうようになり、アイ＝ファも木渡りの修練をするときは必ず南に向かうようになり、偶発的《ぐうはつてき》に出会う機会を意識的に増やして、ひそやかに縁を紡《つむ》いでいったのだという。それがどのような交流であったのかはあまり語られることもないが、まだ幼いアイ＝ファとリミ＝ルウが子犬のようにたわむれる姿を想像するだけで、俺は胸が温かくなってしまうのだった。

「ジバ＝ルウたちがアイ＝ファと知り合ったのは、たしか六年ぐらい前だと仰《おつしや》っていましたよね？」

リミ＝ルウと一緒《いっしょ》にキミュスの骨ガラをやっつけながら問うてみると、ジバ婆さんは「ああ……」とうなずいた。

「でも、もうまるまる六年を超《こ》えちまうんだねえ……十二歳《さい》になる寸前だったアイ＝ファが、十八歳になっちまうっていうんだからさ……」

「ということは、リミ＝ルウは二歳でジバ＝ルウは七十九歳だったんですね。すごいなあ」

二歳と十一歳と七十九歳。普通はこの顔ぶれで知り合ったとしても、なかなか友人関係を構築することにはならなかっただろう。だけどアイ＝ファたちは、友誼《ゆうぎ》を結ぶことになった。六年以上が経過した現在でも、こうしておたがいを大事に思いやれているのだ。

「でも、ちょうどアイ＝ファが父親を失った頃に、あたしは足腰《あしこし》を悪くしちまったからねえ……一番そばにいてやらなきゃいけないときに、あたしは一緒にいてあげることができなかったんだよ……」

「それは、しかたのないことです。たまたま不運が重なってしまっただけですよ」

「うん……だけどあたしは、そのぐらいの頃から森辺で生きることをつらく感じるようになっていたのさ……アイ＝ファが苦しんでいたときに、あたしは自分の苦しさにばかりかかりきりだったんだから……やっぱり悔やんでも悔やみきれないよ……」

「それだって、きっとアイ＝ファも同じ心境だったと思いますよ。アイ＝ファが元気な時期だったら、きっとルウ家に忍《しの》び込んででもジバ＝ルウのもとに駆けつけていたでしょうからね」

そして、それをできなかった二人の代わりにファの家とルウの家を行き来していたのが、このリミ＝ルウであるのだ。さっそく鍋《なべ》の表面に浮いてきた灰汁《あく》と格闘《かくとう》していたリミ＝ルウは、にっこりと笑いながらジバ婆さんのほうを振り返った。

「でも、今はこうやって昔より仲良くなれたんだから、本当によかったよね！　二年間もつらい思いをした分、森がごほうびをくれたんだよ！」

「ああ、そうかもしれないねえ……」

するると、隣で退屈《たいくつ》そうに立っていたルド＝ルウも「そーそー」と相槌《あいづち》を打ってきた。

「だいたい、誰《だれ》が悪いかって言ったら、スン家の連中が悪いんだろ？　あいつらがおかしなちょっかいをかけてなければ、アイ＝ファは余所の人間と縁を切ろうなんて考えなかったんだろうからさ」

それも、確かにその通りである。なおかつ、アイ＝ファがディガをとっちめていなければ、ドンダ＝ルウの目にとまることもなく、ダルム＝ルウへの嫁入《よめい》りを願われることにもならなかったはずだ。その一件でアイ＝ファはますますルウ家と距離を取らねばという気持ちになってしまったのだから、悪縁《あくえん》が悪縁を呼んでしまったとしか言いようのない負の連鎖《れんさ》であった。

「それでディガたちはちゃんと罰《ばつ》を受けたんだから、もういいんだよ！　ジバ婆も、昔のことであれこれ悲しいことを言っちゃだめ！」

「本当に、リミやルドの言う通りだねえ……最近は、若い人間に正しい道を示されてばかりだよ……」

ジバ婆さんは、顔をくしゃくしゃにして笑っている。俺もリミ＝ルウやルド＝ルウの無邪気さや朗《ほが》らかさには、何度助けられたかわからなかった。

「そういえば、ジバ＝ルウの生誕の日はいつなんですか？　俺と知り合ってから、まだ生誕の日を迎えてはおられないですよね？」

俺もしんみりとしかけた空気を打破すべく、話題を切り替《か》えてみた。

「あたしは、来月の朱《しゅ》の月だよ……たしか、レイナも一緒だねえ……」

「来月なら、雨季も明けていますすね。やっぱり盛大にお祝いするのでしょうか？」

「さて……去年やその前なんかは、あたしが生きる気力をなくしちまってたし……そもそも、まともに食事もできないような有り様だったからさ……」

「でもでも、もっと前までは広場でお祝いしてたよね！　今はジバ婆も美味しいものをたくさん食べられるようになったんだから、またみんなで集まってお祝いしようよ！」

「……それでみんなも楽しんでもらえるなら、婆も嬉しいねえ……」

「そんなの楽しいに決まってんじゃん！　今年は親父《おやじ》の生誕の日も盛大にはやれなかったんだから、その分まで大騒《おおさわ》ぎしてやろうぜ！」

ルド＝ルウまで加わって、一気にその場の空気は元気と活力に満ちあふれた。なんとなく、大家族であるルウ家から活力のおすそわけをしてもらっているような心境である。

アイ＝ファと二人きりで過ごすだけで、俺は満ち足りた気持ちを得ることができるが、こんな風にみんなでアイ＝ファの大事な日を祝うというのも、まぎれもなく幸福なことであるはずだ。

そんなことを考えながら、俺は次なる作業の準備を始めることにした。

2

「それにしても、アイ＝ファってのは変わり者だよなー」

調理をしている間、かまどの間はずっと賑やかなままであった。ルド＝ルウとリミ＝ルウの仲良し兄妹《きょうだい》がそろっていたのだから、それもむべなるかなというものであろう。

「まず女衆で狩人になりたいとか言い出したのも、アイ＝ファが初めてだろうしさ。しかも家人や眷族もなく、たった一人で生きていこうなんて、普通は考えもしねーよなー」

「うん。でも今は、レム＝ドムだって狩人の仕事をしてるからねー」

「あっちはまだ頼《たの》もしい家人や血族が山ほどいるからな。それにレム＝ドムなんて、俺やシン＝ルウよりでっけーぐらいだしよ」

「あはは。アイ＝ファだって、ルドよりはおっきーけどね！」

「うっせーぞ、ちびリミ！　大きいたって、指の一本や二本分だろ！　俺だってまだまだ大きくなるんだからな！」

なんとも微笑《ほほえ》ましい兄妹の会話である。そのやりとりに存分に心をなごまされつつ、俺も参加させていただいた。

「そういえば、ルド＝ルウも生誕の日を迎えたばかりだったね。これで十六歳になったんだっけ？」

「ああ。十八歳になる頃には、アイ＝ファやアスタより大きくなってるよ！」

ルド＝ルウは、まだぷんすかしてしまっている。笑うと女の子のように可愛《かわい》いルド＝ルウであるが、これで身長がもっとのびたら、ダルム＝ルウにも負けない美青年へと変貌《へんぼう》を果たすのだろうか。俺としては、ほんのちょっぴり物寂《ものさび》しい話だ。

「ルドの生誕の日も、すごいご馳走《ちそう》だったよねー！　チャッチのころっけ、美味しかったなー！」

「ああ。ころっけなんて、ひと月に一回か二回しか作ってくれねーもんなー。なあ、アスタ、ギバの脂《あぶら》ってそんなに気をつけなきゃいけねーもんなのか？」

「うーん。それぱっかりは、様子を見ながら判断していくしかないんだよね。でもやっぱり、塩や砂糖や脂ってのは、とりすぎに気をつけたほうがいいものだとは思うよ」

「そっかー。まあ、たまに食べるから、余計に美味く感じるのかもしれねーけどさー」

ジバ婆さんの隣にあぐらをかいたルド＝ルウは、それでも物足りなさそうに身体をゆすっていた。

「ま、俺の話はいいとして、アイ＝ファだよ！　今はアスタがいるからいいけど、そうじゃなかったら、一人で生きて一人で魂を返すことになってたんだもんなー。俺にはそれが、一番信じられねーよ！　しかもアイ＝ファは、ルウ家だけじゃなく近在の連中とも縁を切ってたっていうんだろ？」

「うん。スン家との悪縁があったからね。自分のせいで近在のみんなに迷惑をかけたくなかったんだよ」

「そんな状態で二年も暮らしてたなんて、やっぱり俺には考えられねーや！　そんなの退屈すぎて、生きてることさえ嫌になっちまいそうだよ！」

「でも、その間もしょっちゅうリミ＝ルウは顔を出してくれていたからさ」

シチューのためのトライプをカロン乳で煮込んでいたリミ＝ルウは、はにかむように微笑んでいる。アイ＝ファの孤独《こどく》な二年間を埋《う》めてくれていたのは、まぎれもなくリミ＝ルウであったのだ。リミ＝ルウがいなかったら、アイ＝ファは誰とも言葉を交《か》わすこともできないような生活に身を置いていたのだった。

「それでさ、アスタとアイ＝ファはまだ婚儀《こんぎ》をあげねーのか？」

俺は思わず、鉄鍋《てつなべ》をひっくり返してしまいそうになった。

「な、なんだい、いきなり？　唐突《とうとつ》すぎるよ、ルド＝ルウ！」

「んー？　別に話をかえたつもりはねーけどな。アスタとアイ＝ファが婚儀をあげて、ばんばか子供を作らねーと、けっきょくファの氏は絶えちまうじゃん」

かつてこれほど直截的《ちょくせつてき》にそんな話をぶつけられたことはなかったので、俺はどうしても顔が赤くなるのを抑制《よくせい》することができなかった。

「だ、だけどほら、アイ＝ファは狩人としての仕事を何よりも大事にしているから……」

「バルシャみてーに、子供を作った後で狩人に戻《もど》ればいいじゃん。ま、ばんばか子供を作ってたら、そんなひまもねーかもしれねーけどなー」

とにかくその、子作りというダイレクトな表現だけでも勘弁《かんべん》していただきたいところであった。さすがに見かねてくれたのか、ずっとにこにこと微笑んでいるだけであったジバ婆さんが、ひさかたぶりに口を開く。

「余所の家のことに、あまり口を出すもんじゃないよ……あんただって、嫁取《よめと》りをせっつかれるのは嫌《きら》いだろ、ルド……？」

「だって、ダルム兄とかヴィナ姉が婚儀をあげてねーのに、俺とかレイナ姉がせっつかれるのはおかしーじゃん！　俺なんて、まだ十六になったばかりなんだぜー？」

「あんたはいつまでたっても子供の面が抜《ぬ》けないから、ミーア・レイたちも心配なんだろうさ……それだけ立派な狩人なんだから、いつ嫁を取ってもおかしくはないはずだしねえ……」

「そうだよ。ルド＝ルウだってお年頃《としごろ》なんだから、気になる女衆とかいないのかい？」

俺も話題をそらすべく、逆襲《ぎやくしゆう》に転じてみる。しかしルド＝ルウは、興味なげに肩《かた》をすくめるばかりであった。

「別に考えたことねーな。嫁入りの話はいくつかもらったけど、どいつもピンとこなかったしよ」

「おやおや……それじゃあ昔のヴィナと変わらないじゃないかね……」

「うんうん。ルドだって女衆には人気なのにねー。ターラだって、ルドのことすっごくかっこ

いいって言ってたよー？」

「ああ？　そんなの、あのちびっこから聞いたことねーぞ」

「本人に言うわけないじゃん！　ルドはなんにもわかってないなー」

「おー？　ちびリミのくせにわかったようなこと言ってんじゃねーよ！」

うまい具合いに、話はそれてくれたようだった。

そういえば、フォウおよびランとスドラのお見合いに関しても、着々と話は進められているのだ。森辺の民にとって、婚儀をあげて子を生すという行いはきわめて重んじられているのである。

「そういえば、アスタは最近、ルティムの家に行った？」

「うん。お見舞いのお礼を兼《か》ねて、一回だけ。……アマ・ミン＝ルティムは、だいぶお腹《なか》が大きくなってきたね」

「うん！　生まれるのはまだ何ヶ月も先なんだろうけど、楽しみだねー！」

なおかつこちらのご近所では、アマ・ミン＝ルティムに先んじてリィ＝スドラが懐妊《かいにん》している。収獲祭《しゅうかくさい》の折にはそれほど目立っていなかった彼女のお腹も、このふた月ほどでずいぶん大きくなってきていた。

（産めよ、増えよ、地に満ちよ、か……森辺の民にとっては、それが絶対的に正しい道なんだよな）

それを思うと、若干《じゃっかん》の後ろめたさを感じなくはない。俺は、アイ＝ファと結ばれることがないなら、一生独り身でかまわない――と、早々に決断してしまった身であるのだ。

アイ＝ファもまた、もしも自分が狩人としての力を失って、女衆として生きていくしかなくなったら、俺以外の人間を伴侶にすることは考えられない、と言ってくれていた。それだけで満ち足りた気持ちになってしまうというのは、やはり森辺の民にあるまじき行いであるのだろう。

かといって、アイ＝ファが大怪我《おおけが》をする未来など、望む気持ちになれるわけがない。精神的にはどんどん絆《きずな》を強めながら、俺たちはずっと同じ場所に留《とど》まっているような感覚であった。

そのとき、いきなり戸板が外から叩《たた》かれて、俺は飛び上がるほど驚いてしまった。それに続いて、「私だ」という凛然《りんぜん》とした声が響《ひび》きわたる。

「わーい、アイ＝ファだ！　遅《おそ》かったね！」

気づけば、窓の外はもう真っ暗になっていた。料理のほうも、ほとんど完成に近づいている。

そんな中、戸板はアイ＝ファの手によって開かれて、ルド＝ルウに「うひゃー！」と素《す》っ頓《とん》狂《きょう》な声をあげさせることになった。

「お前、すげーな！　そいつを一人で運んできたのかよ！」

「ルド＝ルウか……今日はこちらの勝手な申し出のために苦労をかけさせてしまったな」

堅苦《かたくる》しいことを言いながら、アイ＝ファはぜいぜいと息をついていた。その足もとには、ぎょっとするほど巨大《きょだい》なギバが横たえられている。これまた百キロではきかなそうな大物だ。

「雨だと、ギバ寄せの実の香りも弱まっちまうんだろ？　それなのに、よくもまあ一人でこんな収獲《しゅうかく》をあげられるもんだな！」

「雨季でも、ギバの数が減るわけではないからな。……それに、スドラがスンの集落に出向くようになってから、わずかにギバの数が増えたように思う」

「あー、そのスドラとかってのは、あっちでスンやジーンの連中と一緒に狩《か》りをするようになったんだっけ？　そいつもすげー話だよな！」

「と言っても、せいぜい五日か十日に一度ていどのことだし、最近まではスンの集落も休息の期間にあった。ギバが増えたように感じるのも、私の思い込みに過ぎないのかもしれん」

そんな会話をしている内に、アイ＝ファの呼吸は整っていく。やはり回復力も尋常《じんじょう》でない森辺の狩人なのである。

「それにしても、ひでー格好だな！　上から下まで泥《どろ》まみれじゃん！　もう晩餐の準備は終わりかけてるんだぜー？」

「すまんな。身を清めたのち、このギバを片付けてくる。今少し待っていてほしい」

「だったら、俺がギバの始末をしておいてやるよ。晩餐の世話をしてもらう礼ってことでいいだろ？」

「いや、しかし……」

「頼むよー！　俺はもう、ずっとここで美味そうな匂《にお》いを嗅《か》がされ続けてたんだぜ？　ちびリミは味見をさせてくんねーし、もう限界まで腹ぺこなんだよ！」

アイ＝ファはルド＝ルウに押《お》し切られて、それを承諾《しょうだく》する格好となった。

「では、重ね重ね苦労をかけてしまうが、よろしくお願いする。……この小屋の向こう側で身を清めるので、くれぐれも近づかないでもらいたい」

「ああ、目玉をくり抜かれるのは御免だからな！　うわ、重てー！」

雨具を纏ったルド＝ルウはずるずるとギバを引きずっていき、アイ＝ファはちらりとかまどの間を覗《のぞ》き込んでくる。

「……では、また後で」

まだリミ＝ルウたちに対して気後《きおく》れだとか何だとかが残っているのだろうか。泥まみれのアイ＝ファもそそくさといなくなってしまった。

「アイ＝ファは一人で狩りをしてるのに、ほんとにすごいねー！　ルウの家だって、雨季の間は収獲が落ちちゃうのに！」

「うん。俺の病気が治ってからは、雨季の前と変わらないぐらいの収獲をあげてる気がするなあ。……俺のせいでずっと仕事を休んでいたから、そのぶん張り切ってるんだろうね」

「そっかー。アイ＝ファだから心配はいらないと思うけど……でも、早く猟犬《りょうけん》を買えるようになるといいね！」

シュミラルがルウ家に猟犬をもたらしてから、もうすぐ二ヶ月が経過しようとしている。この期間内の働きで、猟犬が新たに購入《こうにゅう》されることはほぼ決定事項《じこう》とされていた。雨季が明けたら、まずはルウ家が何頭かの猟犬を購入し、それを森辺中の氏族にお試《ため》しで使ってもらおうという計画であるのだ。

すでにポルアースたちには、その件を打診《だしん》してある。雨季でもジャガルから訪れていた商人はわずかながらに存在していたので、その人々が帰国した際に、猟犬を扱《あつか》う商人に話をつけてもらう段取りになっていた。

「猟犬は、やっぱりすごいよー！　雨季になってから少し収獲は落ちちゃったけど、その前まではいーっぱいギバを捕《つか》まえてたもん！」

「そっか。犬は可愛いから、余計に楽しみだよね」

「うん！　ルウの家で買ったら、またリミが名前をつけてあげるんだー！」

そうして罪のない会話を重ねていると、再び戸板が叩かれた。

「アスタ。サリス・ラン＝フォウです。お約束のものを届けに参りました」

「はい、どうぞ。戸板を開けてお入りください」

雨具を纏ったサリス・ラン＝フォウが、愛息たるアイム＝フォウと、もう一人の女衆をともなって入ってきた。そちらは、ラン本家の家長の伴侶である。

「どうもお疲《つか》れ様《さま》です。アイ＝ファは今、裏で身を清めています」

「そうですか。では、こちらで待たせていただきますね」

サリス・ラン＝フォウたちは料理を汚《よご》してしまわないように、しずしずと部屋の隅に歩を進めていく。その足もとにへばりついたアイム＝フォウは、目をまん丸にして反対側の壁際にいるジバ婆さんの姿を見つめていた。それに気づいたジバ婆さんは、目を細めて微笑む。

「元気そうな幼子だねえ……あんたのお子かい……？」

「はい、アイム＝フォウと申します。……あなたはルウ家の最長老ジバ＝ルウですね」

雨具のフードをはねのけて、サリス・ラン＝フォウが頭を下げる。完成した料理を家に運ぶ準備を進めつつ、俺は説明しておくことにした。

「ジバ＝ルウ。彼女はサリス・ラン＝フォウといって、アイ＝ファの幼馴染《おさななじみ》です。近在の氏族の中では、彼女が一番親しい相手であったのですよ」

「ああ、そうなのかい……サリス・ラン＝フォウ……サリス＝ラン……確かにその名前は、聞き覚えがあるような気がするねえ……」

サリス・ラン＝フォウは「え？」と驚きの表情を浮《う》かべる。そちらに向かって、ジバ婆さんはますます優しげに微笑んだ。

「アイ＝ファは小さな頃から狩人になりたがっていたから、近在でも変わり者の子供として、少し煙《けむ》たがられていたようだね……そんな中でも、親しくしてくれる友達がいるんだと、あたしに話してくれたことがあるんだよ……」

「アイ＝ファが、そのようなことを……？　わたしだって、馬鹿な考えは捨てるべきだと、ずっと言い続けてきた身ですのに……」

「それだって、アイ＝ファの行く末を心配していたからこその言葉なんだろう……？　そういう気持ちは、きちんと伝わるもんなんだよ……」

サリス・ラン＝フォウは、きゅっと眉《まゆ》をひそめてうつむいてしまった。

「でも……わたしは、アイ＝ファがスン家と悪縁を結んだときに――」

「あー、その話はもういいの！　どうしてみんな、昔のことで悲しそうな顔をしちゃうの？　あなただって、今はアイ＝ファと仲直りできたんでしょ？」

そう言って、リミ＝ルウもサリス・ラン＝フォウに笑いかける。

「今日はアイ＝ファのお祝いの日なんだよ！　悲しそうな顔はしないで、にっこり笑うの！　ね？」

「……ええ、そうですね」

そうしてサリス・ラン＝フォウが泣き笑いのような表情を浮かべたとき、戸板が引き開けられた。泥を落としてびしょびしょになったマントを纏ったアイ＝ファが、びっくりまなこでサリス・ラン＝フォウを見つめる。

「サリス・ラン＝フォウ、このような時間にどうしたのだ？」

「アイ＝ファ。あなたに届けるものがあったのよ」

サリス・ラン＝フォウは、雨具の内側に隠し持っていたものを表に出した。ランの女衆も、同じようにそれを差し出す。

サリス・ラン＝フォウの手にあったのは、ギバの毛皮のマント、狩人の衣《ころも》であった。ランの女衆の手にあったのは、毛皮を裏にして作られた、フードつきの雨具だ。表面は、赤を基調にして綺麗《きれい》に染めあげられている。

「ファの家の友たるフォウとランの家から、これをアイ＝ファに贈《おく》ります。あなたがいつも届けてくれる毛皮でこしらえた狩人の衣と雨具よ、アイ＝ファ」

「狩人の衣と、雨具……？」

「ええ。アイ＝ファがいま使っているのは、父たるギル＝ファの形見の品でしょう？　本来、一人前になった狩人は、自分で仕留めたギバの毛皮を使って作られた狩人の衣を女衆から贈られるものだけど、ファの家には毛皮をなめす女衆もいなかったものね」

「それにアイ＝ファは、薪《まき》や香草《こうそう》を集める仕事もしてるだろ？　そういうときは、こっちの雨具を使うといいよ。女衆の雨具には、最初から頭巾《ずきん》もくっついてるしね」

アイ＝ファは、言葉を失ってしまっていた。

サリス・ラン＝フォウは狩人の衣を掲《かか》げたまま、にこりと笑う。

「余所の氏族から狩人の衣を贈られるというのは、森辺の習わしにそぐわない行いかもしれないけれど……でも、ともに収獲の宴を祝ったわたしたちなら、別にかまわないでしょう？」

「それにこれは、アイ＝ファが仕留めたギバの毛皮なんだからね。誰に恥《は》じることなく、使っておくれよ」

アイ＝ファはまぶたを閉ざし、しばらく何かを噛みしめるような素振《そぶ》りを見せてから、ふいに口もとをほころばせた。

「フォウとランの家に、深く感謝する。ありがたく使わせていただこう」

「……十八の齢を重ねたファの家長アイ＝ファに、祝福の思いとともにこれを贈ります」

二人の手からアイ＝ファの手に、二つの祝いの品が贈られた。

その姿を、リミ＝ルウとジバ婆さんは笑顔で見守っている。

アイ＝ファがその手の品をぎゅっとかき抱《いだ》くと、サリス・ラン＝フォウとランの女衆は目を見交《みか》わして微笑み合った。

彼女たちのサプライズは、俺の期待通りの幸福感をアイ＝ファにもたらしてくれたようだった。

3

それから四半刻ほどの後、俺たちはファの家の広間に集まっていた。

車座になった一同の前には、お祝いの料理がずらりと並べられている。たった今かまどで焼きあげた肉料理は、芳《かぐわ》しい香りとともに白い湯気をあげていた。

「えーと、ファの家長アイ＝ファの十八度目の生誕の日を祝福します。これからもファの氏に恥じない家長として生き、家人を導いてくれることを願います」

森辺の習わしに則《のっと》って、俺がそのように挨拶《あいさつ》を述べてみせる。「うむ」と鷹揚《おうよう》にうなずきつつ、アイ＝ファはけげんそうに小首を傾《かし》げた。

「ところで、どうしてそのようにかしこまった喋《しゃべ》り方《かた》なのだ？」

「ごめんな。こういう挨拶の類いが苦手なもんで」

なおかつ、お客人を迎えていると、ついついそちらに合わせた口調になってしまう俺であった。ともあれ、料理が冷めてしまう前に、次の段取りに進まなくてはならない。

「家長に祝福の花を捧《ささ》げます。おめでとう、アイ＝ファ」

「うむ」

「アイ＝ファ、おめでとー！」「おめでとさん」「おめでとうねえ、アイ＝ファ……」と、お客人たちもアイ＝ファに花を捧げていく。青い花、赤い花、黄色い花、白い花、と見事に配色は分かれることになった。髪《かみ》や胸もとを飾《かざ》られたアイ＝ファは、なんとか厳粛な表情を保ちつつ、それでも嬉しげに目を細めている。

アイ＝ファにとっては、花を贈られるのも二年ぶりのことであるのだ。いや、十五歳になってすぐに父親を失ってしまったのだから、時間にすれば三年ぶりということになってしまうのだろう。そんなアイ＝ファに、俺はもうひとつのプレゼントも渡《わた》すことにした。

「アイ＝ファ、喜んでもらえるかはわからないけど、これももらってくれるか？」

「うむ？　花の他には、贈りものなど不要だぞ？」

「うん。銅貨をむやみに使うのはアイ＝ファの性に合わないってのもわかってる。でも、どうしてもアイ＝ファに贈りたくなっちゃってさ」

それは宿場町で買い求めた髪飾《かみかざ》りであった。バラによく似た花をモチーフにしており、花弁は不思議な透《す》き通る石でできている。薄《うす》く削《けず》られたその花弁は、光を当てると七色にきらめき、アイ＝ファの大好きな硝子《ガラス》細工と同じぐらい綺麗であったのだ。

アイ＝ファは、どのような感情を発露《はつろ》するべきか迷うように視線を泳がせる。すると、ジバ婆《ばあ》さんが笑いながら声をあげた。

「生誕の日に限らず、男衆が女衆に飾り物を贈るのは、別に珍《めずら》しい話でもないからねえ……みんな、そうやって宴衣装《うたげいしょう》を華《はな》やかにこしらえていくんだよ……」

「うむ……しかし私は、狩人であるし……」

「狩人でも女衆さ……アイ＝ファにとても似合いそうな、素敵《すてき》な髪飾りじゃないか……」

アイ＝ファは小さく息をついてから、顔を横にしてまぶたを閉ざした。そのこめかみの上あたりに、俺は透明《とうめい》の花を留めてみせる。

「わー、綺麗だねー！　すっごく似合ってるよ、アイ＝ファ！」

アイ＝ファはくすぐったそうに身をよじってから、「さて」と背筋を正した。

「今日は私のために集まってもらい、客人たちには感謝している。友たるジバ＝ルウ、リミ＝ルウ、その家人たるルド＝ルウよ、あとは気兼《きが》ねなく祝いの料理を楽しんでもらいたい」

俺たちは、食前の文言を唱和した。それでようやく、晩餐《ばんさん》の開始である。

「いやー、もう腹が減って死にそうだよ！　ちっとぐらい味見をさせてくれたっていいだろうによー」

「ふーんだ。これはアイ＝ファのために作った料理なんだから、アイ＝ファに最初に食べてもらいたかったの！」

そうしてリミ＝ルウはアイ＝ファを振り返り、にっこり微笑んだ。

「ほらほら食べてみてー！　リミとアスタが一生懸命《いっしょうけんめい》作ったんだから！」

アイ＝ファも「うむ」と微笑みながら、食器を手に取った。

文字通り、俺《おれ》とリミ＝ルウが丹精《たんせい》を込めて作ったお祝いの料理である。もちろん主菜は、ハンバーグであった。それもお祝いということで、俺たちは数種類ものハンバーグを準備してみせた。というか、小ぶりに仕上げたハンバーグに対して、数種類のソースを準備したのだ。

まずは王道のデミグラス風のソースに、タウ油をベースにした和風ソースをしみこませたシィマのすりおろし、あとはシチューと同時進行でこしらえたホワイトソースと、アリアとミャームーのすりおろしと果実酒をベースにした洋風ソース——さらに、カレーをキミュスの骨ガラスープで溶《と》いたカレーソースまで加えて、堂々の六種類である。

ハンバーグのパテは小ぶりであるが、薄っぺらい形状だと噛み応えが物足りないので、ころんとした俵形に仕上げている。さらには、それとは別に特別仕立てのハンバーグも準備していた。特別仕立てというか、アイ＝ファの一番の大好物である、タラパソースの乾酪《かんらく》・イン・ハンバーグである。アイ＝ファは当然のように、まずはそのひと品を自分の木皿に取り分けた。

「……タラパは雨季で、しばらく使えなくなったという話であったはずだな？」

「うん。だけど城下町には、別の町から取り寄せたタラパがいくらでもあるからさ。ドーラの親父さんから買うタラパに比べれば新鮮《しんせん》さは落ちるけど、そこは調理の腕《うで》で補ってみせたよ」

せっかくのお祝いなのだから、これぐらいの大口は許していただこう。なおかつ、城下町で流通しているのは小粒《こつぶ》で甘《あま》みの強いタラパであるので、それにあわせて味付けも調整済みである。アイ＝ファが普段《ふだん》口にしているものに負けない美味しさを完成させたという気持ちに偽《いつわ》りはなかった。

アイ＝ファは「うむ」とうなずきながら、木匙《きさじ》で切り分けたハンバーグを大事そうに口へと運んだ。アイ＝ファのなめらかな頬《ほお》が、口の動きにあわせてほのかに動く。アイ＝ファは幸福そうに目を細めながら、俺とリミ＝ルウの顔を見比べた。

「とても美味だ。……みなも早く口にするといい」

リミ＝ルウは、アイ＝ファに負けないぐらい幸福そうな顔をしていた。たぶん俺だって、おんなじような表情になってしまっていたことだろう。

「なー、アイ＝ファもああ言ってるじゃん。早く俺にも食べさせてくれよー」

と、ルド＝ルウが不満げな声をあげる。見ると、彼《かれ》の木匙や木串《きぐし》はすべてリミ＝ルウの手に確保されてしまっていた。

「うん、もういいよー。ルドもいっぱい食べてね！」

「言われなくったって、山ほど食ってやる！」

俺たちも、食事を開始することにした。

ハンバーグの他にも、料理はよりどりみどりである。汁物《しるもの》はリミ＝ルウが中心になって仕上げたトライプのシチューと、レギィとオンダをふんだんに使ったタウ油仕立てのスープも準備している。

新鮮なティノがないと生野菜のサラダは難しかったので、その代わりに温野菜のサラダをたっぷりとこしらえた。ニンジンのごときネェノンや、ジャガイモに似たチャッチ、パプリカに似たマ・プラ、ズッキーニに似たチャンをしっかりと茹《ゆ》であげて、金ゴマに似たホボイのドレッシングで食べていただく。

さらに、清涼感《せいりょうかん》のある箸休《はしやす》めの副菜も欲《ほ》しかったので、シャキシャキとした千切りシィマとギーゴのサラダも添《そ》えることにした。梅干に似た干しキキのディップで食べる、さっぱりとした味わいだ。

あとは、最近の定番であるレギィとトライプのそぼろ煮《に》も用意した。具材には、タケノコに似たチャムチャムも使っている。当然のように、チャムチャムも甘辛《あまから》い和風の味付けとは相性《あいしょう》がよかった。

そして俺は、主菜のハンバーグとは別に、分厚いステーキをも準備していた。もちろん分量は半切れずつていどであるが、固いギバ肉を噛みちぎるというのは森辺の狩人にとってひとつの象徴《しょうちょう》めいて感じられたので、この日には必要なのではないかと考えたのだ。

ソースはシンプルに、焼いた肉からあふれた肉汁《にくじゅう》と果実酒とミャームーとタウ油でこしらえたものだった。つけあわせには、マッシュポテトならぬマッシュチャッチを添えてある。ルド＝ルウが参席するならば、どこかでチャッチをたっぷり使ってあげたいなというせめてもの心《こころ》尽《づ》くしである。

これが俺とリミ＝ルウの、およそ三時間半の成果であった。誰もが笑顔で、それを食べてくれている。その喜びにひたりながら、俺も食事を進めることができた。

「……ジバ婆《ばあ》は、とても食べる量が増えたようだな」

アイ＝ファが穏《おだ》やかな声でつぶやくと、リミ＝ルウに取り分けられたハンバーグを和風仕立てのソースで食していたジバ婆さんは「ああ……」と笑顔でうなずいた。

「今じゃあもう、ティト・ミンとそんなに変わらないぐらい食べているんじゃないかねえ……こんなに小さな身体なのにと、みんな呆《あき》れているよ……」

「私は、とても嬉《うれ》しく思う」

確かにジバ婆さんは、とてもゆっくりとであるが、変わらぬペースで何かしらを食べ続けている。口にしていないのは、いささか噛みごたえの強すぎるステーキとシィマの千切りサラダぐらいであろう。まもなく八十六歳になろうかというジバ婆さんがこれほどの食欲を見せてくれるというのは、とても嬉しいことだった。

もっともルド＝ルウなどは、その五倍ぐらいのスピードで食べ続けている。ファの家に分配されたポイタンだけでは足りなそうだったので、焼きフワノも相当な量を準備していたのだが、それも余すことなく食べ尽《つ》くしてくれそうな勢いであった。

「あー、ほんとに美味《うま》いなー！　レイナ姉とかはもうアスタと同じぐらい腕が上がったと思うんだけど、実際にこうやって食べてみると、やっぱり違《ちが》うんだよなー」

「そうなのかなあ。得意な料理の腕前《うでまえ》だったら、レイナ＝ルウはもう俺に負けてないと思うけどね」

「そう！　だから、こうやってずらーっと料理を並べられると、アスタのすごさがわかるんだよ！　アスタの場合はどの料理でも死ぬほど美味いけど、レイナ姉がこれだけの料理を並べたら、たぶんひとつかふたつの料理だけが飛び抜けて美味く感じられるんだよなー」

それは、なかなかの達見であるように感じられた。レイナ＝ルウやシーラ＝ルウは、商売のためにこしらえている料理や、そこから応用のきく料理に関して、めきめき腕を上げているのである。裏を返せば、それ以外の料理との出来栄えに差が生じてきた、という段階であるのだろう。

さらに言うならば、レイナ＝ルウは汁物料理や煮物《にもの》料理が得手であるように感じられる。得意な料理というものが明確になってきたゆえに、そうでない料理との差が出てきたのだ。それは、レイナ＝ルウの成長具合いがいちじるしいための現象であるように思われた。

「ルド、そんなに食べて大丈夫《だいじょうぶ》なのー？　この後には、お菓子《かし》だってあるんだからね！」

「普通《ふつう》の食事と菓子は別物だろー。なんか、入る場所が違うんじゃねーかなー」

「あはは。俺の故郷では、そういうのを別腹って呼んでいたよ。何かしら原因があるんだろうね」

別腹の原因はホルモンの分泌《ぶんぴつ》にあり、という俗説《ぞくせつ》を聞いたことがあったが、うろ覚えなのでよくわからない。それに、ルド＝ルウだってそんな解説は求めていないだろう。リミ＝ルウ自慢《じまん》のお菓子までしっかりと食べてもらえれば問題はなかった。

ともあれ、これ以上ないぐらい、なごやかな会食である。本日の主役であるアイ＝ファも旺盛《おうせい》な食欲を満たしながら、そのなごやかな光景を静かに見守っていた。

ルウ家の人々とは、これまでに何度も食事をともにしている。が、このような少人数でそれを行うのは初めての試みであるはずだった。なおかつ顔ぶれは、ルウ家でも気の置けないリミ

＝ルウとルド＝ルウとジバ婆さんだ。なごやかで、かつ賑《にぎ》やかな、それは温かい家族の団欒《だんらん》であった。

あらためて、ルウ家の持つ温《ぬく》もりをおすそわけしてもらったような心地《ここち》である。アイ＝ファと二人きりの生活に不満を抱《いだ》いたことなど一度としてないのだが、これが普段のファの家には存在し得ない温もりと賑やかさであることは否定のしようもなかった。

アイ＝ファだって、両親がいた頃《ころ》はこのような温もりに包まれていたことだろう。俺だって、それは同様だ。そうして俺たちが失ってしまったものを、この夜に贈り物として届けられたような気分であった。

・

「そういえば、祝いの晩餐なのに、アイ＝ファは果実酒を飲まねーんだな」

「うむ。最近はあまり口にする機会がない。お前は飲みたくば飲めばいい」

「俺もいーや。飲めねーことはないけど、そこまで好きじゃねーし」

そのように言ってから、ルド＝ルウはがりがりと頭をかいた。

「なんか俺、さっきからうるさくしちまってるな。隅《すみ》っこで小さくしてるとか言ってたのに、邪魔《じゃま》くさくねーか？」

「そのようなことを気にするのは、お前らしくないな」

「そりゃまー、アイ＝ファの生誕の日なんだからさ。客人として招かれてるのはリミとジバ婆なんだし、俺が邪魔するわけにはいかねーだろ」

「何の邪魔にもなってはいない。お前が静かにしていたら、逆に落ち着かない気分になりそうだ」

アイ＝ファの返答に、ルド＝ルウは「ふーん？」と小首を傾げる。

「確かにお前、すっげー楽しそうだな。そういう顔してっと、いつも以上に美人に見えるよ」

「……余計な口を叩くなら、隅っこで小さくなっていてもらおうか」

「何だよー、どっちだよー。アスタだって、きっとおんなじ風に考えてるぜー？」

「そ、そこで俺に振《ふ》らないでもらえるかな」

俺はいささか動揺《どうよう》してしまったが、アイ＝ファは普段ほど気分を害した様子もなく、穏やかな面持《おもも》ちで肩をすくめていた。色とりどりの花と髪飾りに彩《いろど》られて、確かにアイ＝ファはいつもよりも魅力的《みりょくてき》に見える。また、その内からあふれかえる幸福感が、いっそうアイ＝ファを輝《かがや》かしく見せているのだろう。

タウ油仕立てのスープをすすって一息ついたジバ婆さんが、やはり幸福そうに細めた目で広間の様相を見回した。

「アイ＝ファはこの家で、十八年間を過ごしてきたんだねえ……なんとも立派な家じゃないか……」

ルウの本家に比べれば、一回りは小さな家である。なおかつ、森辺の集落の家屋はのきなみ同じ様式で造られているので、とりたてて変わったところもない。

ただひとつ、ファの家ならではのものといえば、戸のない小さな棚《たな》に森の主《ぬし》の巨大な角と、シムから頂いた硝子の酒杯《しゅはい》、ラダジッドたちからいただいた硝子の大皿が飾られていることぐらいであろうか。

反対側の壁《かべ》には、雨に濡《ぬ》れた衣服や俺の雨具、そしてさきほどアイ＝ファが受け取った新品のマントと雨具も掛《か》けられている。その下に重ねられているのは、雨季に備えて購入した二人分の寝具《しんぐ》だ。

「ファの家って、もともとはどこの血筋だったんだろうな」

と、マッシュチャッチをもりもりとたいらげながら、ルド＝ルウがそのように発言した。アイ＝ファは、不思議そうにそちらを振り返る。

「ファの家だって、昔は分家とか眷族《けんぞく》とかがあったわけだろ？　でも、ここには家がひとつっきりしかねーじゃん？　そんで周りの連中と血の縁《えん》がないってことは、どこか別の場所から家を移してきたってことなんじゃねーの？」

「なるほど。言われてみれば、その通りだな。……しかし、私が幼い頃からこの場にはこの家しかなかったし、父ギルからも眷族などの話は聞いたことがない」

「ふーん。親父も知らねーって言ってたんだよな。ジバ婆は何か知らねーのか？」

「さてねえ……もともと森辺にはたくさんの氏族があったから、近在にでも住んでいなければ、なかなかすべての氏を覚えられるものではなかったんだよ……」

「あー、ジバ婆がちっちゃい頃は、民の数も倍ぐらいだったんだもんな。そんなの、いちいち覚えてられねーか」

笑顔《えがお》でトライプのそぼろ煮をつついていたリミ＝ルウも、きょとんとした顔で兄を見上げる。

「どうしてルドは、そんなことを気にしてるの？　ルドはあんまり血筋とか気にしてなかったのに」

「んー？　いや、ほんのちょっとでも余所《よそ》の氏族と血の縁があれば、ファの家もそこの眷族に迎《むか》えられるかもしれねーじゃん？　アイ＝ファみたいにすげー狩人とアスタみたいにすげーかまど番だったら、誰《だれ》だって眷族にしたいと思うだろうしさ」

「うん……？」

「そうしたら、余所の連中と婚儀とかあげなくても、賑やかに暮らしていけるじゃん。金色の髪とか珍しいから、レイあたりと血の縁があったら面白《おもしろ》かったのになー。でも、ルティムの長老もレイとファは関係ないって言ってたしなー」

　確かに俺も今のところ、アイ＝ファの他に金褐色《きんかっしょく》の髪を有するのはラウ＝レイとウル・レイ＝リリンぐらいしか見たことはなかった。というか、ルド＝ルウがわざわざそのようなことをルティムの長老ラー＝ルティムに尋《たず》ねていたということが驚《おどろ》きである。リミ＝ルウは木皿を敷《し》き物《もの》の上に置くと、ルド＝ルウの左腕《ひだりうで》をぎゅっと抱きすくめて、その肩に頬をすりつけた。

「なんだよ、食べづれーだろ」

「うん。ルドってそこまでアイ＝ファたちのことを気にかけてくれてたんだね」

「会話になってねーぞ。あんまりひっつくなよ」

　しかしリミ＝ルウはしばらくルド＝ルウにひっついたまま、幸せそうに微笑んでいた。その睦《むつ》まじい姿を見守りながら、アイ＝ファも薄く笑っている。

「血の縁はなくとも、私たちには友がある。ジバ婆やリミ＝ルウはもちろん、お前のことだって大事な友だと思っているぞ、ルド＝ルウよ」

「そーなのか？　アイ＝ファとはギャンギャン言い争いしてた覚えしかねーけどな」

「それでもお前は、昔からファの家に友愛の念を示し続けていてくれたではないか。……アスタが初めてルウ家でかまどを預かった夜も、お前は男衆の中でただ一人、祝福の牙《きば》を授《さず》けてくれたしな」

「そんなの、いつの話だよ！　それこそ一年ぐらい経《た》ってんじゃん！」

「何年経とうとも、忘れられるはずがなかろう。その牙は、今でもアスタの首にかけられているしな」

その通り、俺の首にかかっているのは、すべてルウの本家のみんなから授かった祝福の牙であったのだった。その数は、十本。ジザ＝ルウとダルム＝ルウとコタ＝ルウを除く十人から、俺はこれを授かることができたのだ。

「……ま、アスタだけじゃなくアイ＝ファも俺のことを友って呼んでくれるんなら、そいつは嬉しいけどさ」

と、ルド＝ルウは黄褐色《おうかっしょく》の頭をかき回す。

「それにしても、ほんとに普段とは別人みてーだな！　ラウ＝レイなんかがいい女だいい女だとか騒《さわ》ぐ理由がわかった気がするよ。そんなんじゃ、あちこちの男衆から嫁取りを願われて大変だろ？」

「……余計な口を叩くならば、友といえども隅っこに引《ひ》っ込《こ》んでいただきたいが」

「なんでそーゆー話には、いちいちつっかかるんだよ。心配しなくても、お前がアスタ以外の人間を伴侶《はんりょ》にするとは思っちゃいねーよ」

アイ＝ファは無言で、取り分け用の木皿を手に取った。リミ＝ルウに片腕《かたうで》を捕捉《ほそく》されたままのルド＝ルウは、「投げるなよ！？」ともう片方の腕だけで頭部をガードする。そんなささやかないざこざさえも、幸福に感じられる夜だった。

アイ＝ファはきっと、この夜の思い出を生涯《しょうがい》、忘れることはないだろう。アイ＝ファほど記《き》憶力《おくりょく》に自信のない俺だって、それは同じことだ。アイ＝ファと出会って、初めて迎えた生誕の日。それは限りない幸福感と喜びとともに、俺の胸の奥深《おくふか》くに刻みつけられることになったのだった。

第四章★★★甘き集い、再び

1

　アイ＝ファの生誕の日から五日後の、赤の月の十五日。

　俺たちは約束通り、お茶会の厨番《くりやばん》をつとめるべく、城下町に向かっていた。

　屋台の商売は、休業日だ。城下町のお茶会というものは中天の前後に開かれる習わしになっていたので、休業日にしか引き受けることはかなわないのだった。

　なおかつ、護衛役の狩人《かりうど》もまた、仕事を休まなければ同行することはかなわない。今回その役を担《にな》うことになったのは、アイ＝ファとルド＝ルウであった。

「ルウの家は、五日前にも狩人の仕事を休んでいたよね。今日はルド＝ルウだけがお休みなのかな？」

「いや、他の連中も家で休んでるよ。雨季の間は、無理したってしかたがねーからな」

　意外というか何というか、狩人の仕事を休む率というのは、ルウ家が一番高いように思われた。こうした雨季ばかりでなく、負傷者が相次いだときや、ギバの集まりが悪い時期などに、ルウ家はすぱっと仕事を取りやめて身体を休ませる潔《いさぎよ》さがあるのだ。

それでいて、ギバの収獲量《しゅうかくりょう》においては北の一族と並んでもっとも優秀《ゆうしゅう》であるはずなのだから、それはもう効率がいいと賞賛する他ないだろう。休むべきときは休み、働くべきときはしっかりと働く。ドンダ＝ルウ率いるルウの一族は、そこのあたりの見極《みきわ》めが非常に長《た》けているのだろうと思われた。

「ルウ家がそういう一族だから、猟犬っていうものもすんなり受け入れられたのかもしれないね。勇猛《ゆうもう》な上に柔軟《じゅうなん》な考え方のできるドンダ＝ルウっていうのは、本当に大したお人だと思うよ」

「なんだよ、本人のいないところでほめたって、なんにもならねーぜ？」

雨の中、城下町の入り口で乗り換《か》えた箱形のトトス車で揺《ゆ》られながら、それでもルド＝ルウはまんざらでもなさそうに笑っている。

「アイ＝ファのほうなんかは、ここ最近もずーっと森に入ってたんだろ？　それなら、こーゆーのも骨休めになっていいんじゃねーの？」

俺とリミ＝ルウにはさまれて静かに座していたアイ＝ファは、すました様子で肩をすくめた。

「とはいえ、アスタが病魔《びょうま》に冒《おか》されていた間は、長きにわたって森に出ることがかなわなかったからな。まだその分の収獲をあげたとは思っていないし、べつだん疲れが溜《た》まっているわけでもない」

「そいつは大したもんだけどよー。うちの親父《おやじ》だって、雨季の間はこうやってちょいちょい休んでるんだぜー？」

「それは、ドンダ＝ルウが多数の血族を率いる身であるからであろう。自分自身に疲れはなくとも、血族に休養が必要だと思えば、それを重んじる。それは家長として正しい行いだ」

「それじゃあアイ＝ファも自分より力のない狩人の家人がいたら、休みを入れなきゃとか考えんのかな？」

「そうあるべき、とは考えている。考えても意味のないことだが」

「そんなことねーよ。いつかアスタとばんばか子供――」

俺が「わー！」と大声をあげてルド＝ルウの言葉をかき消すと、アイ＝ファはびっくりしたように俺の顔を覗き込んできた。

「いきなりどうしたのだ？　毒虫にでも噛《か》まれたのか？」

「い、いや、そういうわけじゃないけれど」

ごまかしながら、俺は必死にルド＝ルウのことをにらみつけてみせた。向かいの席に座《すわ》ったルド＝ルウは、そっぽを向いて舌を出している。

「それで、アスタとばんばか何なのだ？」

「いや、だからアスタとばんばかさ」

「きみたち！　話題を変えようじゃないか！」

俺が再び大声を振りしぼると、御者台《ぎょしゃだい》のほうからけげんそうな声が響いてきた。

「どうかされましたか？　お気分が悪くなったのでしたら、いったん車をおとめしますが」

「いえ、大丈夫です！」

俺は大声を出す必要がないように席を立ち、ルド＝ルウの隣《となり》に移動させていただいた。そして、その耳もとに非難の声を注《そそ》ぎ込む。

「あのさ、ジバ＝ルウが余所の家のことにはあんまり干渉《かんしょう》するなって言ってたよね？」

「だって、アスタたちを見てっと焦れってーんだもん。どう見たって好き合ってるとしか思えねーしさー」

「お、お願いだから、そっとしておいてくれないかな？　俺たちは、森辺でもきわめて特殊《とくしゅ》な立場にある二人なんだからさ」

そうして小声で囁《ささや》き合っていると、アイ＝ファが「おい」と不機嫌《ふきげん》そうに呼びかけてきた。

「何やら楽しそうだな。仲がよいのはけっこうなことだが、話の途中《とちゅう》であった私はのけものか？」

人目がなかったら、唇《くちびる》のひとつでもとがらせていそうな目つきある。すると、隣にいたリミ＝ルウが笑顔でアイ＝ファの腕を抱きすくめた。

「そんなことより、今日は楽しみだねー！　またアイ＝ファといっぱい一緒《いっしょ》にいられて嬉しいなあ」

察しのいいリミ＝ルウは、兄のやんちゃをフォローしてくれたのだろうか。まったく、ありがたい限りである。そして、少し離《はな》れた場所に座っていたトゥール＝ディンは、困り気味の笑顔でこの騒ぎを見守っていた。

この五名が、本日のフルメンバーとなる。以前のお茶会とは、シン＝ルウがルド＝ルウに入れ替《か》わった格好だ。今回もまた「狩人を同行させるなら、なるべく見目のやわらかい若衆《わかしゅ》を」という要望が伝えられたために、ルド＝ルウが選ばれることになったのだった。

シン＝ルウは前回のお茶会で若き姫君《ひめぎみ》に見初《みそ》められることになってしまったので、あえて外すことになったのだろう。今日は家で家族やララ＝ルウたちと温かい時間を過ごしているはずだ。大事な妹の護衛役であり、また、試食の機会も巡《めぐ》ってくるこのたびの役目を仰《おお》せつかって、ルド＝ルウはとても満足げな様子だった。

そんな中、トトスの車が動きを止める。車を降りると、目の前に白い宮殿《きゅうでん》が立ちはだかっていた。以前と同じ場所、たしか《白鳥宮《はくちょうきゅう》》という名を持つ小宮だ。今回は玄関口《げんかんぐち》のすぐ手前、石の屋根がせり出たスペースにまで車が進められていたので、雨具を纏《まと》う必要もなかった。

あとは前回と同じ手順で、宮殿の内に案内される。まずは恒例《こうれい》の、浴堂である。男女で部屋が分けられているので、アイ＝ファたちとはいったん別行動だ。そうして身を清めてお召《め》し替《が》えの部屋に移動すると、また前回と同じ装束《しょうぞく》が準備されていた。俺のほうは白い調理着で、ルド＝ルウのほうは白い武官のお仕着せである。

「シン＝ルウが着させられたってのは、こいつかー。確かにこりゃ窮屈《きゅうくつ》そうだな」

そんな風に言いながら、ルド＝ルウは何やら楽しげな様子であった。

いざ着替《きが》えが済んでみると、美々しいお仕着せが意外に似合っている。稚気《ちき》にあふれたルド＝ルウでもやっぱり容姿は整っているし、それにスタイルが抜群《ばつぐん》であるのだ。貴族の若君のような、とまではいかないが、衣装《いしょう》に負けていることはまったくなかった。

お召し替えの部屋を出てしばらく待っていると、女性陣《じょせいじん》も侍女《じじょ》の案内で姿を現した。アイ＝ファはルド＝ルウと同じ武官のお仕着せで、リミ＝ルウとトゥール＝ディンはちっちゃなメイドさんみたいなエプロンドレスである。大事な妹の可愛《かわい》らしい姿を見て、ルド＝ルウは「うひゃひゃ」と笑い声をあげた。

「やっぱりその格好、妙《みよう》ちくりんだよなー！　子供が無理やり大人の服を着てるみてーだぞ！」

「なんだよ、ばかルドー！　せっかくほめてあげようと思ったのにー！」

リミ＝ルウは、ぷっと頬をふくらませてしまう。リミ＝ルウは金の月の末に行われたダレイム伯爵家《はくしやくけ》の舞踏会《ぶとうかい》でも、この可愛らしいお仕着せの姿を披露《ひろう》していたのだ。意地悪な兄はまだ笑いながら、アイ＝ファのほうに目を向けた。

「アイ＝ファは何だか、妙に似合ってんなー。男みてーなのにすごく綺麗だしよー。男からも女からもすっげーモテそうだなー」

「…………」

「そっちのお前も、似合ってんな！　そのへんで出くわしたら、城下町の人間かと見間違《みまちが》えそうだ」

トゥール＝ディンは、反応に困った様子で弱々しく微笑《ほほえ》んでいる。リミ＝ルウはまだ頬をふくらませたまま、そんな兄の足をげしげしと蹴《け》っていた。

「……それでは、貴婦人がたにご挨拶をお願いいたします」

と、そこで進み出てきたのは侍女のシェイラであった。アイ＝ファの着付けはまた彼女《かのじよ》が手

伝ってくれたのだろう。とても満足げに、そしてうっとりとアイ＝ファの姿を横目で見つめてから、俺たちを回廊《かいろう》にいざなってくれる。

お茶会では、仕事に入る前に挨拶をさせられるのが通例となっているのだ。まあ、これが城下町の通例であるのかエウリフィア個人の通例であるのかはわからないが、ともあれ、すべての段取りは前回とすべて同様のものだった。

ただし、お茶会の会場は以前と異なっていた。前回は屋外の庭園であったのだが、今回は屋内であったのだ。庭園の会場にも屋根はあったが、やはり雨季のお茶会には適していないのだろう。俺にとっては晩秋ぐらいの感覚であっても、彼らにとってはこれが一年でもっとも厳しい寒さであるのだ。

よって、部屋では暖炉《だんろ》に火が入れられていた。その上で、貴婦人がたは雨季の前と変わらぬ薄物《うすもの》に身を包んでいる。ただ、それぞれ瀟洒《しょうしゃ》な刺繍《ししゅう》のされた肩掛《かたか》けやひざ掛けなどで冷気から身を守っていた。

「ようこそ、森辺の皆様《みなさま》がた。今日という日を心待ちにしていたわ」

大きな丸い卓《たく》があり、そこに七名もの貴婦人が陣取《じんど》っていた。ただし今回は、全員が見知った顔ぶれとなる。それも俺たちは、事前に知らされていた。

まずはメルフリードの奥方《おくがた》たるエウリフィアと、その幼き息女オディフィアだ。南の鉄具屋ディアルと東の占星師アリシュナの客人コンビも顔をそろえている。それに、社交の場から遠ざけられているトゥラン伯爵家の当主リフレイアも、またエウリフィアのはからいで同席を許されていた。

そこまでが前回と同じ顔ぶれで、残る二名はポルアースの母君であるリッティアと、奥方であるメリムであった。シン＝ルウに恋心《こいごころ》を抱くことになった若き姫君たちの代わりに、今回は彼女たちが招かれることになったのだ。これならば、身分違いの色恋沙汰《いろこいざた》などでもめる恐《おそ》れもないだろう。

「おひさしぶりね、アスタ。それにそちらは……舞踏会の場で挨拶をさせていただいた、アイ＝ファよね。本当に、見違《みちが》えるようなお姿だわ」

ころころとしていて小柄《こがら》な貴婦人リッティアは、柔和《にゅうわ》な笑《え》みをたたえてそのように呼びかけてくる。ダレイム伯爵家の舞踏会において知遇《ちぐう》を得た、とても優《やさ》しげな壮年《そうねん》の貴婦人である。

「そちらのあなたたちは、舞踏会のときと同じお仕着せですね。とても可愛らしいですわ」

と、メリムはリミ＝ルウたちのほうに目を向けて微笑んでいる。こちらも小柄で、とても若く見える可愛らしい貴婦人である。本日も淡《あわ》いピンク色のドレスを纏っており、それがまた実によく似合っていた。

ということで、彼女たちと初対面になるのはルド＝ルウのみとなる。舞踏会にはルド＝ルウも護衛役として同行していたが、貴《とうと》き方々の集った大広間には足を踏《ふ》み入れる機会がなかったのだ。そんなルド＝ルウに、エウリフィアは優雅《ゆうが》に微笑みつつ語りかけた。

「あなたが族長ドンダ＝ルウの第三子息であったのね。お名前はうかがっていなかったけれど、何度かお姿を見かけたことはあるわ」

「あー、俺は闘技会《とうぎかい》とかその前とか、しょっちゅう護衛役として城下町に来てたからな。……丁寧《ていねい》な言葉とか使えねーけど、勘弁《かんべん》してくれよな」

「ええ、かまわないわ。族長ドンダ＝ルウは、本当にお子に恵《めぐ》まれているのね」

エウリフィアは口もとに手をやって、いっそう優雅に微笑んだ。これで彼女は、ルウ本家の三兄弟全員としっかり間近から対面したことになるのだ。城下町の女性としては、もっとも森辺の民と縁の深い人物と言えることだろう。

そうして貴婦人たちのやりとりが一段落すると、待ちかまえていたようにディアルが発言した。

「すっかりお元気になられたようで安心しましたわ、アスタ。最近は仕事のほうが忙《いそが》しくて宿場町に出向くことができなかったので、とても心配していたのです」

こういう場だと貴婦人のようなおしとやかさを纏うディアルであったが、その緑色の瞳《ひとみ》には隠《かく》しようもない安堵《あんど》の光があった。俺も心をこめて、「ご心配をおかけしました」と頭を下げてみせる。

「私も、同じ気持ちです。無事な姿、見ることができて、とても嬉しいです」

ディアルと同じぐらいひさびさのアリシュナも、そのように言ってくれた。東の民たる彼女はディアル以上に内心が読めないが、その真情を疑う気持ちにはなれない。

「……あなたはアスタが病魔に苦しめられている間も、城下町までギバの料理を届けさせていたそうですね、東のお人」

と、ディアルが横目でねめつけつつ牽制《けんせい》すると、アリシュナは「はい」と無表情にうなずいた。

「というか、ギバの料理、何事もなく届けられていたのです。その後、私、アスタの病、知りました」

「ああ、その頃はこちらのトゥール＝ディンが中心になって、商売のほうを切り盛りしてくれていたのです」

俺がそのように応じてみせると、トゥール＝ディンは慌《あわ》てた様子で頭を下げた。「そうなのですか」と、アリシュナはわずかに目を細める。

「ぎばかれー、アスタ、同じ味でした。あなた、すぐれた料理人なのですね、トゥール＝ディン」

「い、いいえ、わたし一人で作っていたわけではありませんし……わたしなどは、アスタの足もとにも及《およ》びません」

「でも、今日はあなたとリミ＝ルウが料理人で、アスタが助手なのよね。どのような菓子を食べさせてもらえるのか、とても楽しみにしていたわ」

エウリフィアも、笑顔で口をはさんでくる。

「まあ、わたし以上に心を弾《はず》ませていたのは、このオディフィアだけれどね。……さ、オディフィア、何か言うことがあるでしょう？」

「うん。……きょうはじょうかまちまできてくれて、ありがとう。トゥール＝ディンたちのおかし、すごくたのしみにしてた」

幼きオディフィア姫《ひめ》は、本日も完全無欠に無表情であった。ただその灰色の瞳は、一心にトゥール＝ディンを見つめている。そもそもこの茶会というものは、この幼き姫君がトゥール＝ディンの菓子を食べたいと熱烈《ねつれつ》にアピールしているからこそ開催《かいさい》されているはずであるのだ。

しかしこの姫君は何故《なぜ》だか東の民のように表情を動かさないため、トゥール＝ディンもへどもどしながらお辞儀《じぎ》を返すばかりであった。

そんな愛娘《まなむすめ》の髪を撫《な》でながら、エウリフィアはにこりと微笑んだ。

「今日も味比べで星をつけさせていただくけれど、そちらはあくまでも余興なのだから気にしないでね。今回はロウ家の令嬢《れいじょう》も料理人として招くことができたし、きっと素晴《すば》らしいお茶会になることでしょう」

それはおそらく、退室の合図であったのだろう。だけど俺はあえて鈍感《どんかん》をよそおって、ずっと黙《だま》りこくっている最後の一名に声をかけさせていただいた。

「リフレイア姫も、おひさしぶりですね。お元気そうで何よりです」

ひさしぶりに見るリフレイアは、相変わらずフランス人形のように可愛らしくて、そして取りすました表情をしている。その鳶色《とびいろ》をした瞳が、静かに俺を見返してきたが――しかし、その小さな唇から発せられた言葉は、俺に向けられたものではなかった。

「……エウリフィア、わたしはこのアスタと気兼ねなく言葉を交《か》わすことを許されているのかしら？」

「ええ、もちろんよ。森辺の民との調停役であメルフリードとポルアースに代わって、伴侶であるわたくしとメリム姫がその言葉を聞いているのだから、ジェノス侯《こう》を心配させることにもならないでしょう」

「そう……」とリフレイアはしばし目を伏《ふ》せてからもう一度俺の顔を見て、音もなく椅子《いす》から立ち上がった。

「森辺の民、ファの家のアスタ。そして、ルウの家のリミ＝ルウ。トゥラン伯爵家の当主として、あなたたちにお礼の言葉を述べさせていただくわ」

「はい、お礼の言葉ですか？」

「ええ。あなたたちが美味なる食事を準備してくれたおかげで、トゥランの北の民たちはこれまで以上に満足な仕事を果たせるようになったの。それはきっと、今後もトゥランに大きな力をもたらすことでしょう。だから……あなたたちには、とても感謝しているわ」

そうしてリフレイアはスカートのフリルをつまむような仕草とともに、貴婦人の礼をした。

あのリフレイアが、俺たちに頭を下げたのだ。それはきっと、父親のために料理を作ってほしいと願い出たときと、実際にその料理を与《あた》えたとき以来の行いであるはずだった。

「あと、これは余計な言葉かもしれないけれど……同じ北の民であるわたしの侍女も、あなたたちの行いにはとても感謝していたわ。血族に喜びをもたらしてくれたのだから、当然の話よね」

そのように付け加えてから、リフレイアは着席した。

ひょっとしたら、そちらの言葉のほうこそが、俺たちに伝えたかった内容だったのではないだろうか。彼女も立場上、奴隷《どれい》の身分にあるシフォン＝チェルのことを前面に押《お》し出すわけにはいかないはずであるのだ。

「……そういえば、トゥランに居残っている北の民の人々にも、俺たちの考案した料理が出されるようになったそうですね」

俺の言葉に、リフレイアは「ええ」とうなずく。

「怪我《けが》をしたために森辺まで出向くことのできなくなった女衆が二人ほどいたので、その者たちが他の女衆に手ほどきをすることになったの。だから今では、すべての北の民があなたたちの考案した料理を食べられるようになっているわ」

ならば、同じようにトゥランに居残ることになったエレオ＝チェルも、クリームシチューやフワノ饅頭《まんじゅう》の食事を食べ続けることができている、ということだ。彼のあどけない笑顔を思いだしながら、俺はほっと息をつくことができた。いっぽうリミ＝ルウはにこにこと笑いながら、無言で俺たちのやりとりを聞いている。

「それでは、菓子の準備をお願いするわ」

鷹揚《おうよう》に微笑みながら、エウリフィアがそのようにうながしてきた。

俺たちは一礼して、貴婦人の部屋を後にする。

「……部屋の奥《おく》の布の向こうに、うじゃうじゃ兵士が隠れてるみたいだったな」

と、厨を目指して回廊を歩いていると、ルド＝ルウがアイ＝ファに耳打ちしている声がかすかに聞こえてきた。

「で、きっとその中には、あのサンジュラってやつもいるんだよな。今さら城の人間が喧嘩《けんか》を売ってくるとは思わねーけど、ちっとばっかり落ち着かねーな」

「案ずることはない。今のお前なら、あのサンジュラという男に後《おく》れを取ることはないだろう」

「そうなのかな。ま、俺《おれ》も昔より力をつけたって自信はあるけどよ」

二人がそんな言葉を交わしている内に、厨に到着《とうちゃく》した。

シェイラの手によって扉《とびら》が開かれると、甘い香りがふわりと漂《ただよ》ってくる。何か果実を煮込《にこ》んでいる香りだ。そしてその香りの向こうには、ひさびさに見るシリィ＝ロウとロイの姿があった。

まあ、白い覆面《ふくめん》をすっぽりとかぶっていたので確証は持てないのだが、背格好からして間違《まちが》いはないように思う。俺たちが厨に踏み込んでいくと、かまどで鍋《なべ》を煮立《にた》てていたロイと思《おぼ》しきほうが「よう」と声をかけてきた。

「ちょいとひさびさだな。ひどい病魔に見舞《みま》われたって話だったのに、すっかり元気そうじゃねえか」

「はい、おかげさまで。すっかり元の体調を取り戻《もど》せたようです」

「そいつは何よりだったな。ヴァルカスなんかは、たいそう心配してたからよ」

すると、近くの作業台でフワノの粉を練っていたシリィ＝ロウらしき人物が、とげのある視線で俺たちを見比べてきた。

「挨拶《あいさつ》をするのは、作業の後にしていただけませんか？　火加減をしっかり見ていることができないなら、わたしと代わってください」

「ちょいと目を離したぐらいで焦《こ》げつくわけじゃねえだろ。お前だって、ヴァルカスに負けないぐらいオロオロしてたくせによ」

「わ、わたしはオロオロなどしていません！」

白覆面に丸く空けられた穴の向こうで、シリィ＝ロウの目もとの肌《はだ》が赤くなっている。そちらに向かって、俺は頭を下げてみせた。

「それでは、ご挨拶は仕事の後に。……どうもご心配をおかけしてしまって、申し訳ありませんでした」

「だ、だから心配などしていないと言っているのです！」

だいぶんシリィ＝ロウの気性《きしよう》というものがわかってきた俺なので、その言葉に悲しい気持ちを誘発《ゆうはつ》されることはなかった。

ともあれ俺たちも、貴婦人がたのためにとっておきのお菓子をこしらえなくてはならなかった。

2

およそ一刻と少しの後、俺たちは貴婦人がたの待つお茶会の会場へと舞《ま》い戻っていた。

三種類の菓子を届けられて、貴婦人がたの大半は期待に瞳を輝かせている。内心が読めないのはアリシュナとリフレイア、そして幼きオディフィア姫である。

「どれも見たことのない菓子ばかりですね。どのような味がするのか、とても楽しみです」

「それでは、またどれが誰の作であるかは伏せたまま、味比べをしてみましょう。そのほうが公平な結果を得られるでしょうからね」

そうして貴婦人がたが味比べに興じている間、我々は別室で待機である。が、おたがいの作品を試食できるこの時間こそが、俺にとっては一番楽しみなひとときであった。

隣の別室に案内されると、そこには厨から直行していたロイがすでに待ち受けている。助手の立場である彼《かれ》は、挨拶に出向く必要なしと見なされていたのだ。

「どうもお待たせしました。……俺だって助手の立場なのに、どうして扱《あつか》いが変わってしまうのでしょうね」

「そりゃあお前は助手といっても、そいつらの師匠《ししょう》でもあるからだろ？　実際は助手でも弟子《でし》でも何でもない俺なんざとは立場が違うさ」

いまだにロイは、非正規の立場でシリィ＝ロウたちの仕事を手伝っているようだった。ヴァルカスに弟子入りを拒《こば》まれた彼は、そういう形で調理の技術を学ぼうとしているのだ。

「それに、今日の菓子は一から十までシリィ＝ロウの作だからな。俺は雑用を手伝っただけなんだから、いっそう貴族様に紹介《しょうかい》されるいわれはねえさ」

そのように語るロイは、べつだん卑屈《ひくつ》になっている様子もなかった。今は己《おのれ》を磨《みが》くことにしか関心がないのだろう。レイナ＝ルウたちの腕前に驚嘆《きょうたん》した末、森辺の集落を訪《おとず》れたいなどと言いだした彼であるのだ。その調理に対する貪欲《どんよく》さは、賞賛に値するものであった。

「それでは、試食をさせていただきましょう」

シリィ＝ロウがロイの隣に陣取ったので、俺たちもその向かいに着席させていただいた。ルド＝ルウも席についており、アイ＝ファは俺のななめ後ろでひっそりと立ち尽くしている。

「それにしても、また揚《あ》げ物《もの》の菓子を出してくるとはな」

小皿に取り分けられた菓子を前に、ロイがそのようにつぶやいた。リミ＝ルウ作の、トライプのクリームコロッケである。今回リミ＝ルウは、それを完全なる菓子としてこしらえてみせたのだった。

衣《ころも》は、普段《ふだん》と変わらない。タネにフワノ粉をまぶし、溶《と》いた卵にくぐらせてから、干したフワノの削《けず》り粉をまぶして揚げている。カツやコロッケと同じ手順である。

そのタネには砂糖を加えて、さらに甘《あま》さを足している。そしてその上から、俺の授けた新しいソースを掛けているのだ。それはカカオに似たギギの葉と砂糖とカロン乳を駆使《くし》してこしらえた、チョコソースのごとき代物《しろもの》であった。

まあ、俺が授けたといっても、味を完成させたのは、やはりリミ＝ルウとトゥール＝ディンだ。俺は自分の抱くチョコソースの概念《がいねん》を伝えて、それに必要と思われる材料と手順を示したのみであった。

カロン乳はもちろん脂肪分《しぼうぶん》を分離《ぶんり》させて、乳脂《にゅうし》やクリームとしても使っている。それらと砂糖の割合を決めて、現在の形に仕上げたのは、まぎれもなくリミ＝ルウとトゥール＝ディンであった。

クリームコロッケ本体は、リミ＝ルウ一人で味を作った。勉強会で学んだレシピから、やはり食材の分量などを自分なりに練磨《れんま》したのだ。お菓子としてのクリームコロッケにおいては、もはや俺がリミ＝ルウ以上に美味《おい》しく仕上げることはできなかっただろう。

それにしても、コロッケにチョコソースをまぶしているのだから、見た目的にはウスターソースをかけられているかのようで、俺はひそかに愉快《ゆかい》な心地である。ずっと昔、幼馴染《おさななじみ》の玲奈《れいな》にそそのかされて、チョコ味のギョーザやたこ焼きなどといったものをこしらえたことがあったので、そのときに感じたイタズラ心と同質の愉快さであった。

が、その愉快さをこの場で共感してもらえる相手はいない。そもそもコロッケの存在しないこの地において、これは単なる「揚げ物の菓子」としか見なされないのだ。ロイやシリィ＝ロウも、あくまでジェノスの常識と照らし合わせて珍《めずら》しがっているだけのことであった。

「……あなたは以前にも油で揚げた菓子を出していましたが、それとはまったく異なる作りであるようですね」

と、シリィ＝ロウが真剣《しんけん》きわまりない眼差《まなざ》しを俺に突《つ》きつけてくる。俺が以前の茶会でお出ししたのは、アロウのジャム入りドーナツである。あのときは、シリィ＝ロウも貴婦人の立場でその菓子《かし》を口にしていたのだ。

ちなみにロイがドーナツを目にしたのはさらに前、俺がリフレイアに拉致《らち》された際のこととなる。奇《く》しくも二人は別々の場所で俺のドーナツを食することになったのだった。

「恥《は》ずかしながら、あのときの菓子よりもリミ＝ルウの作ったこの菓子のほうが、格段に美味しいと思います。城下町の人たちのお口にも合えばいいのですが、どうでしょうね」

シリィ＝ロウは、無言で小皿を引き寄せる。その隣でロイが切り分け用の小さな刀を手に取ると、リミ＝ルウが「あっ」と声をあげた。さきほど貴婦人がたにも伝えた注釈《ちゆうしやく》を伝えたいのだろう。

「あのね、これは皿の上で切らないで、直接かじったほうがいいよ！　中身が、だらーってこぼれちゃうから！」

あまりこの両者が口をきいている姿は見たことがないが、それでもロイはルウ家の歓迎会《かんげいかい》に招かれた身であるし、城下町の厨でも何度か顔をあわせている。よって、ロイはうろんげな顔をすることもなく、「そうなのか？」と自然な感じで言葉を返した。

「うん！　ちっちゃく作ったから、ひと口でも食べられるでしょ？　もう冷めてるからヤケドすることもないし！　本当は、揚げたてのほうが美味しいと思うんだけどねー」

「ふーん」と、ロイはナイフからフォークへと食器を持ち替えた。それでコロッケの真ん中をつらぬき、軽く香りを嗅《か》いでから、口の中に入れる。その隣では、シリィ＝ロウがすでに驚きの表情を浮《う》かべていた。

「これは……あえてこのようなやわらかさに仕上げているのですか？」

「うん、美味しいでしょ？　くりーむころっけっていう料理なんだってー！」

人見知りというものを知らないリミ＝ルウはにこやかに応じながら、自分の分を口の中に投じ入れた。そうして、いっそう愛くるしく目尻《めじり》を下げる。

「どうかなどうかな？　美味しく仕上げられたと思うんだけど！」

「ええ、とても美味です。……そして、あなたがこのような細工をほどこすというのは、少し意外でしたね」

後半の言葉は、俺に向けられたものだ。

「ええ、ミケルにも同じようなことを言われました。俺の故郷では、それほど珍しい料理ではなかったのですけれどね」

そのように答えながら、俺もリミ＝ルウの力作を味わわせていただくことにした。

できたての熱々をお届けできないのなら、と常温で冷ましてあるコロッケだ。しかし、衣はまださくさくであるし、トライプとカロン乳を使ったタネも、口の中でとろけていく。甘さの加減も、ギギソースとの比率も、俺としては申し分なかった。

元はクリームコロッケと同じタネであるので、アリアのみじん切りも使用している。しかし、トライプとカロン乳と砂糖の甘さが勝り、菓子そのものの味わいである。それでいて味に奥ゆきがあるのは、やはりアリアの恩恵《おんけい》であろう。クリームコロッケという料理を知っていても知っていなくても、これならば美味なる菓子と思ってもらえるはずであった。

「なー、どうしてこいつにはギバの脂《あぶら》を使ってねーんだ？」

と、末席に控《ひか》えたルド＝ルウが問いかけると、リミ＝ルウは「うーん？」と小首を傾《かし》げた。

「どうしてって言われるとわかんないけど、ギバの脂かレテンの油か、好きなほうを使えばいいってアスタに言われたんだよね。それで食べ比べてみて、レテンの油のほうが合うかなーって思ったの」

「そっか。ま、別にそれが悪いってわけじゃねーけどよ」

レテンの油は、オリーブオイルに似た食材だ。ギバのラードも意外にさっぱりとした食べ口をもたらしてくれるのであるが、いっそう軽《かろ》やかな風味であるレテンの油のほうが菓子としてのクリームコロッケには適していると判断されたらしい。もちろん俺も、その判断に異存はなかった。

「ねえねえ、アイ＝ファも食べてみてー」

と、リミ＝ルウが小皿をアイ＝ファのほうに突きつける。アイ＝ファは立ったまま、それを食した。

「……これはまた、とびきり甘いな」

「えー、そうかなあ？　そんなに砂糖とかは使ってないんだけど！」

「私には、あまり菓子というものの善《よ》し悪《あ》しはわからんのだ。しかしこれは、十分に美味だと思える」

アイ＝ファはその瞳にやわらかい光をたたえて、リミ＝ルウの頭に手を置いた。リミ＝ルウは「えへへ」と嬉《うれ》しそうに笑う。

「こいつはひどく貴族様のお気に召すかもしれねえな。さすがに今回はシリィ＝ロウの一人勝ちかと思ってたのに、自信がなくなってきちまったぜ」

薄《うす》く笑いながらロイがそのように述べたてると、シリィ＝ロウはキッとそちらをにらみつけた。

「ロイ、わたしはヴァルカスの弟子として厨を預かったのです。その仕事を茶化《ちゃか》すような言葉はひかえていただけませんか？」

「いちいちつっかかるなよ。お前の菓子がとびきり上等だってことに変わりはねえさ」

そのシリィ＝ロウの菓子というのは、なかなか不可思議な見栄《みば》えをしていた。形状は、丸くて小さな団子である。それが赤、黄、緑の三つでワンセットになっており、上から金色の蜜《みつ》が細く網《あみ》の目状《めじょう》に掛《か》けられている。さらに、団子の下には乳白色のソースが薄く敷《し》かれていたのだった。

「とても綺麗《きれい》な色合いですね。食べるのがもったいないぐらいです」

俺がそのように発言すると、ロイをにらみつけていた目がこちらに転じられてくる。

「食べていただかないことには、話が始まりません。それとも、食べる気も失《う》せてしまうという意味なのでしょうか？」

「そんなわけないじゃないですか。とても美味しそうですよ」

やはり仕事のさなかにあっては、シリィ＝ロウも普段以上に気が立ってしまうらしい。そんなシリィ＝ロウをなだめつつ、俺はフォークを手に取った。他のみんなも、示しあわせたようにシリィ＝ロウの菓子を引き寄せる。

そうしてフォークを刺《さ》してみると、上に掛けられている蜜が外見に反して固体であることが知れた。調理の際には液体であったに違《ちが》いない。団子の上に細く重ねられた黄金色《こがねいろ》の蜜が、冷めて固形化しているのだ。ということは、パナムの蜜などをそのまま使ったわけではない、ということだった。

フォークを刺すと、その固形化した蜜が音もなく割れて、破片《はへん》が皿にこぼれていく。それを乳白色のソースごと、あらためて団子にまぶしてから、俺は口へと運んでみた。

俺が最初に選んだのは、黄色の団子だ。それをひと口で食してみると、卵の風味が口の中に広がった。どうやらこの色合いは、キミュスの卵の黄色であったらしい。とてももちもちとした、心地好《ここちよ》い食感であった。普通《ふつう》の餅《もち》ほど粘性《ねんせい》があるわけではないが、ジェノスではあまり感じたことのない食感である。土台はフワノであるとしても、それ以外の食材も加えなければ、このような食感は得られないはずだ。この食感の心地好さだけで、俺は賞賛したいぐらいだった。

なおかつ、味付けも素晴らしい。団子そのものは卵の風味が主体で、固形化した蜜と乳白色のソースが甘さを補っている。なおかつ、鼻の奥をわずかにくすぐるこの風味は――ショウガに似たケルの根であるように思えた。

蜜はきっと、パナムの蜜に砂糖を加えて煮込んだものなのだろう。砂糖の比重が高く、それが固まっているのだ。乳白色のソースはカロン乳がベースのようで、脂分《あぶらぶん》が強く、とろりとした質感をしている。ひょっとしたら、レテンの油なども加えられているのかもしれない。単体ではどのような味がするのだろう、という好奇心《こうきしん》をそそられる深みがある。

それでもって、蜜かソースのどちらかに、ほんのわずかだけケルの根が加えられているようなのだ。ケルの根は、甘い味付けとも相性《あいしょう》がいいのである。俺はそれを『ミャームー焼き』や煮込み料理などで活用していたが、シリィ＝ロウは菓子で活用していたのだった。

そのケルの根の風味が、重要なアクセントになっている。ただ甘いだけの菓子ではないぞ、と念を押されているかのような心地《ここち》である。団子の楽しい食感と相まって、俺には素晴らしく美味であると感じられた。

「美味しー！　それに、ぜーんぶ味が違うんだね！」

リミ＝ルウも、すっかりはしゃいでいる。というか、すでに三色すべてを食べ終えてしまったらしい。

「リミは、赤いやつが好きだったかなー。ルドとかトゥール＝ディンはどう？」

「俺は黄色かなー」

「わたしは……すべて美味だったと思いますが、緑色のものが一番心をひかれました」

みんなの言葉を聞きながら、俺も残りの二色を食させていただいた。

そうして、それらの味がすべて見事に異なっていることに驚《おどろ》かされる。

赤い団子には、さまざまな果実のソースが練《ね》り込まれているようだった。ベリー系の酸味と柑橘系《かんきつけい》の風味が共存しており、さらにまろやかな甘さが加えられている。イチゴとレモンとモモを複合させたかのような、なかなか不可思議な味わいである。ひょっとしたら、アロウとシールとミンミがすべて使われているのかもしれなかった。

その中で、この赤い色合いはベリー系の果実であるアロウの実からもたらされたものなのだろう。団子だけで食したら、ずいぶん酸味が際立《きわだ》ってしまいそうであるが、蜜やソースの甘さと調和して、素晴らしい仕上がりになっている。

最後に食した緑色の団子は、何やら茶葉のような風味があった。城下町の浴堂で使われているヨモギに似た香りに近く、わずかながらに苦さがある。苦すぎることはないが、なかなか独特な味わいだ。なおかつ、その強めの風味も、蜜やソースと調和していた。

つまり、黄、赤、緑と、団子の味はまったく異なっているのに、この蜜とソースはそれらのすべてと完璧《かんぺき》に調和していたのだ。酸味や苦みが甘さをひきたてると同時に、甘さにひきたてられている。味を掛け合わせることに長けた、ヴァルカスの弟子らしい仕上がりであった。

「とても美味でした。舞踏会でのお手並みも見事でしたが、これはそれ以上だと思います」

俺が心からそのように評すると、シリィ＝ロウは無表情に目礼だけを返してきた。

「この団子の食感は独特ですね。フワノの他には何を使っているのですか？」

「……フワノの他というよりは、ギーゴを土台にしてフワノを加えた生地《きじ》となります」

「ギーゴですか。自分もポイタンの生地にギーゴをまぜたりはしますが、このような食感に仕上げることもできるのですね」

ギーゴというのは、ヤマイモのごとき食材である。粘性が強いのは周知の事実であるが、それをこんな餅みたいな食感に仕上げるには、何か独特の調理法があるのだろうと思われた。

「ヴァルカスは、料理のしめくくりとしての菓子を作るだけで、あんまり単品の菓子を作ろうとはしないからな。こういう菓子なら、シリィ＝ロウのほうが得意なんだろうと思うぜ」

ロイがそんな風に述べたてると、シリィ＝ロウは「とんでもないことです」と静かに応じた。

「ですが、ヴァルカスの弟子という立場に恥じないものをお出ししたという自負はあります」

シリィ＝ロウの目は、なぜかトゥール＝ディンに向けられていた。前回のお茶会における味比べで第一位の座を獲得《かくとく》したトゥール＝ディンを意識しているのだろうか。トゥール＝ディンは、その視線から逃《に》げるように小さくなっている。

「そっちの娘《むすめ》も、トライプを使ってるんだったな」

と、こちらは気安い感じで言いながら、ロイは最後の皿を手に取った。

「雨季だからトライプを使おうってのはわかるけど、二人そろってトライプの菓子じゃあ、面《おも》白《しろ》みが半減しちまうかもな」

「そうなのでしょうかね。でも、系統としてはまったく別物の菓子ですよ」

「そりゃあそうだろ。さっきのはずいぶん物珍《ものめずら》しい出来栄えだったからな。別物だってことは一目瞭然《いちもくりょうぜん》だ」

皿の上には、そのまま小さな容器が載《の》せられていた。湯呑《ゆの》みのような形状をした、陶磁《とうじ》の酒《しゅ》杯《はい》である。以前、茶碗蒸《ちゃわんむ》し風のプリンをこしらえたときに使用したものだ。その丸く開かれた口には、トライプの鮮《あざ》やかなオレンジ色が艶々《つやつや》と輝《かがや》いている。

「……いちおう貴族に出す料理は、見栄えまで考えたほうがいいと思うんだけどな。こんな安っちそうな器に詰《つ》めるぐらいなら、皿に出しちまったほうがよかったんじゃねえのか？」

「うーん。だけど、器にしっかりとへばりついてしまっているもので、綺麗に取り出すのが難しいのですよね」

「だったら、丸い匙《さじ》でくり抜《ぬ》いて皿に盛りつけるとか、いくらでも方法はあるだろうがよ？」

そこまでは、俺やトゥール＝ディンも考えつくことができなかった。しかしまた、考えついたとしても実行したかはわからない。これもプリンに似た菓子ではあるので、自分ですくって食べたほうが趣《おもむき》があるのではないかとも思えてしまった。

「まあ、お味のほうは保証いたしますよ。トゥール＝ディンの渾身《こんしん》の作ですから」

「ふーん」と気のない声をあげながら、ロイはその菓子を銀色の匙ですくい取った。それを口に入れた瞬間《しゅんかん》に、ぎょっとした様子で目を見開く。

それを横目で観察していたシリィ＝ロウも、意を決したように匙を取った。そして、ロイと同じように目を見開く。

トゥール＝ディンは、上目づかいでその様子を見守っていた。

「お、お味のほうはいかがですか……？」

二人は答えず、ふた口目を口にした。さらに無言のまま、次々と器の中身を平らげていく。

それは小ぶりな酒杯であったので、彼らが食べ終えるのに十秒もかかりはしなかった。

「ふーん、なるほどな」

空になった器を皿に戻し、ロイは椅子の背にもたれかかる。シリィ＝ロウは反対に、前かがみの姿勢で空になった器の底を見つめていた。

「あ、あの……？」

「うん？　ああ、美味《うま》かったよ。トライプの甘さや風味をうまく活《い》かしてるな。このやわらかさも、味に合ってると思う」

そのように答えてから、ロイはばりばりと頭を掻《か》いた。

「まいったな。森辺の民の力量ってのは十分に理解してたつもりなのに、また棍棒《こんぼう》で頭を殴《なぐ》られたような気分だ」

「そ、それはどういう……？」

「美味かったんだよ。正直に言って、これまで食べてきた菓子の中で一番美味かったな」

シリィ＝ロウが、目だけでロイをにらみつける。ロイはぐったりと背もたれにもたれたまま、力のない笑みを浮かべた。

「しかたねえだろ。俺にはそう思えちまったんだよ。貴族様がどんな風に星をつけるかはわからねえけどな」

「うん、トゥール＝ディンのお菓子はすっごく美味しいよねー！」

と、緊張感《きんちょうかん》の張り詰めそうであった室内に、リミ＝ルウの無邪気《むじゃき》な声が響《ひび》く。リミ＝ルウは、至福の表情で大事そうにトゥール＝ディンの菓子を食していた。

「リミも作り方を教えてもらったのに、やっぱりトゥール＝ディンにはかなわないなー。ぷりんみたいにぷるぷるしてて、すっごく美味しー！」

「まあ実際、プリンみたいなものだしね」

そのように答えながら、俺もトゥール＝ディンの菓子を味わわさせていただくことにした。

俺には今ひとつプリンの定義というものがわかっていなかったので、この菓子もプリンと呼んでいいものかどうか、判別がつかなかったのだ。しかしまあ、作製方法は茶碗蒸し風のプリンと大差はない。異なるのは、多量のトライプと少量のフワノ粉を使っている点ぐらいであった。

煮込んでやわらかくしたトライプを乳脂と練りあわせて、砂糖と卵とカロン乳を加える。それを濾《こ》してからフワノ粉を投入し、ダマにならないように気をつけながら、さらにカロン乳を加えて、容器ごと蒸《む》し焼《や》きにする。手順といえば、それだけのことであった。

しかし、そこに至るまでには紆余曲折《うよきょくせつ》があった。俺はそもそも、トライプを使ったフワノの焼き菓子をトゥール＝ディンに提案していたのだ。トゥール＝ディンは焼き菓子を得意にしていたし、カボチャに似たトライプは非常に相性がいいように思われた。だから、トライプ風味の焼き菓子をこしらえて、そこにパナムの蜜や生クリームなどを添《そ》えてみてはどうかと提案してみたのである。

最初はトゥール＝ディンもその方向で作業を進めていたのだが、さらなる美味しさを求めていく内に、食材の分量がどんどん変じていった。特に、フワノ粉の量が減らされていくのと、カロン乳の量が増やされていくのが顕著《けんちょ》であった。そうして気づくと、鉄板で焼きあげるには不相応なぐらい水気たっぷりのタネに仕上がってしまったのだ。

それでけっきょく、茶碗蒸しと同じ要領で蒸し焼きにすることになったわけであるが——その出来上がりを口にして、俺はトゥール＝ディンの味覚と調理センスをあらためて思い知らされることになったのだった。

トライプとフワノ粉を使っているので、通常のプリンほどなめらかな舌触《したざわ》りではない。が、もちろん焼き菓子と比べれば、プリンのようになめらかである。いっそプリンケーキとでも命名してしまうのが、一番妥当《だとう》であるのかもしれなかった。

しっとりとした舌触りでありながら、もともとトライプの有しているまろやかで重い食感も残されている。俺の記憶《きおく》にある中で一番近いのは、おそらくスイートポテトであった。

それぞれの食材からもたされる風味や甘さが、とてもゆるやかに咽喉《のど》を通っていく。食感が重ためである分、なかなかの食べごたえであるのだ。さぞかしこれはお茶も進むことだろう。

そういった点も、プリンとは大きく異なっていた。

「ずいぶん満足げな顔つきで、その菓子を食しているな」

と、ななめ後ろからアイ＝ファが声をかけてくる。ななめ後ろに立っているのに、アイ＝ファは身体を屈《かが》めて俺の横顔を覗《のぞ》き込《こ》んでいた。

「うん、これは本当に美味しいよ。だからアイ＝ファも味見をさせてもらえばいいって言ったのに」

「しかし、無駄《むだ》に食材を使わせるのも気が引けたからな」

リミ＝ルウは問答無用でアイ＝ファの分までこしらえていたが、トゥール＝ディンはアイ＝

ファの言葉に素直《すなお》に従ってしまっていたのだ。俺たちのやりとりに気づいたリミ＝ルウが、「アイ＝ファも食べたいの？」と顔を向けてきた。

「それなら、リミのをひと口あげるよ！　はい、あーん」

「いや、リミ＝ルウはその菓子を楽しみにしていたのだろうから、たとえひと口でもそれを奪《うば》ってしまうのは忍《しの》びない」

などと言いながら、アイ＝ファはますます強い視線を俺の頬《ほお》に突きつけてくる。森辺の習わしにおいて、この場で食べかけの菓子をアイ＝ファに分け与えられるのは、幼子のリミ＝ルウと家人の俺しか存在しなかったのだった。

「……俺の食べかけでよろしいのでしょうか、家長？」

アイ＝ファは答える手間をはぶくように、薄く口を開けた。どうやら新しい匙を準備する手間さえ不要と考えているらしい。

俺はなるべく余人の注意を集めていないことを祈《いの》りながら、匙にすくったプリンケーキを家長の口へと運んでさしあげた。アイ＝ファはもにゅもにゅと口を動かしながら、身を起こす。

「なるほど。これまた強烈《きょうれつ》に甘いが……確かに、驚くほど美味であるな」

「う、うん。俺もそう思うよ」

そのように答えながら、俺はこっそり視線を巡《めぐ》らせる。リミ＝ルウは何も気にしている様子もなくプリンケーキを食べ続けており、トゥール＝ディンは心配そうにシリィ＝ロウたちのほうをうかがっている。シリィ＝ロウとロイは真剣な目つきをしながら、何やら小声で囁《ささや》きあっていた。よって、にやにやと笑いながらこちらを眺《なが》めていたのは、ルド＝ルウただ一人であった。

そっとしておいてくれたまえという思いを視線に込めつつ、俺はプリンケーキの残りを口に運ぶ。間接なんちゃらという行為《こうい》を重んじるつもりはなかったが、どくどくと心臓が高鳴るのを止めることはできなかった。

そこで、部屋の扉が外からノックされる。姿を現したのは、シェイラであった。

「味比べが終了《しゅうりょう》いたしました。料理人の皆様《みなさま》はお集まりください」

今回は、いったいどのような結果に落ち着いたのだろうか。

ロイを除く六名は、あらためて貴婦人がたのもとに向かうことになった。

3

「本当に今日は、どの菓子も素晴らしかったわ。あらためて、素敵《すてき》なひとときを与えてくれたことに感謝しています」

まずはエウリフィアが、そのように宣言した。

貴婦人がたも、そのほとんどが幸福そうな面持《おもも》ちでうなずいている。くどいようだが、内心が読めないのはアリシュナとリフレイアとオディフィアだ。

「もう一度だけ念を押しておくけれど、味比べの結果はあまり気にかけないようにね。どの菓子に対しても、不満を持っている人間などは一人もいないの。殿方《とのがた》の剣闘と同じように、勝利することが栄誉《えいよ》になっても、負けることが恥《はじ》になったりはしないわ。シリィ＝ロウもトゥール＝ディンもリミ＝ルウも、全員がジェノスの誇《ほこ》る料理人よ。こと菓子作りに関して、あなたがたの横に並べる料理人など何人もいないに違いないわ」

なんとなく、以前の茶会よりも前置きが長いように感じられた。ひょっとしたらエウリフィアには、味比べの結果について予測ができているのだろうか。そんな風に思わせる口ぶりであった。

「それではシェイラ、発表してちょうだい。今日の素晴らしい味比べに勝利したのは誰《だれ》なのかしら？」

「かしこまりました。……七名の貴婦人がたが、それぞれ三つの星を持っており、好きな菓子に好きな数の星をお与えになります。その星を獲得した数の一番多かった料理人が、味比べの勝者となります」

味比べというものに馴染《なじ》みのない俺たちのために、わざわざおさらいをしてくれたのだろう。この場に集った貴婦人がたは七名。星の数は一人三つで、合計は二十一個。それを三名の料理人で奪い合うわけである。

「それでは発表いたします。本日の味比べの第一位は……十三の星を獲得した、トゥール＝ディン様となります」

ほうっと誰かが嘆息《たんそく》をもらした。トゥール＝ディンは、俺の後ろに隠《かく》れたい気持ちをこらえるように、もじもじとしている。そして、トゥール＝ディンとは反対側に立っていたシリィ＝ロウが、こつんと俺の肩《かた》にぶつかってきた。

俺が驚いて振《ふ》り返ると、シリィ＝ロウは「失礼しました……」とつぶやきながら姿勢を正す。その面は無表情で、なおかつ血の気が引いていた。

「内容は、オディフィア姫が星三つ、エウリフィア様、リフレイア様、メリム様、アリシュナ様が星二つ、リッティア様、ディアル様が星一つとなっております」

予想以上の、圧倒的《あっとうてき》勝利であった。

二十一票の内の十三票であるのだから、半数以上の星がトゥール＝ディンに集まってしまったわけである。しかも、七名の全員が星を入れていた。

「やっぱりあれが、トゥール＝ディンの作であったのね。オディフィアが目の色を変えていたから、そうなのかもとは思っていたけれど……なんていう言い方は、誤解を招いてしまうかしら？　オディフィアだって、あれがトゥール＝ディンの作った菓子だと知らされていたわけではないのにね」

リフレイアと同じくフランス人形のごとき容姿をしたオディフィアは、やはり感情の読めない灰色の瞳《ひとみ》でトゥール＝ディンを見つめるばかりである。初参加であるリッティアとメリムは、賞賛の眼差しでトゥール＝ディンを見つめていた。

「オディフィア姫が心酔《しんすい》される気持ちも、理解できてしまいましたわ。あの菓子は、本当に素晴らしい出来栄えでしたもの」

「ええ。ヤンが聞いたら、この日に招かれなかったことをいっそう悔《く》やむことでしょうね」

トゥール＝ディンは真っ赤になりながら、「ありがとうございます」と頭を下げた。その姿を見届けてから、シェイラは羊皮紙のような帳面に視線を戻す。

「第二位は、それぞれ四つずつの星を獲得したシリィ＝ロウ様とリミ＝ルウ様となります」

「あら、そうだったのね。いったいどういう内容だったのかしら？」

「はい。シリィ＝ロウ様には、リッティア様が二つ、エウリフィア様とメリム様が一つずつ。リミ＝ルウ様には、ディアル様が二つ、リフレイア様とアリシュナ様が一つずつ、という内容になっております」

トータルの獲得数《かくとくすう》ばかりでなく、各人の配分までもが同じ内容であるようだった。リミ＝ルウは「ありがとうございまーす！」と元気に声をあげ、シリィ＝ロウは無言で頭を垂れる。

「それでは褒賞《ほうしょう》の銅貨も等分にしなくてはね。第一位のトゥール＝ディンは約束通りに白銅貨五十枚、シリィ＝ロウとリミ＝ルウには白銅貨三十五枚ずつということにしましょう」

今回も、多忙《たぼう》な森辺の民を呼びつけたということで、破格の褒賞金《ほうしょうきん》が準備されていた。トゥール＝ディンは、二回連続で白銅貨五十枚を獲得したことになる。トゥール＝ディンは、まぶたを閉ざしてその喜びにひたっていた。

褒賞金は、その半分を血族に分け与えて、残りの半分をディン家で手にすべし、とグラフ＝ザザに命じられているのだ。何にせよ、トゥール＝ディンが家族と血族のすべてに恩恵をもたらしたことに変わりはなかった。

「すべての菓子、美味でした。毎日、口にしたいほどです」

アリシュナが感情の読めない声でそのように発言すると、オディフィアがぴくりと細い肩を震《ふる》わせた。

「オディフィアも、まいにちトゥール＝ディンのおかしをたべたい。……おかあさま、どうしてもトゥール＝ディンをおしろのりょうりにんにすることはできないの？」

「それは駄目《だめ》なのよ、オディフィア。森辺の民は城下町に住むことはできないの」

「じょうかまちにすまなくてもいいから、おしろのりょうりにんになってほしい。オディフィアは、まいにちトゥール＝ディンのおかしをたべたいの」

そのように語りながら、やっぱり表情は動かさないオディフィアである。しかしその灰色の瞳には、これまで以上に強い意思の力が感じられた。

「城下町に住まないまま、ジェノス城の料理人になることはできないのよ。それは何度も言って聞かせたでしょう、オディフィア？」

「でも、トゥール＝ディンのおかしをまいにちたべたいの」

同じ言葉を繰《く》り返しながら、オディフィアはまたトゥール＝ディンのほうに視線を転じた。

「トゥール＝ディンは、どうしておしろのりょうりにんになってくれないの？　オディフィアのことがきらいなの？」

「い、いいえ、決してそういうわけでは……」

「オディフィアは、おいしいおかしをつくってくれるトゥール＝ディンがだいすき。トゥール

＝ディンといっしょにおしろでくらしたい」

フランス人形のように無表情のまま、オディフィアは椅子《いす》から浮いている小さな足をぱたぱたと動かした。そのせわしない動きが、幼き少女の真情を何よりあらわにしていた。

「どうか気にしないでね、トゥール＝ディン。森辺の民に理不尽《りふじん》な命令をしてはならじというのは領主であるジェノス侯《こう》のお言葉なのだから、決してあなたに無茶《むちゃ》なお願いを強要したりはしないわ」

困ったように微笑《ほほえ》みながら、エウリフィアは娘の頭に手を置いた。オディフィアは、同じ調子でぱたぱたと足を動かしている。

トゥール＝ディンは、ちろりと俺のほうに目を向けてきた。俺はそちらにうなずき返してから、エウリフィアのほうに向きなおる。

「エウリフィア、ひとつご提案があるのですが」

「あら、何かしら？」

「これはすでに、森辺の族長たちから許しをいただいている事柄《ことがら》となります。……トゥール＝ディン、詳《くわ》しい内容は君の口から伝えたほうがいいんじゃないのかな？」

「あ、は、はい……あの、わたしが城下町に移り住んだり、お城の料理人になったりすることは、どうしてもできないのですが……その代わりに、わたしの作った菓子をどなたかに届けていただく、というのはいかがでしょう……？」

オディフィアの足が、ぴたりと止まる。

エウリフィアは、「まあ」と目を丸くした。

「それじゃあオディフィアのために、森辺で菓子を作ってきてくれるというの？」

「は、はい。アスタは連日、そちらのアリシュナという方のために料理をお届けしているので……それと同じように、菓子をお届けすればいいのではないかと……も、もちろん、そのためには銅貨をいただかなくてはならないのですが……」

「それはもちろん、相応の銅貨を払《はら》わせていただくけれど……でも、本当にいいのかしら？」

「は、はい。毎日は難しいので、三日に一度ぐらいにしていただけるのでしたら、きっと大丈《だいじょう》夫《ぶ》です」

オディフィアは、再びぱたぱたと足を動かし始めた。今度は子犬が尻尾《しっぽ》を振っているような素振《そぶ》りに見える。さらにはそのちんまりとした指先が、母親のドレスをくいくいとせわしなく引っ張っていた。

「それは本当にありがたい申し出だわ。……こうして城下町に招かれるよりは、そのように菓子を届けさせたほうが苦労も少ない、ということなのかしら？」

「あ、い、いえ、わたしはその……」

と、トゥール＝ディンはすがるように俺を見つめてくる。俺はひとつうなずいて、後の説明を引き継《つ》いであげることにした。

「城下町に招かれるというのは光栄なことですが、ひと月に一度という頻度《ひんど》だと、多少の苦労がつのってしまうのです。それに、期間が空けば空くほど、オディフィア姫《ひめ》のご不満もふくれあがってしまうでしょう。それならば、三日に一度でもお菓子をお届けすることができれば、おたがいに苦労や不満が減るのではないのかな、と考えた次第《しだい》です」

「そう。だったら、数ヶ月に一度ぐらいなら、あまり迷惑《めいわく》にもならないかしら？　オディフィアの他にもトゥール＝ディンの菓子を食べたいと願う人間はいるし……それにやっぱり、出来立ての菓子を食べたいという気持ちも出てきてしまうと思うのよね」

エウリフィアは、にっこりと笑ってそのように述べてきた。まあ、これぐらいの反応は想定済みである。

「はい。数ヶ月に一度であれば、トゥール＝ディンの負担になることもないと思います。きっと族長たちにも、異論はないでしょう」

「本当にありがたい話だわ。どうもありがとうね、トゥール＝ディン」

トゥール＝ディンは前掛《まえか》けをもじもじといじくりながら、おじぎをした。その姿を見届けてから、エウリフィアは愛娘《まなむすめ》に「オディフィア」と呼びかける。

「トゥール＝ディンを始めとする森辺の方々は、あなたに情けをかけてくれたのよ。これを当たり前のことと思っては駄目。あなたが感謝の気持ちを忘れてしまったら、きっとお父様やお祖父様《じいさま》はすぐにでもこの申し出をお断りすることになるでしょうね」

わずか六歳《さい》の幼き姫に、そんな難しい話が理解できるのだろうか。

などと思っていると、オディフィアは誰の手も借りずに椅子から飛び降りて、トゥール＝ディンのもとにしずしずと近づいてきた。

小柄《こがら》なトゥール＝ディンのお腹《なか》の辺りにまでしか届かない、小さき姫君《ひめぎみ》である。そうしてオディフィアは、おもむろにトゥール＝ディンの手を握《にぎ》りしめた。

「トゥール＝ディン、ありがとう」

「は、はい。喜んでいただけたら、わたしも嬉しいです」

トゥール＝ディンは、ぎこちなく微笑んだ。

「それで、あの……さきほどの菓子は余分に作っておきましたので、よかったら持ち帰って、晩餐《ばんさん》の後にでもお食べください」

オディフィアは無表情のまま、小さな身体をのけぞらした。そして、その反動を利用したかのように、もふっとトゥール＝ディンのお腹に顔を押《お》しつける。その小さな手はトゥール＝ディンの手を解放し、スカートの生地をぎゅっと握りしめていた。

「あ、あの、前掛けは少し汚《よご》れているかもしれませんので……」

「トゥール＝ディン、だいすき」

トゥール＝ディンの言葉を黙殺《もくさつ》し、オディフィアはその前掛けにぐりぐりと顔を押しつけた。そうしてしばらく経《た》った後、トゥール＝ディンのもとから身を離《はな》すと、その面はやっぱり無表情である。東の民の真似《まね》でもしているのかというぐらいの徹底《てってい》ぶりであった。

「この一件で森辺の民に迷惑がかからないよう、わたくしも尽力《じんりょく》させていただくわね」

と、エウリフィアが何事もなかったかのように声をあげる。

「これはあくまで聞き分けのない幼子に根負けしただけなのだ、と話を広めておくことにしましょう。そうじゃないと、また別の貴族が森辺の民に料理を届けさせようとしてしまうかもしれないものね」

「それはありがたいお話ですが、オディフィア姫の評判が悪くなったりはしてしまいませんか？」

俺《おれ》が心配になって尋《たず》ねると、エウリフィアはころころと笑った。

「でも、それが本当の話なのだから、しかたがないわ。このような幼子でもない限り、そんな我《わ》が儘《まま》を通すことはできないのだと知らしめておかないと」

すると、静かに一連のやりとりを見守っていたディアルが、揶揄《やゆ》するようにアリシュナを見た。

「そんな我が儘を許されているのは、オディフィア姫とあなただけなのですものね。そうすると、あなたは六歳の幼き姫と同じぐらい聞き分けがない、ということになるのでしょうか？」

「どうでしょう。アスタ、自分から、料理を届ける、言ってくれましたので」

と、アリシュナは優雅《ゆうが》なシャム猫《ねこ》のように小首を傾げる。

「それに、聞き分けない、思われても、かまいません。アスタ、料理、城下町で食べられるなら、本望《ほんもう》です」

「ふうん」と微笑みながら、ディアルの頬がぴくぴくと引きつっている。貴婦人がたの前でなければ、きっと癇癪《かんしゃく》を爆発《ばくはつ》させていたことだろう。

ともあれ、俺たちの出番も終わりが近づいているようであった。オディフィアも自分の席に

戻《もど》り、エウリフィアは「さて」と声をあげる。

「本当に素晴《すば》らしいお茶会であったわ。褒賞の銅貨は控えの間に運ばせるので、着替《きが》えをしながらお待ちいただけるかしら？」

「はい、ありがとうございます」

「それでは、料理人の方々を控えの間に――」

と、エウリフィアが俺たちの退出を告げようとした瞬間、そこにけたたましい音色が重なった。リフレイアの手にしていたティーカップが卓《たく》の上に落ちて、粉々に砕《くだ》け散ってしまったのだ。

陶磁器《とうじき》の破片が四散して、まだ半分がた残っていたお茶が、彼女《かのじょ》の纏《まと》っていたドレスの胸《むな》もとを濡《ぬ》らしてしまう。そのお茶は濃《こ》い黄色をしており、白いドレスを無残に汚してしまった。

「あら、大変。大丈夫かしら、リフレイア？」

「ええ。うっかり手をすべらせてしまったわ。お茶は冷めていたので、大丈夫よ」

リフレイアがすました顔をしていたので、俺はほっと息をつくことができた。他の貴婦人がたも、驚きの表情を消して安堵《あんど》の表情を浮かべている。

「せっかくの衣装《いしょう》が台無しね。破片で怪我《けが》をしないようにお気をつけて」

「そうね。侍女《じじょ》に片付けてもらうことにするわ。……シフォン＝チェル、そこにいるの？」

俺は思わず、ハッとしてしまった。

大勢の兵士が潜《ひそ》んでいるとルド＝ルウが述べていた帳《とばり》の向こうから、しなやかな長身が現れる。それは、蜂蜜《はちみつ》色の巻き毛と紫色《むらさきいろ》の瞳を持つ、俺よりも背の高いマヒュドラの女衆――シフォン＝チェルに他ならなかった。

「悪いけれど、この始末をしてくれる？　あと、濡れてしまったので何かふくものも必要だわ」

「はい……」と、シフォン＝チェルが静かに歩み寄ってくる。さらにシェイラも、どこからか布巾《ふきん》を取り出して駆《か》けつけてくれた。

「こんなに立派な食器を壊《こわ》してしまって、おわびの言葉もないわ。どうもごめんなさい、エウリフィア」

「いいのよ、気にする必要などないわ。それより、くれぐれも怪我をしないようにね」

他の侍女が抱《かか》えてきた壺《つぼ》の中に、カップの破片が片付けられていく。シフォン＝チェルはシェイラから受け取った布巾で、リフレイアのドレスを清めていた。

俺が彼女と顔をあわせるのは、数ヶ月ぶりのことである。彼女がリフレイアとともに住む場所を移して以来、俺は顔をあわせる機会を失ってしまっていたのだ。

しかし彼女は、数ヶ月前と何も変わっていなかった。穏《おだ》やかで、優《やさ》しげで、とても優雅だ。あえて俺のほうを見ようとはしていないのか、こちらに横顔を向けた状態で、一心にリフレイアの衣装を清めている。

「どうもお騒《さわ》がせしてしまったわね。あなたがたは、どうぞ控えの間に戻っていただけるかしら？」

エウリフィアが、こちらに笑いかけてくる。

俺は意を決して、「あの」と声をあげることにした。

「彼女は、シフォン＝チェルですよね。実は俺は、以前から彼女と顔見知りであったのです」

「え？　彼女はずっと昔から、トゥラン伯爵家《はくしゃくけ》の侍女であったはずよね？」

「はい。ですから、その……俺が伯爵家の屋敷《やしき》に逗留《とうりゅう》している間、ずっと面倒《めんどう》を見てもらっていたのです」

それはすなわち、リフレイアに拉致《らち》されたとき、という意味であった。それ以外に森辺の民が城下町に逗留したことはなかったので、エウリフィアも「まあ」と目を丸くする。

「それはわたくしも知らされていなかったわ。それじゃあ、ずいぶんひさびさの再会ということね」

「はい。その後も、あの貴賓館《きひんかん》がまだトゥラン伯爵家の所有であった頃《ころ》は、何度か邸内《ていない》に案内をしていただきましたが」

シフォン＝チェルは、それでようやく俺のほうに向きなおってきた。ディアルにも負けないぐらい白いその面が、何かの妖精《ようせい》のような微笑《びしょう》をたたえる。

「わたくしなどのことを見覚えていただき、光栄ですわ、アスタ様……どうもおひさしぶりでございます」

「はい。お元気そうで何よりです」

俺の心臓が、どくどくと高鳴っている。頭の中には、「北の民に関わるべからず」というメルフリードの言葉が鳴り響いていたのだが――だけど俺は、ややこしい政治の話など抜きで、どうしても彼女に伝えておきたいことがあったのだ。これを伝えたところで、北の民や森辺の民の立場が悪くなることはないだろう。それを信じて、俺は告げることにした。

「先月、衛兵や北の民がギバに襲《おそ》われる事件がありましたよね。実はあのとき、俺も負傷した人々の看護をする仕事を手伝っていたのです」

「まあ、そうだったの？」

エウリフィアが興味深そうに口をはさんでくる。そちらに「はい」と返してから、俺はさらに言いつのった。

「そのときに、たまたまシフォン＝チェルの兄と出くわすことになったのです。彼《かれ》は衛兵をかばって、頭と肩を負傷してしまったそうです」

シフォン＝チェルはまぶたを閉ざし、「そうですか……」と静かにつぶやいた。

「北の民は数名ていどしか負傷しなかった、というお話でしたが……その中に、わたくしの兄も含《ふく》まれていたのですね……」

「はい。でも、とても元気そうにしていましたよ。衛兵の小隊長からも、その働きを賞賛されていました」

ここで話すのは、これで十分だった。こまかい内容は、またディアルを通してこっそり伝えてもらえばいい。シフォン＝チェルは、同じ口調で「ありがとうございます……」とつぶやいた。

「でも……それ以上のお気遣《きづか》いは不要ですわ、アスタ様……」

「はい。北の民には関わるべからずと念を押されていますからね」

これは、エウリフィアに向けた言葉であった。優美なだけでなく頭も切れるエウリフィアは、にっこりと微笑んでいる。

「頭の固いわたくしの伴侶《はんりょ》でも、北の民の兄妹《きょうだい》がおたがいを思いやる気持ちまでを責めることはないでしょう。……あなたはお優しいのね、アスタ」

「は、いえ、恐縮《きょうしゅく》です」

「そこまでかしこまることはないわ。このように言ってては何だけれど、用心すべき相手は王都からの視察団だけなのだから」

そうしてエウリフィアは、いっそう楽しげに微笑んだ。

「まあ、ややこしいお話はお立場のある殿方にまかせておきましょう。それでは、トゥール＝ディン、リミ＝ルウ、シリィ＝ロウ、どうもご苦労様。またお会いできる日を楽しみにしているわ」

今度こそ、退出の合図である。俺たちはそれぞれ貴婦人がたに一礼し、シフォン＝チェルもこちらに向かって頭を下げていた。

「……お前が何を言いだすのかと、いくぶんひやひやさせられたぞ、アスタよ」

と、回廊《かいろう》に出るなり、アイ＝ファが囁きかけてくる。

「ごめんごめん。でも、あれぐらいなら誰の迷惑にもならないだろ？」

「あれで迷惑に感じるなら、感じる側に問題があるのだろうな」

アイ＝ファがそのように言ってくれたので、俺も胸を撫《な》でおろすことができた。ルド＝ルウも、頭の後ろで手を組んで呑気《のんき》そうに歩いている。

「確かにあの女衆は、見覚えがあるな。ヴィナ姉みたいに色っぽいから覚えてたぜ」

「うん、護衛役をしてくれていた狩人は、みんな何度か顔をあわせているだろうね」

「森辺に来てた北の女衆も、あんな力仕事をさせられてなかったら、あんな風に色っぽくなってたのかな。なんだか、もったいねー話だよな」

道案内をしてくれている侍女や衛兵たちは、みんな素知らぬ顔をしてくれていた。誰しも、北の民の話には関わりたくないと思っているのだろう。

俺にしても、今後はそうそう北の民と顔をあわせる機会はないはずだった。森辺の工事もあと半月ほどで完了《かんりょう》するはずであるし、シフォン＝チェルともこのような際でもないと言葉をかわす機会は訪《おとず》れない。ここ数ヶ月でリフレイアと顔をあわせる機会は何度かあったが、その際にもシフォン＝チェルと対面することはできなかったのだ。

（もしかしたら……リフレイアはわざとお茶をこぼして、シフォン＝チェルを呼びつけたのかな）

その真意はわからないし、今後も尋ねる機会はないだろう。だが、リフレイアはシフォン＝チェルに強い思い入れを抱《いだ》いているようだ、というポルアースの言葉だけで、俺は満足であった。

そんなことを考えている間に、控《ひか》えの間に到着《とうちゃく》する。俺たちとシリィ＝ロウたちは、隣《とな》り合《あ》わせの別室だ。俺は最後に、そちらにも挨拶《あいさつ》をしておくことにした。

「それでは、シリィ＝ロウもお疲《つか》れ様《さま》でした。ヴァルカスや他のお弟子《でし》さんたちにもよろしくお伝えください」

「…………」

「え、何ですか？」

「……あなたがたには、絶対に負けません」

何だかずいぶんひさしぶりに、シリィ＝ロウの声を聞いたような気がした。扉《とびら》の前で足を止めたシリィ＝ロウは、底光りのする目で俺たちをにらみつけている。

その茶色の瞳が、ふいにぼやけた。俺たちをにらみつけるその目から、大粒《おおつぶ》の涙《なみだ》がこぼれ始めたのだ。彼女はぷるぷると細い肩を震わせながら、調理着の袖《そで》でその涙をぬぐった。

「絶対に、絶対に負けませんから！」

そうして最後に大きな声でわめき散らすと、シリィ＝ロウは扉の向こうに消えてしまった。呆然《ぼうぜん》とたたずむ俺のかたわらで、トゥール＝ディンが慌《あわ》てふためいている。

「ど、どうしましょう？　シリィ＝ロウを怒《おこ》らせてしまったでしょうか……？」

「いや、怒らせたというよりは……うん、悔《く》しかっただけなんじゃないのかな」

「シリィ＝ロウのお菓子《かし》だって、すっごく美味《おい》しかったのにねー」

いっぽうのリミ＝ルウは、普段《ふだん》通りの無邪気さで微笑んでいる。

「でも、レイナ姉とかだったら、やっぱり泣いちゃってたのかな。レイナ姉とシリィ＝ロウって、ちょっぴり似てるよね！」

「え？　うーん、どうなんだろう……まあ、レイナ＝ルウも意外に感情の起伏《きふく》は激しいほうだけど……」

「ギバの料理で城下町の料理人に負けたら、レイナ姉も悔しくて泣いちゃうんじゃないかなー。リミは勝ち負けとか、よくわかんないけど！」

それは俺にとって、どちらも否定できない感情であるように思えた。シリィ＝ロウたちはそれぐらい調理に対して真剣《しんけん》に取り組んでいるし、リミ＝ルウは食べた相手が喜んでくれればそれで十分、と考えているのだろう。それはどちらも、俺の中には等しく備わっている気持ちであるのだった。

（俺だって、根っこは負《ま》けず嫌《ぎら》いだからな。料理で採点されて負けちゃったら、それは悔しいに決まってるさ）

だからたぶん、味比べという余興は、俺には向いていない。門外漢と自認《じにん》している菓子の勝負ならば自尊心を傷つけられることもないが、それ以外の料理で他者と腕前《うでまえ》を比べられたりはしたくなかった。

（俺にとって一番嬉《うれ》しいのは、アイ＝ファに美味しいと思ってもらうことだしな）

そのように考えながら振り返ると、すぐ横に立っていたアイ＝ファがぎょっとしたように身を引いた。それから、怖《こわ》い顔をして耳もとに口を寄せてくる。

「アスタよ。気持ちを隠す必要はないと言ったが、家の外でまでそのように無防備な顔をさらすものではない」

「え？　俺はどんな顔をしていたかな？」

アイ＝ファは無言で、俺の頭を小突《こづ》いてきた。アイ＝ファが俺の身に触《ふ》れたのは、ずいぶんひさかたぶりのことである。

ともあれ、城下町における二度目のお茶会は、そうして終わりを告げたのだった。

雨季の終わりまでは、残り半月ていどである。

第五章★★★雨季の終わり

1

城下町でのお茶会を無事につとめあげた後、俺たちは粛々《しゅくしゅく》と日々の仕事をこなしていた。雨季の野菜を使った献立《こんだて》は好評であり、屋台のほうも宿屋のほうも、それなりに健闘《けんとう》することができている。ミラノ＝マスやナウディスからは、むしろ雨季の初め頃よりも微妙《びみょう》にお客が増えたぐらいかもしれない、と言ってもらえた。

宿場町そのものの客足は、まあ相変わらずである。町を出入りする旅人がいないことはないが、雨季の前とは比べるべくもない。というか、二ヶ月も経つとだんだんその状況《じょうきょう》にも慣れてきてしまって、以前の賑《にぎ》やかな人通りのほうこそが遠い記憶になるぐらいだった。

そんな中、俺たちはダレイム領のドーラ家への訪問を決行することになった。日取りとしては、赤の月の二十日。城下町でのお茶会から五日後のことだ。午後の時間をまるまる使えるように、休業日の前日を選ばせてもらったわけである。

屋台の商売を終えた後、参加するメンバーはドーラ家に直行する。ドーラ家の女性陣《じょせいじん》と一緒《いっしょ》に晩餐をこしらえるというのが、その日の眼目であった。ギバの料理をご馳走《ちそう》するだけでなく、トライプのクリームシチューのレシピをお伝えするというのが、そもそもの訪問のきっかけであったのだ。

なおかつ今回は、そのまま宿泊《しゅくはく》するグループと、晩餐を食べ終えたら帰還《きかん》するグループとで分けられていた。この晩餐会《ばんさんかい》に参加したがるメンバーは多かったが、その全員を宿泊させていただくというのはあまりに図々《ずうずう》しいのではないか、という話に落ち着いたのだ。ドーラの親父《おやじ》さんは気にする必要などないと言ってくれていたが、雨季の間は農村部の人々も苦労が多いという話を事前に聞いていたため、その言葉を鵜呑《うの》みにすることはできなかった。むしろ俺たちは、忙《いそが》しくしている親父さんたちを美味しい食事でねぎらいたいという気持ちのもとに、今回の訪問を決定したのだった。

そんなわけで、参加メンバーであるが――宿場町から直行するのは、俺、トゥール＝ディン、ユン＝スドラ、レイナ＝ルウ、リミ＝ルウ、シーラ＝ルウの六名と、護衛役であるバルシャおよびリャダ＝ルウの二名だった。五日前と十日前にもルウ家は休息の日を入れていたので、さすがにその日は仕事を休まず、手空《てす》きのバルシャたちを護衛役につけてくれたのだ。

なおかつ、普段は同時に屋台の当番になることのないレイナ＝ルウとシーラ＝ルウも、その日だけは顔をそろえていた。休業日の前日であれば下ごしらえの仕事もないので、二人が同時に集落を離れることも可能なのである。

そうして日が暮れる頃に、狩人《かりうど》の仕事を終えたアイ＝ファたち後続部隊が、ジバ婆《ばあ》さんをともなって訪れる予定になっている。このたびのドーラ家訪問で熱烈《ねつれつ》に参加を願い出たのは、リミ＝ルウとジバ婆さんの両名に他ならなかったのだった。

その両名は当然のように宿泊まで希望していたので、俺もアイ＝ファと一緒に宿泊グループに入れてもらうことを願い入れた。ジバ婆さんたちと同じ寝所《しんじょ》で眠《ねむ》る機会は少ないのだからと、俺がアイ＝ファを説《と》き伏《ふ》せたのだ。俺が言葉を連ねている間、アイ＝ファはずっとごにょごにょと口もとを動かしていたが、最終的には同意してくれたのだった。

ということで、まずは先行部隊による晩餐の準備である。雨の中、ダレイム領のドーラ家を訪れると、かなりひさびさに顔をあわせる女性陣がにこやかに迎《むか》え入れてくれた。

「どうもおひさしぶりです。銀の月の、ルウ家での祝宴《しゅくえん》以来ですね」

「あれからもう、三ヶ月は経っているのかねえ。あんたが『アムスホルンの息吹《いぶき》』に見舞《みま》われたって聞いたときは、たいそうびっくりしちまったけど……でも、すっかりよくなったようで何よりだよ、アスタ」

ターラの母君と、上のお兄さんの奥方《おくがた》と、そして御祖母《ごそぼ》である。母君と奥方は明朗なる笑顔《えがお》であり、御祖母のほうは相変わらずの仏頂面《ぶっちょうづら》であった。

もう一人のご老人、ドーラの親父さんの叔父《おじ》にあたる人物もそれなりのご高齢《こうれい》であられたが、雨季の間はオンダの収穫《しゅうかく》や栽培《さいばい》を手伝っているとのことで、姿がなかった。なおかつ親父さんも宿場町の商売の後、そのまま畑に向かってしまったので、残る家族はターラのみだ。ターラはさっそくリミ＝ルウと手を取り合って、幸福そうに笑顔を交《か》わしていた。

「今日は、トライプやキミュスの肉を使った美味しい料理の作り方を教えてくれるんだって？

ここ数日は、ターラが騒いで大変だったんだよ」

「はい。お気に召《きめ》したら、ぜひご自分たちでも作ってみてください」

原則として、以前に訪れたときはケチャップやマヨネーズなどといった調味料の作製しか手ほどきしていなかった。一般《いっぱん》家庭に押しかけて調理の手ほどきをするなどというのは、ずいぶん思い上がった考えであるように思えてしまったからだ。

しかし、クリームシチューであればギバ肉を使わなくとも美味しく仕上げることができるし、何よりターラが切望してくれている。復活祭を機に交流を結ばせていただいて、はや数ヶ月。ひと品ぐらいは料理の手ほどきをさせていただいても不遜《ふそん》ではないかなと思った次第であった。

「それにしても、なかなかの人数だね。いっぺんに厨《くりや》に入るのは難しそうだけど、どうしようか？」

「はい。よかったら、こちらは作業に応じて人員を入れ替《か》えさせていただこうかと思います。かまどに入るのは四名で、二名が外に残る感じですね」

「へえ。だけどそうすると、手空きの二人が退屈《たいくつ》じゃないかね？」

「その間は、よかったらこちらでお話でもさせていただければと」

俺の言葉にぎょっと目を剥《む》いたのは、無言で話を聞いていた御祖母であった。ドーラ家において、晩餐の支度《したく》は母君と奥方の二人でこなすものと取り決められているのである。

「お話って、そいつはまさかあたしに言っているのかい？　こんな老いぼれと話をしたって、なんにも面白《おもしろ》かないだろうよ」

「そのようなことはありません。よければ、ダレイムの畑や野菜について、色々とお聞かせ願えませんか？」

シーラ＝ルウが、たおやかに微笑みながら進み出る。

「わたしたちは、野菜について知らないことがたくさんあります。そのお知恵《ちえ》を拝借できたら、とてもありがたいです」

「はい。それに、ダレイムでの暮らしぶりというものについても、もっともっとたくさん聞きたいと思っています」

そのように述べたのは、レイナ＝ルウだった。最初の待機組は彼女とシーラ＝ルウなのである。

「まずは一刻ほどお願いいたします。その間に、料理の下ごしらえを済ませておきますので」

ということで、ルウ家の二名と護衛役の二名を御祖母とともに広間に残して、俺たちはかまどの間に移動した。それでもなお、ドーラ家の三名を含めれば総勢七名であるのだから、なかなかの混雑っぷりだ。母君は、リミ＝ルウと一緒にターラまでもがちょこちょことついてくるのに気づいて、「おや」と目を丸くした。

「ターラも厨に入るのかい？　かまどのそばに寄ると危ないよ」

「でも、火を使わない仕事もあるっていうから、ターラはそれを手伝うの！」

ターラは心から嬉しそうに微笑んでいる。こんな笑顔を見せつけられては、じゃけんに扱《あつか》うこともできないだろう。母君もまた、目もとに笑いじわをつくりながら「しかたがないねえ」

と微笑んでいた。

「それじゃあ、まずはキミュスの骨を煮込《にこ》むところからね！」

この場の先生であるリミ＝ルウが、高らかに宣言する。実のところ、トゥール＝ディンやユン＝スドラはそのキミュスの骨ガラの扱いを学ぶために、この時間の参加を志願したようなものであった。ミケルからルウ家に伝えられた骨ガラの扱いは、彼女たちもまだ伝聞レベルでしか耳にしていないのだ。

サウティ家でも手ほどき役を担《にな》っていたリミ＝ルウは、もはやクリームシチュー作りのエキスパートである。屋台で出しているシチューだって、リミ＝ルウとレイナ＝ルウとシーラ＝ルウの三名で完成させたようなものなのだ。立場としてはヴィナ＝ルウやララ＝ルウと同列ながら、もはやリミ＝ルウもルウ家の商売を支える立役者に成長しつつあるのだった。

そんなリミ＝ルウの指導のもと、キミュスの骨ガラが煮込まれていく。そうしてその間に、カロンの乳から乳脂《にゅうし》をこしらえたり、トライプを煮込んだりという作業も進められる。

カロンの乳に関しては、十分な量を一晩寝《ね》かせておくようにあらかじめ伝えてあった。それで分離《ぶんり》した脂肪分《しぼうぶん》を土瓶《どびん》に詰《つ》めなおして、ぶんぶんとシェイクさせているターラは、実に楽しそうだった。

「あら、あんたはそんなところで何をやってるんだね？」

と、ふいに母君が素《す》っ頓狂《とんきょう》な声をあげた。格子《こうし》のはまった窓の外を、リャダ＝ルウが横切っていったのだ。狩人の衣《ころも》を纏い、頭に後付けのフードをかぶったリャダ＝ルウは、降りそぼつ霧雨《きりさめ》の向こうからこちらを見やってきた。

「俺の役目は、護衛役だ。昼間から無法者が現れたりはしないという話だったが、家の中に二人の護衛役が居残ってもしかたがないのでな」

「だけど、身体が冷えちまうだろう？　ダレイムはそんな物騒《ぶっそう》な土地じゃないし、こんな雨の中を物盗《ものと》りや無法者なんかが近づいてきたりはしないさ」

「俺も以前は狩人であったので、雨には慣れている。何も気にする必要はない」

そうしてリャダ＝ルウは、わずかに右足を引きずるようにして視界の外に消えていった。

「以前は狩人って、今は違《ちが》うのかい？　あんなに立派でお強そうな人なのに」

心配げな眼差《まなざ》しをしている母君に、俺は「はい」とうなずいてみせる。

「リャダ＝ルウは足の筋を痛めてしまって、狩人の仕事からは退いているのです。無法者なんかが相手であれば、決して後《おく》れを取ることはないでしょうけれども」

「ふうん。やっぱりギバ狩《が》りの仕事ってのは大変なんだねえ。頭が下がっちまうよ」

「それにしても、町や村ではなかなか見かけないような、素敵《すてき》な殿方ですね」

などと言いだしたのは、兄君の奥方であった。いわゆる姑《しゅうとめ》にあたる母君は、「おやまあ」と目を丸くする。

「あんたがそんなことを言うなんて珍《めずら》しいね！　あんな立派なお人と比べられたら、息子《むすこ》のほうが気の毒だよ」

「そ、そういう意味ではありません。自分の親ぐらいの年頃《としごろ》の相手に、懸想《けそう》するはずがないじゃありませんか」

「ああ、ずいぶん若く見えたけど、あたしや主人と同じぐらいの年頃なのかね。気の毒すぎて、あたしは主人と比べる気にもなれやしないよ」

奥方たちはそのように述べ合ってから、楽しそうに笑い声をあげた。もちろん、軽口の類いだろう。そんな話を俺たちの前で気安くできるぐらい、森辺の民と打ち解けてくれたということだ。

その後もひたすら骨ガラを煮込み続け、野菜の切り分けまで済ませてしまうと、クリームシチューの下ごしらえはいったん終了《しゅうりょう》した。骨ガラから出汁《だし》を取るにはきっちり二時間ぐらいはかかってしまうので、どうしたって途中《とちゅう》で手は空いてしまうのだ。

ということで、ここで人員の入れ替えである。お次はレイナ＝ルウたちが厨に入り、ギバの料理を作製する順番であった。俺はこのまま居残りで、トゥール＝ディンとユン＝スドラが厨を出る。それに骨ガラのほうも灰汁《あく》を取るぐらいしかやることはないので、リミ＝ルウとターラにも休憩《きゅうけい》を入れてもらうことにした。広間にはバルシャという心強い援軍《えんぐん》もいたが、トゥール＝ディンは人見知りであるので、ターラたちも参加したほうが会話も盛り上がることだろう。

「お疲れ様。気詰《きづ》まりになることはなかったかね？」

母君がそのように尋ねると、レイナ＝ルウが「ええ」とうなずいた。

「ためになるお話をたくさん聞くことができました。シーラ＝ルウは、ちょっと大変そうでしたけど」

「あ、レイナ＝ルウ、それは、あの……」

と、シーラ＝ルウが赤くなりながら、レイナ＝ルウの腕《うで》を引っ張る。そちらを見返しながら、レイナ＝ルウは「ふふ」と笑った。

「大変って、何がだね？　何か失礼なことでも言っちまったかい？」

「いえ、シーラ＝ルウはもうすぐ二十歳《はたち》になるのに、まだ婚儀《こんぎ》をあげないのか、と……ルウの集落でも二十歳までに婚儀をあげないと、色々と言われてしまうものなのですよね」

「ああ、あんたは独り身だったのかい？　ずいぶん落ち着いてるから、とっくに伴侶をこさえているのかと思っていたよ」

そのように言いながら、母君はじろじろとシーラ＝ルウの姿を眺《なが》め回した。

「でも確かに、言われてみれば生娘《きむすめ》の身体つきだね。腰《こし》も細いし、子供を産むのはちょいと難《なん》儀《ぎ》かもしれないねえ」

シーラ＝ルウは、いっそう真っ赤になってうつむいてしまう。その姿を見て、母君は「ごめんごめん」と微笑んだ。

「あんたぐらい立派な娘《むすめ》なら、放っておいたって男は寄ってくるよ。慌てておかしな男をつかまえちまわないように、どっしりとかまえていればいいさ」

「はい……」と蚊《か》の鳴くような声で応じながら、シーラ＝ルウは恨《うら》めしげにレイナ＝ルウを見た。レイナ＝ルウは、悪戯小僧《いたずらこぞう》のように笑っている。やんちゃな弟や妹が不在な分、その役割を担おうと考えたのだろうか。彼女がこのような茶目《ちゃめ》っ気《け》を発揮するのは、いささか珍しいことだった。

「ちなみにシーラ＝ルウは、さきほどのリャダ＝ルウの娘さんですよ」

俺がそのように告げてみせると、母君は「あらやだ」と目を丸くした。

「親御《おやご》さんがすぐそばにいるってのに、失礼なことを言っちまったね。悪気はないから許しておくれ」

「は、はい……」

「本当にさ、器量はいいし料理はうまいし、下の息子の嫁《よめ》に欲《ほ》しいぐらいだよ。どんなに仲良くさせてもらっても、嫁や婿《むこ》って話に持っていけないのは、ちょいとさびしいところだね」

「そうですね。わたしたちは森を母としていますので、外の人間と婚儀をあげることだけは、なかなか簡単にはいきません」

レイナ＝ルウは、つつましやかに微笑みながらそう答えた。

しかし、シュミラルは森辺の家人となり、ユーミも森辺に嫁入《よめい》りすることを夢想している。それだって一年も前には考えることもできないぐらいのことであったのだから、こうして外部の人々と交流を結んでいれば、いつか垣根《かきね》は崩《くず》れるかもしれない。森辺とジェノスの人々にどのような行く末が待っているかは、神のみぞ、森のみぞ知ることだった。

「それでは、料理を作らせていただきますね。せっかくですから、屋台では出していないギバの料理を作ってみたいと思います」

レイナ＝ルウのそんな言葉で、作業が再開される。扉の向こうからは、リミ＝ルウやターラたちの楽しそうな笑い声が響《ひび》いてきていた。

日没《にちぼつ》の少し前、ドーラ家には予定されていたメンバーが全員顔をそろえていた。後続部隊は、アイ＝ファ、ジバ婆さん、ルド＝ルウ、ダルム＝ルウ、チム＝スドラの五名である。ルド＝ルウとダルム＝ルウは宿泊する家族たちの護衛役、チム＝スドラは帰還組であるユン＝スドラたちの送迎役《そうげいやく》であった。

これで森辺の側の客人は、総勢十三名。復活祭のときと変わらないぐらいの大人数である。そうしてドーラ家のほうも八名の家族がそろっており、なおかつスペシャルゲストとしてミシル婆さんが招かれていた。ジバ婆さんが参席すると聞いて、親父さんが招待してくれたのだ。

「ふん。どっちかがくたばる前に、また顔をあわせる羽目になっちまったね」

「ええ、本当にねえ……とても嬉しく思っているよ、ミシル……」

きわめて対極的なタイプであるお二人が、そんな風に言葉を交わしている。広間には二つの大きな卓が出されて、森辺とダレイムの人間が適度に散らばるように席が決められていた。

「それじゃあ、さっそくいただこうか！　いやあ、肌寒《はださむ》い雨季には汁物《しるもの》の料理がありがたいな！」

ドーラの親父さんの言葉を合図に、食事が開始される。森辺の民は食前の文言を唱えてから、各々《おのおの》の食器を取った。

レイナ＝ルウたちが準備したのは、『ギバの角煮《かくに》』とコロッケとメンチカツであった。

『ギバの角煮』は、十日にいっぺんだけ《南の大樹亭《たいじゅてい》》で販売《はんばい》されるスペシャルメニューである。そして揚《あ》げ物《もの》に関しても、コロッケやメンチカツは手間がかかるために屋台で販売されたことはない。コロッケのほうが、かろうじて歓迎《かんげい》の祝宴でお目見えされたぐらいであろう。屋台の常連客である親父さんやターラにも喜んでもらえるように――そして、歯の不自由なジバ婆さんでも同じものを食べられるように、という思いの込《こ》められたメニューであった。

そして、リミ＝ルウ自慢《じまん》の『トライプのクリームシチュー』である。こちらはキミュスの肉しか使っていないということで、そういう意味ではやはり親父さんたちにとっても初めて口にするメニューであった。

あとはドーラ家の奥方たちが、さまざまな副菜を準備してくれていた。俺たちの伝授したウスターソースやケチャップやマヨネーズなども駆使《くし》した、炒《いた》め物《もの》や煮物《にもの》の料理だ。雨季の野菜たるトライプやレギィやオンダもふんだんに使われているので、俺としても食べるのが楽しみなところであった。

「これがターラの騒いでいた料理か。うん、騒がしくしていた理由がようやくわかったよ」

上のほうの兄君が、ゆったりと笑いながらそのように言った。

下のほうの兄君は、さらに興奮した面持《おも》ちでシチューをすすっている。

「しかも、ギバの肉を使わないでこの美味《うま》さだもんな。母さんたちも、この料理を作れるようになったのかい？」

「うーん、どうだろうね。骨ガラやトライプの扱いなんかはどうにかできそうだけど、カロン乳の扱いってのがなかなかややこしくってねえ」

「頼《たの》むから、なんとか覚えきっておくれよ。雨季が終わってトライプを使えなくなっちまう前にさ」

「あ、これはトライプを使わなくても美味しく仕上げることができるのですよ。むしろ、もともとある料理にトライプを加えてみた、という仕上がりなのですよね」

俺もその美味《おい》しさを堪能《たんのう》させてもらいつつ、口をはさませていただいた。

「手順や分量を忘れてしまうことがあったら、いつでも声をかけてください。どうせターラや親父さんとは毎日のように顔をあわせているのですから、その都度お答えしますよ」

「それこそ、最初の内は毎日尋ねることになっちまうかもしれないなあ」

親父さんが、愉快《ゆかい》そうに笑い声をあげる。そして木皿に取り分けたメンチカツをひと口かじると、その目がめいっぱいに見開かれた。

「これも美味いな！　ぎばかつかと思ったら、中身ははんばーぐじゃないか！」

「はい、めんちかつという料理です。これは大量に作るのが大変なので、なかなか屋台で売る機会はないでしょうね」

「いやあ、どれもこれも美味しくて驚《おどろ》かされるな！　今日の疲れが吹《ふ》っ飛んだよ！　……なんだか、ルウの集落に招かれた日のことを思い出しちまうなあ」

親父さんたちを森辺に招いた親睦《しんぼく》の祝宴が開かれたのは、たしか銀の月の十日のことだ。ならばそれから、すでに三ヶ月以上が過ぎていることになる。ダレイムからはドーラ一家、宿場町からはユーミとテリア＝マス、トゥランからはミケルとマイム、そして城下町からはロイとシリィ＝ロウを招き、しまいには旅芸人の一団《ギャムレイの一座》まで参席させることになった、あれはなかなかの一大イベントであっただろう。その夜の賑やかさに思いを馳《は》せるように、親父さんはしみじみとつぶやいていた。

そんな親父さんの隣《となり》に陣取《じんど》ったルド＝ルウは、にこにこしながら大好物のコロッケを頬張《ほおば》っている。そしてその横には笑顔のリミ＝ルウとターラが並んでいるので、微笑《ほほえ》ましいことこの上なかった。

ジバ婆さんにはレイナ＝ルウが付き添《そ》い、ミシル婆さんやご老人がたと静かに言葉を交わしている様子である。シーラ＝ルウとリャダ＝ルウとダルム＝ルウも、ときおり会話に加わっているようだ。

ドーラ家の兄弟は、向かいの席のバルシャやユン＝スドラと意気投合している様子であった。ユン＝スドラの隣では、チム＝スドラが小柄な身体には不似合いなほどの食欲を発揮している。で、俺はアイ＝ファとトゥール＝ディンにはさまれて、奥方コンビと向かい合っている。俺の両隣は寡黙《かもく》であったが、奥方たちがしきりに話を振《ふ》ってくれるので、とても楽しい時間を過ごすことができた。

「……それにしても、こんな風に楽しく過ごせるのは、アスタがすっかり元気になってくれたおかげだな」

果実酒も口にしていた親父さんが、やがて大きな声でそう言った。

「あ、ルウ家や他の家の人たちを軽《かろ》んじてるわけじゃないぞ？　アスタにもしものことがあったら、こんな呑気に騒いではいられなかったって意味でさ」

「楽しいさなかに、そんな不吉《ふきつ》なことを言わないでおくれよ。果実酒を飲みすぎなんじゃないのかい？」

背中合わせの席にいた奥方が、肘《ひじ》で伴侶の背中をつつく。

「まだ土瓶の一本も空けていないのに、酔《よ》っ払《ぱら》うもんか。俺はそれだけ、アスタのことを心配してたんだよ！」

「そんなの、この場にいる全員が同じ気持ちだろ。ことさら大きな声で言う必要はないってことさ」

俺は、恐縮することしきりであった。病魔《びょうま》に苦しめられてからひと月以上が過ぎ、身体もすっかり回復してきたが、もちろん健康のありがたみを忘れたりはしていない。こんなに幸福な時間を過ごせるのも、元気な身体があってのことなのだ。

「それでアスタは約束通り、雨季の野菜をこんなに美味しく仕上げてくれたもんな。雨季ってのは厄介《やっかい》な時期だけど、今年は楽しい気分でしめくくることができそうだよ」

「ええ。雨季ももう十日ぐらいで明けるんですものね」

「ああ。五日かそこらはずれこむこともあるけれど、長くったって半月は続かないだろう。この忌々《いまいま》しい天気とも、もうすぐおさらばさ」

確かに雨季には、苦労のほうが多いに違いない。しかも俺などは、特殊《とくしゅ》な病魔に冒《おか》されるという悲惨《ひさん》な体験をしてしまった。

だけどそれでも、悪いことばかりではない。楽しそうに食事を続ける人々の姿を見回しながら、俺《おれ》はあらためてそのような思いを噛《か》みしめることができた。

2

「よーし、それじゃあそろそろ、お菓子を持ってくるね！　ターラ、手伝ってくれる？」

リミ＝ルウの呼びかけにターラが「うん！」と立ち上がると、トゥール＝ディンとユン＝スドラも無言のままに席を離《はな》れた。食後のデザートに関しては、その四名が中心となって作りあげたのだ。

「……今日のお前は、ひたすら手伝いに徹《てっ》していたのか？」

と、アイ＝ファがこっそり囁《ささや》きかけてくる。大人数で食卓《しょくたく》を囲む際は、このように振る舞《ま》うことの多いアイ＝ファなのである。

「うん。出せる品数には限りがあるから、あんまり俺がでしゃばる必要はないかなと思って。……でも、俺が作ってもおかしくない料理ばかりなのに、よくわかったな？」

「毎日お前の料理を口にしているのだから、それぐらいはわかって当然であろう」

そのように述べながら、アイ＝ファはメンチカツにかぶりついた。アイ＝ファの好物であるハンバーグに似たところがあり、なおかつ森辺の民には好評であるギバのラードの揚げ物であるのだから、もちろんその料理のこともアイ＝ファは好いているはずだった。

「心配せずとも、アスタの料理がないことを不満に思ったりしているわけではない」

と、俺がいつまでもアイ＝ファのほうを向いていたためか、さらにそのように囁きかけてくる。俺はただ、ひさびさにアイ＝ファと横並びで椅子《いす》に座《すわ》っているのが新鮮《しんせん》で楽しいな、と考えていただけであるのだが、どうせ足を蹴《け》られるだけであるので発言は差しひかえておいた。

その間に、大きな盆《ぼん》を抱えた少女たちが厨から戻《もど》ってくる。その上に載《の》せられているのは、人数分の『トライプのプリンケーキ』と『チャッチ餅《もち》のトライプシロップ掛《が》け』であった。

陶磁《とうじ》の器に収められたプリンケーキと、まずは大皿に盛りつけられたチャッチ餅が食卓に並べられ、邪魔《じゃま》になった空の皿は下げられていく。ふだん青空食堂で働くことの多いユン＝スドラとリミ＝ルウは、こういった給仕《きゅうじ》の仕事もすっかり板についていた。

「ほうほう。甘《あま》い菓子ってやつだな。こいつをいただくのは、ルウ家での祝宴以来だよ」

「これにもトライプを使っているのか。綺麗《きれい》な色合いだ」

「美味しそうだねえ。あたしはこいつを一番楽しみにしてたんだよ」

男女や年齢《ねんれい》のわけへだてなく、ドーラ家の人々ははしゃいだ声をあげている。ルウ家の祝宴には参加しておらず、甘い菓子にも免疫《めんえき》のないミシル婆さんやご老人がたは、うろんげにプリンケーキの器を覗《のぞ》き込んでいた。

「ほらほら、果実酒はひっこめなって。ターラ、いいからそいつは厨に戻して、父さんにもチャッチの茶を入れてあげな」

「はーい」

「何だよ、まだ飲みかけだったのに。……いやあ、だけどこいつは本当に美味そうだ」

給仕役の四名が席につくと、みんなはいっせいに木匙《きさじ》を取った。そうして今度は、驚嘆《きようたん》と喜びの声があふれかえる。

「はあ、こいつはまた……以前に食べたものより、さらに美味いな！　トライプにはこんな食べ方もあるんだなあ」

「こっちの大皿のやつも美味いぞ。いやあ、すっかり満腹だったのに、いくらでも食べられそうだ」

「ほら、ジバ婆《ばあ》。これがトゥール＝ディンのぷりんけーきだよ。わたしたちが作ったやつより、うんと美味しいから」

「ああ、本当だねえ……レイナやリミの作ってくれた菓子もたいそう美味しかったけど、こいつはまた格別じゃないか……」

トゥール＝ディンの菓子に関しては、森辺の側でも半数ぐらいは初めて口にすることになったのだ。寡黙なる男衆、ダルム＝ルウとリャダ＝ルウとチム＝スドラの三名も、みんな驚きに目を見開いていた。

「どうどう？　美味しいでしょー、ダルム兄？」

リミ＝ルウが遠くの席から呼びかけると、ダルム＝ルウは「ああ」とうなずいた。

「こいつは驚かされた。親父に食べさせたらどんな顔をするか、見てみたかったぐらいだな」

「ほんとだよねー！　このぷりんけーきで、トゥール＝ディンは味比べでも一番を取ったんだから！」

まるで自分のことのように誇《ほこ》らしげに、リミ＝ルウがそのようにつけ加えた。それを聞いていた親父さんが「味比べ？」と太い首を傾《かし》げる。

「うん！　城下町の貴族の……えーと、何だっけ？」

「余興だよ。料理や菓子を食べ比べて、どちらが美味しかったか点数をつける、貴族のお遊びですよ」

俺が説明を引き受けると、親父さんはぽかんと目を丸くしてしまった。

「そ、それじゃあこいつは、貴族様の食べたものとまったく同じ菓子ってことかい？」

「ええまあ、そういうことになりますね。チャッチ餅だって、違う味付けでは何度か城下町でお出ししていますし」

「うん、まあ、驚くような話ではないんだろうな。貴族の連中は昔っから、アスタたち森辺の民の作る料理を食べていたんだから。……だけど何だか、今さらながらに不思議な心地《ここち》になっちまうなあ」

親父さんの言葉に、奥方も「そうだねえ」と相槌《あいづち》を打つ。

「貴族様なんて間近に見たこともないけれど、そいつとおんなじものを口にしてるっていうのは、不思議な心地だよ」

「本当に今さらの話だな。それだけ森辺の民がすごいってだけのことだろう」

上の兄君が、穏《おだ》やかに笑いながらそのように応じた。

「それに、その菓子や料理に俺たちの作った野菜が使われることだってあるんだろう、アスタ？」

「ええ、もちろん。今回で言えば、トライプなんかはみんな持ち込みでしたよ。タラパみたいに味が極端《きょくたん》に違ったら困りますからね」

「それどころか、城下町の貴族がわざわざアスタたちの屋台に料理を買いに来ることもあるんだろう？　だからやっぱり、今さら驚くような話じゃないのさ」

親父さんや奥方は笑顔でうなずきながら、プリンケーキやチャッチ餅を口に運んだ。

（言われてみれば、たった五日ぐらいの間を置いて、城下町とダレイムの人たちがまったく同じものを口にしているなんて、ちょっと珍しい話だな）

そして、そのどちらもが幸福そうな笑顔を浮《う》かべている。これだけ異なる生活に身を置いている人々でも、美味しい料理から得られる幸福感というものに大きな差はないのだろう。

いったいトゥール＝ディンはどんな顔をしてこの光景を眺めているのだろう、と思って目をやると、彼女《かのじょ》は食べかけのプリンケーキを前に、うっすらと涙を浮かべてしまっていた。

俺と同じような感慨《かんがい》が、その何倍もの大きさをともなって、トゥール＝ディンの胸にも訪れたのだろうか。森辺の同胞《どうほう》も、町の友人たちも、城下町の貴族たちも、みんなが彼女の作ったプリンケーキによって、このような幸福感を授《さず》かることができたのだ。それは料理を作る人間にとって、何よりの喜びであるはずだった。

そうして大皿のチャッチ餅をも綺麗にたいらげると、ようやく楽しい晩餐《ばんさん》の会も終わりを迎えた。しばし腹ごなしの雑談を楽しんだのち、レイナ＝ルウが「さて」と声をあげる。

「それではそろそろ、わたしたちは集落に戻らせていただこうかと思います。今日は楽しい晩餐をともにさせていただき、ありがとうございました」

「いやいや、こちらこそだよ。でも、本当に大丈夫《だいじょうぶ》なのかい？　雨はやんでいるみたいだけど、もう外は真っ暗だよ？」

「はい。月明かりさえあれば十分ですし、雲がかかっていても松明《たいまつ》の準備があります」

森辺の民の半数以上が、いそいそと帰り支度を始める。本日宿泊させていただくのは、俺とアイ＝ファ、リミ＝ルウとジバ婆さん、ルド＝ルウとダルム＝ルウの六名のみである。

「ダルム＝ルウ、くれぐれもお気をつけて」

壁《かべ》に掛かっていた雨具を手に取ったシーラ＝ルウが、小声でそのように呼びかけた。ダルム＝ルウはけげんそうに眉《まゆ》を寄せて、そちらを振り返る。

「ダレイムというのはそれほど危険な土地ではないし、仮に野盗《やとう》などが忍《しの》び込んできても、森辺の狩人の敵ではない」

「ええ、それはもちろんわかっています。……でも、どうかお気をつけて」

ダルム＝ルウは寄せていた眉を戻すと、「わかった」とうなずいた。

「そちらのほうこそ、気をつけるがいい。リャダ＝ルウとバルシャがそろっていれば危険なことはないだろうが、集落に戻るまでは気を抜《ぬ》くなよ」

「はい、ありがとうございます」

シーラ＝ルウは、嬉しそうに微笑んだ。その光景を眺めていたターラの母君が、こっそり俺に囁きかけてくる。

「なんだ、いい雰囲気《ふんいき》じゃないか。やっぱりあたしらがとやかく言う必要なんてなかったみたいだね」

何の先入観がなくとも、やはりシーラ＝ルウとダルム＝ルウからはそういった雰囲気が感じ取れるものであるらしい。俺はお二人に気づかれないように気をつけながら、「そうですね」と応じておいた。

そうしてルウ家のメンバーはリャダ＝ルウの運転するジドゥラの荷車で、トゥール＝ディンとユン＝スドラはチム＝スドラの運転するファファの荷車で森辺へと帰っていった。残された俺たちは、二階の寝所へと案内される。

「明日は別に、あたしらが起こしたりする必要はないんだよね？」

「はい。たぶんこちらも日が出れば目が覚めると思います」

「それじゃあ、ゆっくり休んでおくれ。ターラ、迷惑《めいわく》をかけるんじゃないよ？」

「はーい！」

リミ＝ルウと手をつないだターラが、元気いっぱいに応じる。それを見届けてから母君が階下に下りていくと、ターラはぐりんとルド＝ルウを振り返った。

「ねえねえ！　今日もルド＝ルウは別々のお部屋なの？」

「んー？　そりゃそーだろ。そっちの寝所には、アイ＝ファがいるからな。余所《よそ》の家の女衆とは、一緒の部屋では眠れねーよ」

「そっかー、残念だなあ。ルド＝ルウともいっぱいおしゃべりしたかったのに」

「へん、リミがいりゃあ、お前は満足だろ？」

「そんなことないよ！　もちろんリミ＝ルウがいてくれるからすっごく嬉しいけど、ルド＝ルウとは普段あんまり会えないから！」

そういえば、ターラは陰《かげ》でルド＝ルウのことをかっこいいと言っていたとのことであったのだ。まあ、九歳《さい》になったばかりの女の子であるので、罪のない発言である。ルド＝ルウは、いくぶん眠たげな面持ちで肩《かた》をすくめていた。

「それじゃーな。ジバ婆とリミをよろしく頼んだぜ、アイ＝ファ？　ま、俺たちもすぐ隣の部屋にいるけどよ」

「うむ。こちらこそ、アスタをよろしく頼む」

「俺とダルム兄にはさまれてりゃ、何が起きたって安心だよ。じゃ、眠ろーぜ」

ルド＝ルウは大あくびをしながら、寝所の扉《とびら》に手をかけた。それから、何かを思い出したように俺を振り返ってくる。

「あ、アスタはまだ眠らねーのか？」

「え？　いや、眠るけど」

「そーなのか？　眠る前に家人だけで言葉を交わすのが、ファの家の習わしなんじゃねーの？」

そういえば、ルド＝ルウとともにこのようなシチュエーションを迎えるのは、これが初めてのことではない。しかし前回などはそういった理由も告げずに寝所を出たはずであるのに、すっかり見透《みす》かされているようだった。

「別に、そういう習わしがあるわけじゃないけどさ。そういえば、アイ＝ファに話があるのを忘れてたよ」

「ふーん」と片方の眉を吊《つ》りあげながら、ルド＝ルウはさらに何かを言いたそうな顔をした。しかし、背後にたたずんだ兄の視線に気づいたのか、無言のまま寝所に引っ込んでいく。

「それじゃーね、おやすみー！」

「おやすみなさい、アスタおにいちゃん！」

「また明日ね、アスタ、ダルム……」

リミ＝ルウとターラとジバ婆さんも、隣の寝所に姿を消した。暗い廊下《ろうか》に残されたアイ＝ファは、静かに俺の姿を見返してくる。

「私に話とは、何だ？」

「うん、まあ、具体的に用事があったわけじゃないけどさ。前回と同じ通り、眠る前はアイ＝ファとおしゃべりをしないと落ち着かないってだけのことだよ」

「そうか」と、アイ＝ファは壁に肩をもたれる。窓から月明かりが差し込んでいるものの、やはり雲がかかっているのか、その光は弱々しい。この距離《きょり》では、アイ＝ファの表情もあんまり判別がつかなかった。

「えーと、もう少し近くに寄ってもいいかな？」

「……何故《なぜ》そのようなことを、いちいち問うのだ？」

「いや、だってほら、おたがいの身に触《ふ》れるのは自粛《じしゆく》しようって話をしたばかりじゃないか」

暗がりの中で、アイ＝ファは溜息《ためいき》をついたようだった。

「近づくのと触れるのでは、まったく意味合いが異なろうが？　あまりおかしな気を使うな」

無事に了解《りようかい》を得られたので、俺はもう少しだけアイ＝ファに近づかせていただいた。やっぱり何というか、余所の家の暗がりでアイ＝ファと二人きりになるというのは、いささか落ち着かないものなのである。人の目を盗《ぬす》んで逢引《あいびき》でもしているような、そんな背徳感めいたものまでもが浮上《ふじよう》してきてしまうのだ。

だけどアイ＝ファは、いつも通りの穏やかな眼差しで俺を見つめていた。ゆっくり言葉を交わすのは、朝以来だ。そのように意識すると、今度は温かいものが胸に満ちてくる。

「今日も楽しい晩餐の会だったたな」

「うむ」

「城下町で仕事に取り組むのも楽しいし、刺激的《しげきてき》ではあるけれど、ドーラの親父さんの家にお邪魔する楽しさとはまったく別物だもんな」

「うむ」

「あと十日ていどで雨季も終わっちゃうけど、色んなことのあった二ヶ月間だったなあ」

「雨季はふた月できっちり終わると決まったものではないし、そもそも終わらぬ内から気を抜くことは許されまい」

「気を抜いているわけじゃないさ。でも、明日は休業日だし、ちょっとは羽をのばさないとな……って、明日もアイ＝ファは仕事を休むわけじゃないんだった。呑気《のんき》なことばっかり言ってごめんな」

「べつだん謝《あやま》る必要はない。私だって、眠る前ぐらいは気を休めている。ましてや今宵《こよい》は、ジバ婆やリミ＝ルウとともに眠ることができるしな」

アイ＝ファは、かすかに笑ったようだった。それだけで、俺の胸にはいっそう温かいものが満ちてくる。

「余所の家で眠るというのは落ち着かないものであるが、リミ＝ルウたちとゆっくり言葉を交わせるのは嬉《うれ》しく思う。……お前のおかげで、リミ＝ルウたちとはいっそう絆《きずな》を深めることができたしな」

「生誕の日にお招きしたことか？　そんな風に言ってもらえるなら何よりだよ」

「アスタ、お前は……」

と、アイ＝ファはそこで口をつぐんだ。

俺は続きの言葉が語られるのを待ったが、なかなかその時は訪《おとず》れない。

「何だ？　何でも遠慮《えんりょ》なく言ってくれよ」

「いや、やめておこう。いまだ雨季も終わっていない時期に語る話ではなかった」

「何か時期に関わることか？　先の話でも何でもかまわないけど」

「時が来れば、その時に語ろう。何も急ぐような話ではない」

よくわからなかったが、アイ＝ファの声は穏やかなままであったので、何も厄介な話ではなさそうだ。ならば、しつこく追及《ついきゅう》する気持ちにはなれなかった。

「そういえば、来月はジバ婆《ばあ》さんの生誕の日だな。果たして俺たちは、ルウ家にお呼ばれしてもらえるんだろうか？」

「そのようなことは、ドンダ＝ルウの決めることだ。私は祝いの花さえ届けることができれば、それでかまわない」

「うん、収獲祭《しゅうかくさい》に呼んでもらえるだけでも、ありがたい話だもんな。……って、そういえば、ルウ家の収獲祭もそんなに先の話じゃないんだよな」

「うむ。遅《おそ》くとも、朱《しゅ》の月の内には迎えることになるだろう」

収獲祭および休息の期間というのは、およそ年に三度ほどやってくるのだ。そうして朱の月に入ればもう前回の休息の期間が明けてから、まるまる四ヶ月が経過する計算なのだった。

「驚いたなあ。ってことは、太陽神の復活祭からもう四ヶ月が経《た》っちまうってことなのか。最近ますます時間の流れが速く感じられてきたよ」

「それだけ満ち足りた時を過ごしているということなのであろう」

アイ＝ファは壁から肩を離し、俺のほうに一歩だけ近づいてきた。もともと俺のほうからも近づいていたので、もはや三十センチにも満たない至近距離だ。

「私とて、お前と出会う前の二年間に比べれば、倍ほども時間の流れを速く感じる。……いや、倍ではきかぬぐらいかもしれぬな」

「うん、そうか。満ち足りていると感じてくれてるなら、嬉しいよ」

「……満ち足りていないわけがあるまい」

俺の瞳《ひとみ》を覗き込みながら、アイ＝ファはふっと微笑んだ。

「存分に満ち足りているし、その上、これほど騒《さわ》がしい日々であるからな。私が城下町におもむいたり、ダレイムの晩餐に招かれることになろうなどとは、父や母も決して思ってはいなかったに違いない」

「あはは。それは当然の話だな」

「しかもそれを、私は心地《ここち》好《よ》く感じたりすることもある。それらもすべて、アスタと出会ったからこそ訪れた変化であろう」

アイ＝ファのほうから届いてくる空気が、とても優《やさ》しく感じられた。いかにルド＝ルウに冷やかされようとも、やっぱり日に一度はこういう時間が必要であるのだ。

「父ギルを失ってからアスタと出会うまでの二年間は、とても長く感じられた。森辺の狩人として、誰《だれ》に恥《は》じることもない生を歩んでいるつもりではあったが……それでも毎日、粘《ねば》ついた泥《どろ》の中を這《は》いずっているような心地でもあった。あの頃《ころ》の私は決して幸福ではなかったのだと……今になって、そのことが痛いほどによくわかる」

「うん」

「私はお前という家人を得て、リミ＝ルウやジバ婆やサリス・ラン＝フォウと縁《えん》を結びなおすことができた。それ以外にも、ルド＝ルウやシン＝ルウといった新しい友を得ることもできた。だから、今の私は、幸福だ」

「人間は、誰でもそれぐらい幸福になる権利があるんだろうと思うよ」

「そうか。だとしたら、人間というのはのきなみ贅沢者《ぜいたくもの》だな」

アイ＝ファは、咽喉《のど》を撫《な》でられた子猫《こねこ》のような面持ちで笑った。

そうしてひとしきり笑ってから、かたわらの扉を指し示す。

「では、そろそろ休むか。こうしている間に、ジバ婆やリミ＝ルウも眠《ねむ》ってしまうやもしれぬからな」

「うん。眠る前に少しでもおしゃべりできるといいな」

いくぶん後《うし》ろ髪《がみ》を引かれるような思いであったが、俺はそんな風に答えてみせた。俺は毎晩アイ＝ファと二人きりの時間を過ごせているのだから、こんな夜ぐらいは独《ひと》り占《じ》めを控《ひか》えるべきであろう。ジバ婆さんやリミ＝ルウだって、アイ＝ファと語れば今の俺と同じぐらい幸福な気持ちになれるはずだった。

「それじゃあ、おやすみ。また明日な、アイ＝ファ」

「うむ」

最後にもう一度笑顔《えがお》を見せてから、アイ＝ファは扉の向こうに消えていった。

俺はその愛《いと》おしい笑顔からもたらされた幸福感を胸に、ルド＝ルウとダルム＝ルウの待つ寝《しん》所《じょ》の扉に手をかけることにした。

3

森辺を切り開く工事の完了《かんりよう》が告げられたのは、それからさらに五日後のことだった。日時としては、赤の月の二十五日のことである。工事は赤の月いっぱいまでかかる予定であったから、それよりも五日ほど猶予《ゆうよ》を残しての完了であった。

何故《なにゆえ》に予定が早まったかというと、それはギバの襲撃《しゆうげき》で負傷者が出て以降、数十名ばかりも北の民が増員されたためである。もともと作業の進捗《しんちよく》はやや遅《おく》れ気味《ぎみ》であったため、テコ入れがされたということなのだろう。護衛役たる森辺の狩人に見守られながら、彼《かれ》らは粛々《しゆくしゆく》と仕事をこなしていたのだった。

その護衛役の狩人は、当初の予定通り、赤の月の前半をラヴィッツの家が、後半をサウティの家が受け持つことになった。その間に一度だけ、飢《う》えたギバが接近してきたことがあったようだが、それを察知したサウティの狩人たちの手によって、すみやかに撃退《げきたい》されたらしい。工事の現場にいた人々も、大半はギバが近づいてきていたことにすら気づいていなかったという話であった。

明けて翌日、赤の月の二十六日は屋台の休業日であったため、俺は完成した新たな道を見物させてもらうことにした。朝方であればアイ＝ファも動けるので、最低限の仕事を片付けたのち、ギルルの荷車で駆《か》けつけた次第《しだい》である。

道は、当たり前のような顔をして、そこに長々と切り開かれていた。森辺を南北に切り開かれた集落の道よりも、しっかりと道幅《みちはば》が取られている。どんなに大きな荷車でもすれ違えるように、それだけの広さが確保されているのだ。

道はやや湾曲《わんきょく》しながら、西から東へとのびている。その出発点は三叉路《さんさろ》で、北に向かえば森辺の集落、西に向かえばダレイム領の南端《なんたん》の農村部、東に向かえばモルガのふもとの岩山地帯——そして、その果てには東の王国シムへと繋《つな》がるのだった。

「で、こっちの集落に繋がる道のほうには、柵《さく》だか何だかを作る予定なんだってよ。ま、旅人なんかが集落に迷《まよ》い込んできたら、ややこしいことになっちまうしな」

そのように告げてきたのは、ルド＝ルウであった。早起きできていれば同行したいので、行きがけにルウの集落に寄ってくれ、と頼まれていたのだ。さらにはリミ＝ルウとジザ＝ルウ、そしてシュミラルとギラン＝リリンまでもが顔をそろえていた。

「この道の果て、大陸の中央部、出ることができます。本来、シムからアブーフ、向かうとき、通る区域です」

「アブーフというのは、西の王国の町の名前か？」

ギラン＝リリンが問いかけると、シュミラルは「はい」とうなずいた。

「アブーフ、西の王国で、北東の端《はし》、存在します。ジェノスからアブーフまで、ひと月かかります」

「ふむ。ジェノスからシムまではふた月ほどという話だったな。それがこの道を使うことによ

って、どれぐらい早められるものなのだろうか？」

「わかりません。でも、十日は確実です。また、苦しい砂漠《さばく》の地帯、通らずに済みます。その分、野盗の危険、増えますが、宿場町、たくさんなので、過酷《かこく》、ないと思います」

「へー、モルガの森のその向こうにも、まだ町なんてあったのか。シムまでは何にもねーのかと思ってたぜ」

そのように述べてから、ルド＝ルウは「あれ？」と小首を傾げた。

「でもさっき、アブーフって町はセルヴァの北東の端にあるって言ってなかったか？　それにジェノスだって、南東の端の町とか言われてるよな」

「はい、その通りです」

「だったら、それよりも東側にあるその町は誰のもんなんだ？　セルヴァじゃなくってシムの連中が町を作ってんのか？」

「シム、セルヴァ、色々です。どちらにせよ、王国の民ではなく、自由開拓民《かいたくみん》の町です」

「西や東の民なのに、王国の民ではねーってのか？　何だか意味がわかんねーんだけど」

「自由開拓民、魂《たましい》、四大神、捧《ささ》げています。ですが、王国への忠誠、ありません。森辺の民も、かつて、そうだったではないですか？」

「それは、ジバ＝ルウたち先人が『黒き森』という場所に住まっていた頃の話か。確かに『黒き森』というのはジャガルの領土であったようだが、外部の連中とはいっさい交わりがなかったらしいな」

ギラン＝リリンの言葉に、シュミラルはまた「はい」とうなずく。

「森辺の民、その時代、自由開拓民であったのでしょう。ですが、ジェノス、移り住み、王国の民、なりました。ジェノス、セルヴァの王、認められた、王国の町だからです」

「ふーん。だったらもっと別の場所に移り住んでれば、貴族なんかと関わらずに生きていくこともできたってわけか」

「はい。ですが、これほど豊かな森、王国の領土の他、存在しないと思います。ゆえに、モルガの森、選ばれたのでしょう」

『黒き森』を戦火で失った当時の森辺の民は、二千名を超《こ》える数であったのだ。それだけの人々が狩猟《しゅりょう》で暮らしていける森など、確かにそうそう存在しないのだろうと思う。

それに森辺の民は、おそらく数百年単位で森の中に引きこもっていた一族であるのだ。よって、自分たちが自由開拓民と呼ばれる立場であったことも、まともには認識《にんしき》していなかったに違《ちが》いない。それでは、王国の領土の外に新たな故郷を探すという発想に至るわけがなかった。

「モルガの山は古来より人間の立ち入りを禁じられた聖域であり、その麓《ふもと》のこの森辺には、凶《きょう》暴《ぼう》なギバがあふれかえっていた。そうであるからこそ、これほど豊かな森でも切り開かれることがなかった、というわけか」

雨の中で静かにたたずんでいたジザ＝ルウが、低い声でつぶやいた。

「確かに我々の先人は、狩人として生きていける地を探し求めていた。たとえ自由に生きていくことができたとしても、森のない場所を故郷と定める気持ちにはなれなかったのだろう」

「そりゃまあそうだよな。俺も別に、他の土地で生まれたかったわけじゃねーよ。……町や城の連中と関わるのも、そんなに悪いことばっかでもねーからさ」

そう言って、ルド＝ルウはにっと白い歯をこぼした。

それには答えず、ジザ＝ルウはシュミラルを振り返る。

「リリンの家のシュミラルよ、貴方《あなた》は商人として大陸中を駆け巡《めぐ》っていたのだという話だったな。ならば、聞かせてほしいのだが――やはり、これだけの人数が住まうことのできる森というものは、王国の領土の外には存在しないのだろうか？」

「はい。豊かな森、すべて、いずれかの王国、支配されています」

「……では、貴族や王都の人間が気に入らないと言っても、もはや我々に移り住む場所は残されていない、ということだな」

その言葉には、ルド＝ルウが反応した。

「まだジザ兄は、モルガを捨てることとか考えてたのか？　サイクレウスともめてた頃は、そんな話も出てたけどさ」

「それを最初に言いだしたのは、グラフ＝ザザだ。俺はモルガを捨てることをよしとはしてない。……ただし、いずれ族長を継《つ》ぐ身として、世界の様相というものを正しく知っておく必要があると考えただけだ」

それはやっぱり、メルフリードたちの言う王都の視察団というものを気にかけているゆえの言葉であったのだろうか。

ジェノスの領主マルスタインとは、今のところうまくやっていくことができている。しかし、さらにその上の立場である王都の人間たちは、森辺の民のことをそっとしておいてくれるのか。俺としても、北の民に関わって以来、その一点はずっと気にかかっていた。

「ともあれ俺たちは、正しいと思う道を進むだけだ。あとは森が導いてくれよう」

「大丈夫だよ。これだけ楽しいんだから、正しい道を歩いてるに決まってるって」

ルド＝ルウのそんな言葉を最後に、俺たちは道を引き返すことにした。

誰も通ることのない新たな道は、しとしとと降りそぼつ雨の下で、白く煙《けぶ》っていた。

その後も、俺は森辺に切り開かれた道について、いくつかの追加事項《じこう》を聞かされることになった。

まずひとつは、新たに切り開かれた道も、しばらくは通行が禁止されているということだった。

モルガの森と岩山地帯を抜けた後も、しばらくは人跡《じんせき》まれなる荒野《こうや》を進み、最初の宿場町までは丸一日もかかるのだそうだ。準備の足りない旅人では無事にそこまで辿《たど》り着けるかもわからないし、いきなり死者が出るような奇禍《きか》にでも見舞《みま》われれば、苦労をして道を開いたジェノスの面目《めんぼく》が潰《つぶ》れてしまう。よって、ここは西の王都にまで出向いているシムの商団《黒の風切り羽》が戻ってくるのを待ち、彼らに栄誉《えいよ》ある最初の通行者になってもらおうという算段であるらしかった。

そもそも森辺に道を切り開いてみてはどうかと具体的に提案してきたのは、その《黒の風切り羽》の団長たるククルエルであったのだ。彼らはシムでも有数の大きな商団であるため、安心して道を通らせることができる。そして彼らに「新たな行路が開かれた」と、シムの人々に伝えてもらうのだ。

そうしたら、きっとラダジッドたち《銀《ぎん》の壺《つぼ》》も次回はこの道を辿ってジェノスへとやってくることになるだろう。彼らはまだ、シムへと急いでいる道の半ばだ。そろそろ雨季の区域ぐらいは抜けているのだろうか。今後の彼らの旅が少しでも快適なものになるのなら、俺にとってても喜ばしい限りであった。

そして、集落の手前に作る柵の件である。それをどのような造りにするかで、城下町からは色々な案が届けられたらしい。しかし森辺の族長たちは、あまりその件に重きを置いてはいなかった。いかに頑丈《がんじょう》な柵をこしらえたとしても、ちょいと左右の森に足を踏《ふ》み込めば、いくらでも集落に侵入《しんにゅう》することは可能なのである。もともと西側には農村部へと通ずる道が切り開かれていたわけであるし、人の出入りが法で禁じられているわけでもなかった。

よって、その件に重きを置いているのは、城下町の人々のほうであった。何せ、森辺の集落のすぐそばに、道が切り開かれてしまったのである。この道が普通《ふつう》に使われるようになれば、誰かが悪戯心《いたずらごころ》を出して、森辺の集落に侵入しないとも限らない。そんな事態に陥《おちい》ったとき、危険なのは侵入者《しんにゅうしゃ》のほうかもしれないが、それで悶着《もんちゃく》が起きるのは誰しも回避《かいひ》したいところであろう。

それに、日中であれば狩人たちも森に入ってしまっている。女衆や幼子や老人しかいない時間帯に無法者などの侵入を許せば、それは一大事だ。なおかつ同胞に危険が及《およ》べば、狩人たちがその報復を行うことになる。そんなことになったら、また森辺の民は世間の人々から恐《おそ》れられることになってしまうだろう。

そういえば、かつてメルフリードも「森辺の民は無法ならぬ手段でその力を世に示す必要がある」と主張していた。なまじ俺たちが宿場町での商売を始めて、森辺の民が凶悪《きょうあく》な蛮族《ばんぞく》などではないということを知らしめたために、今度は町の人々の警戒心《けいかいしん》が薄《うす》れてしまうのではないか、と危惧《きぐ》したのだ。

以前の森辺の民は、町の人々にとって恐怖《きょうふ》の対象であった。それゆえに、森辺の集落に忍び込《こ》もうなどという悪心を起こすこともなかったのだ。その恐怖心が減じられても、森辺の民にちょっかいを出すことは危険であると、知らしめる必要がある。そんな思いもあって、シン＝ルウは闘技会《とうぎかい》への参加を呼びかけられたのだった。

それにまた、森辺の民には防犯の思想が希薄《きはく》である、という面もある。以前にマイムが驚いていた通り、森辺の家屋には鍵《かぎ》の設備も存在しないのだ。存在するのはかんぬきだけで、これもほとんど夜間にしか掛けられることはない。森辺には貧しいからといって他者の家の金品を盗もうとするような痴《し》れ者《もの》は存在しないため、鍵など無用の長物であったのである。

そんなわけで、城下町からは家屋に錠前《じょうまえ》を設置する提案までもが為《な》されていた。せめて、切り開かれた道から一番近いサウティの眷族《けんぞく》の家だけでも、試験的に錠前をつけてみてはどうかと提案されたのだ。そうすれば、集落に盗人《ぬすびと》が忍び込んでも、すごすごと引き下がる他ない。それに、味をしめて他の家を巡ろうとすることもなくなるだろう、というのが彼らの論旨《ろんし》であった。

今のところ、その件については保留ということにされている。その他にも、柵の手前に衛兵の詰《つ》め所《しょ》を作ろうだとか、集落への無断侵入そのものを罪とするべく法を改正しようだとか、とにかくまあ城下町では侃々諤々《かんかんがくがく》の騒ぎであるらしい。

「あの連中は、そんな苦労をしてまで森辺に道を切り開こうと考えたのだな。それでどれだけの富を得られるのかはわからんが、まったくご苦労なことだ」

三族長の会議の場にあって、ダリ＝サウティはそのように述べていたらしい。それを俺に伝えてくれたのは、会議に同席したバードゥ＝フォウであった。そのときの表情から察するに、バードゥ＝フォウも同様の心情であったようである。

そしてその数日後には、俺も別の筋から城下町の話を聞くことになった。話の出どころは、護民兵団の小隊長マルスである。ギバの襲撃によって負傷をした彼はしばし休養の期間を与《あた》えられて、その間に俺たちの屋台へと立ち寄ってくれたのだった。

彼が最初に屋台を訪れたとき、もちろんというか何というか、とっさには誰であるのかもわからなかった。衛兵の甲冑《かっちゅう》を脱《ぬ》いだ彼は、どこにでもいそうな西の民の姿で俺たちの前に現れたのだ。かろうじて、相手に名乗られる前に判別をつけられたのは、彼が雨具の下で左腕《ひだりうで》を吊っていたためであった。

「これはこれは、おひさしぶりです。お怪我《けが》のほうはいかがですか？」

「ふん。そのようなことは、見ればわかるだろう。左の腕《うで》がぽっきり折れてしまったので、しばらくはお役御免《やくごめん》となってしまったのだ」

それでも彼は小隊長という身分であったので、なんとか恩給をもらえているし、怪我が治ればすぐに復職できるのだという話であった。もっと手ひどい傷を負った人々の何名かは、衛兵の職を辞する羽目になってしまったのだそうだ。

「それでも懲《こ》りずに、森辺に詰め所を作ろうだなどと画策しているようだからな。あんな危険な場所に留《とど》まりたいと思う人間などいるものか」

「そうですね。くれぐれも危険なことにならないように取り計らってもらいたいものです」

「……さらに城の連中は、モルガの森を越《こ》えたところに、新たな宿場町を作ろうと画策しているらしいぞ。まったく、その貪欲《どんよく》さには呆《あき》れさせられる」

俺も、大いに驚《おどろ》かされることになった。そんな素《す》っ頓狂《とんきょう》な話は、完全に初耳であったのである。

「あ、新たな宿場町というのはどういうことですか？　モルガの森を越えたところというと……当然、岩山の地帯も越えたところ、という意味ですよね？」

「ああ。モルガを越えてから自由開拓民の宿場町まで辿り着くのには、まるまる一日もかかるという話だからな。その間に町を築けば、旅人で賑《にぎ》わうという計算なのだろう。すでにあちらには、水脈や田畑にできそうな土地を探す人間が差し向けられているそうだ」

「それはまた……道の次は、町ですか。本当に途方《とほう》もないお話ですね」

「そうだろう。もともとあのモルガの山というものも名目上はセルヴァの領土であったが、さらにその先まで領土を広げようという考えであるのだ。実現すれば、世界中で地図が描《か》きかえられる騒ぎになってしまうだろうな」

そこまでいくと、俺《おれ》にとってもキャパオーバーな話題でしかなかった。森辺の族長たちだって、「知ったことか」と肩をすくめるしかないだろう。

「まあ、俺たち下々の人間には関係のないことだ。何かとばっちりを受けそうになったら、そのときに思《おも》い悩《なや》むしかなかろう」

「……俺たち下々の人間、ですか」

「何だ、貴族とご縁のあるお前はもっと上等な身分だとでも言いたいのか？」

「いえ、まさか。……ジェノスの兵士であるあなたが森辺の民を同等の存在と見なしていることに驚かされただけです」

するとマルスは、小石でも呑《の》み込んだように顔をしかめてしまった。

「人の言葉尻《ことばじり》をつかまえて、いらぬことを言うな。……それではな。せいぜい元気に銅貨を稼《かせ》ぐがいい」

「え？　何か食べていかれないのですか？」

「……どうして俺が、お前の懐《ふところ》を潤《うるお》わせてやらねばならんのだ？」

「いえ、わざわざ足を向けてくださったのは、食事をされるついでであったのかと……早とちりであったのなら、すみません」

マルスは、いっそう仏頂面《ぶっちょうづら》になってしまう。

「俺はただ、ひまを持てあまして散策していただけだ。これまでだって、お前たちの店で料理を買ったことなどなかろうが？」

「はい。これまではいつもお仕事中でしたしね。もしも食事がこれからなのでしたら、おひとついかがですか？」

マルスは、ますます仏頂面になってしまった。しかしそのまま立ち去ろうとはせず、ずらりと並んだ屋台の様相を迷うように見回している。

「よかったら、味見をしてみてください。えーと、汁物《しるもの》の料理なんていかがでしょう？　こんな寒い日には、身体があったまりますよ」

俺が担当している日替《ひが》わりメニューの屋台は『ギバの揚《あ》げ焼《や》き』であったので、作り置きをしていない。ということで、俺は店番をトゥール＝ディンに託《たく》し、マルスと一緒《いっしょ》に『トライプのクリームシチュー』の屋台へと移動することにした。

「おい、俺は食べるなどとは一言も言っておらんぞ？　今は恩給暮らしで、懐もさびしいのだからな」

「うちの料理も、そこまで割高なわけではありませんよ。味見には銅貨もかかりませんし、どうぞお願いいたします」

そうしてマルスを引っ張っていくと、店番をしていたのはリミ＝ルウであった。

「あれ？　今日はリミ＝ルウだったんだね」

「うん！　モルン＝ルティムと交代でやってるの！　……あ、あなたはサウティの集落で会った人だね！　怪我は大丈夫？」

どうやらリミ＝ルウは、マルスの顔を見覚えていたらしい。なおかつリミ＝ルウのほうはとても印象的な容姿であるので、マルスのほうも見忘れることはなかった。

「ああ、あのときの娘《むすめ》か。……お前とお前の兄には、ずいぶん世話になってしまったな」

「リミはルドのお手伝いをしてただけだよー。歩けるぐらい元気なら、よかったね！」

小雨《こさめ》の降る中、リミ＝ルウの笑顔はおひさまのように温かかった。

「リミ＝ルウ、よかったらこちらのマルスに味見をさせてもらえないかな？」

「味見？　なんだか、すっごくひさしぶりだね！　それじゃあ、お肉もおまけしてあげるねー」

リミ＝ルウはにこにこと笑いながら、木皿に少量のシチューを取り分けてくれた。宣言通り、ギバのバラ肉がひとかけら入っている。それに木匙を添《そ》えながら、リミ＝ルウは「はいどうぞ」と台の上に置いた。

うろんげな顔をしていたマルスはしかたなさそうに木匙を取り、オレンジ色のシチューとともにギバ肉のかけらを口の中に運んで――そうして、「むぐ」とおかしな声をあげた。

「……これが、ギバ肉の料理か」

「うん、美味《おい》しいでしょー？　おなかいっぱい食べたいなら赤銅貨三枚で、その半分なら赤銅貨一枚と半分ね！　半分だとこれぐらいの量で、あとはフワノの生地《きじ》が一枚つくの」

そのように説明しながら、リミ＝ルウは新たな木皿にレードル一杯分《ぱいぶん》のシチューを注いだ。

マルスは、ごくりと咽喉を鳴らす。

「そ、それでは、赤銅貨三枚分を……」

「しちゅーだけでいいの？　しちゅーは半分にして、別の料理を買うお客さんが多いんだけど」

「し、しかし俺には、何が何やらわからんし……」

「隣《となり》で売ってるのはぎばばーがーで、とってもやわらかいお肉だよ！　アスタのほうで売ってるのは、ぎばかれーとぎばまんと揚げ焼きだね！　ぎばかれー以外なら、どれでもしちゅーにあうんじゃないかなあ？」

マルスは困惑《こんわく》気味に、視線をさまよわせた。その過程で俺と目が合ってしまい、雨具の下で顔を赤くする。

「な、何だその目は！　どこで何を食べようが、俺の勝手だろうが？」

「はい。お買い上げありがとうございます」

そうしてマルスは、ついにギバの料理を購入《こうにゅう》する段と相成ったのだった。

彼と初めて顔をあわせたのは、たしか俺がリフレイアにさらわれた日のことである。そのときにはまだ名前も身分も知らなかったが、すでに九ヶ月ぐらいは経過しているはずだ。

これまで頑《かたく》なにギバの料理を避《さ》けていたマルスが、ついにそれを口にすることになった。うがった見方をすれば、これもまた雨季のもたらした運命の悪戯なのかもしれなかった。

それからさらに日が過ぎて、赤の月の三十日である。

その日は朝から、不安定な空模様だった。灰色の雲が割れて青空が見えたかと思うと、強めの雨がざあっと降ってくる。そして、またどんよりと暗雲が垂れこめて、しとしとと陰気《いんき》な霧雨《きりさめ》が降りそぼり――さらに数時間後にはまた青空が覗《のぞ》くという、その繰《く》り返しであった。

どうやらこれが、雨季の終わりに近づいた合図であったらしい。確かに、スコールのように強くて短い雨というのは、普段《ふだん》のジェノスに見られる天候であったのだ。

そしてこの数日で、じわじわと気温が上がってきているような感じがした。火を扱《あつか》っているときは長袖《ながそで》の上着が邪魔《じゃま》になるほどであり、アイ＝ファも屋内ではロングの腰巻《こしま》きを巻かないようになっていた。

「ついに雨季が終わるんだな。本当に、あっという間の二ヶ月間だったよ」

その日の晩餐を終えた後、就寝《しゅうしん》前のおしゃべりタイムで、俺はそのように語ってみせた。ドーラ家では気が早いとたしなめられてしまったが、これならばアイ＝ファのほうにも異論はないだろう。髪《かみ》をほどいて壁にもたれたアイ＝ファは、寝具《しんぐ》の上で「うむ」とうなずいた。

「明日からは、朱の月であるからな。まだしばらくは不安定な日が続きそうだが、雨季の終わりが目前に迫《せま》っているということに間違《まちが》いはあるまい」

「トライプやオンダなんかも、もうすぐ食べおさめか。まあ、半月ぐらいはまだ在庫分が出回るみたいだけどな」

「タラパやティノが出回れば、不満な気持ちにもならぬだろう。アスタたちのおかげで、雨季の間も不満な気持ちになることはなかったがな」

今日もアイ＝ファは、穏《おだ》やかな雰囲気であった。俺が病魔《びょうま》から復調したぐらいの頃には意識的に厳格な態度を取っていたものであるが、ほどよく緩和《かんわ》されて元のアイ＝ファに戻《もど》った感じだ。それもまた、雨季の終わりを告げる兆候のように感じられてしまった。

「これで朱の月が終わったら、いよいよ黄の月か。正真正銘《しょうしんしょうめい》、俺が森辺に来てから一年が経つんだな」

また気が早いと言われてしまうかな、と思いつつ、俺はそのように言ってみせる。すると、穏やかであったアイ＝ファの面に、ほんのわずかだけ陰が差したような気がした。

「どうしたんだ？　何か心配事でもあるのか？」

「いや……ドーラの家で、私が話を途中《とちゅう》で取りやめたことを覚えているか？」

「ああ、もちろん。あんまり普段のアイ＝ファが見せないような態度だったからな」

「うむ……いまだ赤の月も終わってはおらぬのだから、時期尚早《じきしょうそう》なのやもしれぬが……心に溜《た》めておくのは落ち着かないので、そろそろ口に出してもかまわぬだろうか？」

「何だ、そういうことなら遠慮なんていらなかったのに。ますますアイ＝ファらしくないじゃないか。いったいどういった話なんだ？」

隣の寝具であぐらをかいていた俺は、座《すわ》ったままアイ＝ファのほうに向きなおってみせた。アイ＝ファはアイ＝ファで壁《かべ》から背を離《はな》し、やはり俺のほうに向きなおってくる。ただし、両《りょう》膝《ひざ》をそろえてぴしりと背筋をのばしているのが、いささかアイ＝ファらしくなかった。

「なんだか、あらたまった感じだな。別に悪い話ではないんだろう？」

「うむ。悪い話ではない……はずだ。私にも、今ひとつ判別がつかないのだが」

「ますます気になるな。どんな話でも受け止めるから、遠慮なく話してくれ」

「うむ……それは、お前の生誕の日にまつわる話であるのだが……その日、お前は誰かを家に招こうという心づもりであるのか？」

俺は、小首を傾《かし》げることになった。

「そんな予定はまったくなかったけど、でも、どうしてそんなことを気にするんだ？」

「それは……お前のように人望のある人間であれば、その生誕の日を祝いたいと願う人間も少なからず存在するであろうと思ったからだ。ルウやルティム、レイやリリン、それに近在の氏族の者たちだって、そのように考えるのではないだろうか？」

「そうなのかなあ。でも、生誕の日っていうのは本来、家人だけで祝うものなんだろう？」

「しかし私の生誕の日にはリミ＝ルウたちを客人として招いたし、収穫祭などは近在の氏族が集まって祝うことになった。べつだんそうすることは禁忌《きんき》ではないのだから、どのような話になっても不思議はあるまい」

それは確かに、その通りなのだろう。だけど俺には、今ひとつアイ＝ファの言わんとすることがわからなかった。

「まあ何にせよ、そういうありがたい申し出は受けていないよ。だいたい、生誕の日はまだふた月近くも先の話だしな」

「……では、残されたふた月でそのように願われることもありうる、ということか？」

「それはわからないよ。そもそも黄の月の二十四日を俺の生誕の日に定めたってことは、まだ数人ぐらいしか知らないはずだしさ」

アイ＝ファは何かを思い悩むように目を伏《ふ》せた。

俺は身を屈《かが》めて、その顔を覗き込む。

「で？　けっきょくアイ＝ファは、何が言いたいのかな？」

「うむ……私は、その……できうれば、その日はファの家人だけで祝いたいと願っているのだが……」

「あ、そうなのか。それは嬉しいな」

反射的にそう答えると、アイ＝ファがぐぐっと顔を近づけてきた。

「嬉しいと言ったな。それは本心か？」

「そ、そりゃそうだろう。嘘《うそ》をついてどうするんだよ」

「うむ。虚言《きよげん》は罪であるからな。……そうか、お前自身もそのように思ってくれるのか……」

そうしてアイ＝ファはまぶたを閉ざすと、ふうっと大きく息をついた。そこはかとない幸福感を噛《か》みしめながら、俺は「どうしたんだよ」と笑ってみせる。

「まさか、そのことをずっと気にかけてたのか？　生誕の日に誰かをお招きするつもりはなかったし、アイ＝ファが二人で過ごしたいと思ってくれているなら、そりゃ嬉しいよ」

「しかし私は、リミ＝ルウたちのおかげでまたとなく幸福な時間を過ごすことができた。しかも、私をそのような道に導いてくれたのはアスタに他ならない。ならば、お前が自分の生誕の日に客人を招きたいと言い出しても、文句を言うわけにはいかぬではないか」

「いいんじゃないか？　アイ＝ファは家長なんだから、好きなだけ文句を言えばいい」

「そんな家人の気持ちを踏みにじるような真似《まね》が、許されるものか。……だから、お前もそうしたいと願ってくれるのならば、とても嬉しいのだ」

と、いきなりアイ＝ファは微笑《びしょう》をたたえた。それこそ、暗雲から覗く青空と太陽のように晴れがましい笑顔である。

「特にこのたびは、アスタが森辺で迎《むか》える初めての生誕の日であり、そして、私たちが初めて顔をあわせた記念の日であったからな。どうしても、二人きりで過ごしたいという気持ちを止めることができなかったのだ」

「……そんな風に思ってくれているなら、俺のほうこそ嬉しいよ」

「いや、きっと私のほうが嬉しいぞ？」

そのように述べながら、アイ＝ファはわずかに首を傾げた。その面には、まだ明るい微笑をたたえたままである。それは家長としての厳格な態度を一時的に放り捨てて、いっさいの遠慮なく甘《あま》えているような仕草に見えてしまい――要するに、とてつもなく可愛《かわい》らしかった。

「それでは、誰かがこの先そのような申し入れをしてきても、アスタの側にそれを受け入れる気持ちはない、と思っていいのだろうか？」

「う、うん。そう思ってくれてかまわないよ」

「そうか」とアイ＝ファは口もとに手をやって、また微笑《ほほえ》んだ。挙動がいちいち女の子めいていて、俺の心臓はもう大変である。

「嬉しいな。嬉しく思うぞ、アスタよ」

「あ、ああ。こちらこそ、ありがとう」

「その日の晩餐《ばんさん》の準備は私が受け持つので、お前は一日、ゆるりと過ごすがいい」

今度は俺が、「え？」と首を傾げることになった。アイ＝ファは、同じ表情で微笑んだままである。

「祝いの料理を本人が作っては意味があるまい。その日ばかりは、私がかまどに立って、祝いの料理をこしらえるべきなのだ」

「え、えーと、ここ数ヶ月、アイ＝ファが調理に関わったことはあったたっけ？」

「そのようなことは、お前だって同じぐらいわきまえているであろうが？」

ならば、答えはノーであるはずだった。太陽神の復活祭の折、アイ＝ファに屋台の店番を短時間だけおまかせしたことがあったかな、というぐらいのものである。

「あ、あまり無理はしないでくれよな？　俺が自分で料理を作ったって、森辺の禁忌に触れたりはしないんだろう？」

「禁忌かどうかは問題ではない。私が、そのように望んでいるのだ。……もちろん、アスタの作る料理とは比較《ひかく》にもならぬほどの不出来な仕上がりであろうがな」

そのように宣言しつつ、アイ＝ファはまだ幸福そうに微笑んでいる。

「しかし、大事な家人のために祝いの料理をこしらえるというのも、私には長らくかなわなかった行いだ。それも含《ふく》めて、嬉しく思っている」

「そうか」と応じながら、俺は胸中の不安感がちりぢりになっていくのを感じていた。どれほど不出来になってしまったとしても、アイ＝ファが俺のために料理を作りたいと願ってくれているのである。その幸福感は、野暮《やぼ》な不安感を駆逐《くちく》して余りあるほどであった。

「そいつは、心から楽しみだな。ふた月後が楽しみだよ」

「ふた月後か。やはり、いささか話すのが早すぎたような気もしてしまうが……しかし、話してよかったと考えている」

燭台《しょくだい》の火だけが頼《たよ》りの暗がりの中で、俺たちは静かに微笑みあった。

そうして赤の月は、雨季とともに終わりを告げて――俺たちは、再び賑やかで騒がしい日々を迎えることになったのだった。

箸休め　～ダレイムの夜～

ダレイム領に存在するドーラの家に、大勢の森辺の民が集った夜――アスタとの対話を終えたアイ＝ファが寝所《しんじょ》に足を踏み入れると、先に入室していた三名はまだ眠っていなかった。それどころか、寝具の上に車座を作って、楽しそうに歓談《かんだん》にふけっていたのだった。

「ずいぶん元気だな。眠くないのか、リミ＝ルウよ？」

「うん！」とこちらを振《ふ》り返ったリミ＝ルウは、これ以上もなく幸福そうな顔をしていた。もとよりいつでも元気いっぱいのリミ＝ルウであるが、友たるターラと最長老のジバ＝ルウにはさまれたこの夜は、とりわけ満たされた心地《ここち》なのだろう。

「せっかくみんなと一緒にいられるのに、眠っちゃうのはもったいないもん！　ね、ターラ？」

「うん！　ターラもみんなが来てくれる日を楽しみにしてたから！」

ターラはリミ＝ルウと同い年の、小さな少女である。その茶色い瞳にも、リミ＝ルウに負けないぐらい明るい光が灯《とも》されていた。

「アイ＝ファおねえちゃんも、ここに座って！　一緒におしゃべりしようよ！」

そう言って、ターラはぺしぺしと寝具を叩《たた》いた。

すると、リミ＝ルウがきょとんとした顔でターラを振り返る。

「そういえば、ターラってアイ＝ファのことをアイ＝ファおねえちゃんって呼んでるんだっけ！　アスタのことも、アスタおにいちゃんって呼んでるよね！」

「うん。変かなあ？」

「変じゃないけど、ルドのことはルド＝ルウって呼ぶよね？　他の人にもそうじゃなかった？」

「うーん、そういえばそうかも！　アスタおにいちゃんとアイ＝ファおねえちゃんは初めて喋《しゃべ》った森辺の民だから、特別な感じがするのかなあ」

アイ＝ファは寝具に腰《こし》を下ろしつつ、ターラに向かって首を傾げてみせた。

「そうは言っても、ルド＝ルウとの差は数日ていどのものであろう。むしろ、口をきくのはルド＝ルウのほうが早かったぐらいではないのか？」

「えー、そうかなあ？」

「うむ。……私はもともと愛想《あいそう》のない人間であるし、あの頃はなるべく町の人間と口をきかぬように心がけていたからな」

そんなアイ＝ファが、町の人間であるターラの家で、ともに眠ろうとしている。これほどの運命の変転が訪《おとず》れるなど、当時のアイ＝ファには想像もつかないことであった。

「でも！　アイ＝ファおねえちゃんはターラを助けてくれたから！　やっぱり特別な存在なの！」

そう言って、ターラはアイ＝ファに笑いかけてきた。

するとリミ＝ルウも、身を乗り出してくる。

「酔《よ》っぱらったスン家の男衆が、ターラを踏み潰しそうになっちゃったんだよね！　アイ＝ファがそれを助けてくれたんでしょ？」

「うん！　ターラを守ってくれたのはアスタおにいちゃんで、悪いひとをやっつけてくれたのがアイ＝ファおねえちゃん！」

「えーっ！　アスタはかまど番だから弱いのにね！　一緒に踏み潰されなくてよかったね！」

「うん！　アイ＝ファおねえちゃん、すごくかっこよかった！」

そんな風に言いたてるターラに純真無垢《じゅんしんむく》な瞳《ひとみ》で見つめられて、アイ＝ファはいささかならず閉口した。アイ＝ファはリミ＝ルウ以外の幼子を苦手にしていたし、そもそも余人から褒《ほ》めそやされることを好まない気質なのである。

「私はスン家の暴虐《ぼうぎゃく》を見過ごせなかっただけなので、そうまで気にかける必要はない。もっとルド＝ルウらと絆《きずな》を深めるがいい」

「ルド＝ルウのことは、大好きだよ！　でも、ターラたちが森辺の人たちと仲良くなれたのは、アイ＝ファおねえちゃんとアスタおにいちゃんのおかげでしょ？　だから、やっぱり特別なの！」

「いや、それはアスタの尽力《じんりょく》の結果であり、私などは関係あるまい」

「そんなことはないよ……」と、ふいにジバ＝ルウが声をあげた。

「あたしたちが町の人らと絆を結ぶことができたのは、アイ＝ファとアスタのおかげさ……アイ＝ファが力を添えたからこそ、アスタもあれだけの仕事を果たせたんだろうしねえ……」

「それを言うなら、ルウ家の尽力こそ取《と》り沙汰《ざた》されるべきであろう。ルウ家の力添《ちからぞ》えなくして、屋台の商売を行うことはかなわなかったのだからな」

「ふうん……だけど今では他の氏族も、アスタに力を添えているよねえ……だったらルウ家の力添えなんて、関係ないんじゃないのかい……？」

「そんなわけはあるまい。ルウ家が最初に力を添えてくれたからこそ、他の氏族も続くことがかなったのだ」

「だったらやっぱり、アイ＝ファの存在が大きかったってことさ……アイ＝ファが最初に力を添えていなかったら、ルウ家が続くこともできなかったんだからねえ……」

アイ＝ファは思わず、苦笑《くしょう》をこぼしてしまった。

「明哲《めいてつ》なるジバ婆《ばあ》と言い合いをしても、勝ち目はないな。ただ私は、特別扱いされるほどの人間ではないと言いたかっただけだ」

「うん……みんなが手を携《たずさ》えたからこそ、森辺の民は正しい道を進むことができたんだろうねえ……そこには特別な人間なんていないんだと思うよ……ただ、ターラにとってはアイ＝ファが特別だっていうだけのことさ……」

すると、ターラが申し訳なさそうな面持《おもも》ちでアイ＝ファの腕を引いてきた。

「ターラのせいで、アイ＝ファおねえちゃんはいやな気持ちになっちゃったの？　だったら、ごめんなさい！」

「いや、そういうわけではないのだが……そもそもお前は、どうして私やアスタのことを姉や兄などと呼ぶのだろうか？」

「えー？　森辺では、そういう風に呼んだりしないの？」

「うむ。家族ならぬ人間にそのような呼び方をする習わしは存在しない」

「あはは。アイ＝ファはジバ婆のことをジバ婆って呼ぶけどね！」

リミ＝ルウに痛いところを突《つ》かれて、アイ＝ファは思わず口ごもってしまった。確かにアイ＝ファはジバ＝ルウと血の縁《えん》を持たないので、そのように呼ぶ理由はどこにも存在しなかったのだ。

「アイ＝ファはジバ婆のことが大好きだから、ジバ婆って呼ぶんでしょ？　だったらターラがアイ＝ファおねえちゃんって呼んでもいいんじゃない？」

「うん……でも、アイ＝ファおねえちゃんは、おねえちゃんって呼ばれたくない？」

アイ＝ファの腕をつかんだまま、ターラは悲しそうな顔をする。これではアイ＝ファも、うかうかと文句をつけることはできなかった。

「べつだん、そうまで強く忌避《きひ》しているわけではない。ただ、耳に馴染《なじ》まないために奇妙《きみよう》な心地がするだけだ」

「じゃあこれからも、アイ＝ファおねえちゃんって呼んでもいい？」

「……お前がそれを望むのなら、強く拒《こば》む理由はない」

「よかったー！」と、ターラは笑顔《えがお》を取り戻した。それを見て、リミ＝ルウも嬉《うれ》しそうな顔をする。

「ターラって、そんなにアイ＝ファのことが好きなんだねー！　ターラはあんまりアイ＝ファとおしゃべりとかしないから、リミにはわかんなかったよー！」

「うん！　だってアイ＝ファおねえちゃんはかっこいいもん！　こんなにきれいなお顔なのに、すっごく強いし！」

「うんうん！　アイ＝ファはかっこいいしきれいだし強いよねー！」

二人の少女の嬌声《きょうせい》にはさまれて、アイ＝ファは溜息《ためいき》を噛み殺すばかりであった。

（そういえば、以前にも宿場町でこのような目にあったな）

アイ＝ファにとってリミ＝ルウは大事な友であるし、ターラも憎《にく》からぬ存在だ。その二人がこれほど縁を深められたことを、アイ＝ファは心から嬉しく思っている。が、願わくは、自分のことなど放っておいて、もっと実のある交流を楽しんでもらいたいものであった。

「えへへ。なんだか、嬉しいなあ」

と、今度がリミ＝ルウがアイ＝ファの腕にからみついてきた。

「……いったい何が、そのように嬉しいのだ？」

「だって、リミはアイ＝ファのこともターラのことも大好きだから！　ターラがアイ＝ファのことを大好きなのが嬉しいの！」

「うん！　リミ＝ルウのこともアイ＝ファおねえちゃんのこともジバおばあちゃんのことも大好きだよー！　あと、アスタおにいちゃんもね！　……アイ＝ファおねえちゃんもアスタおにいちゃんのこと、大好きでしょ？」

思わぬ方向から不意打ちをくらって、アイ＝ファは再び口ごもってしまった。

そして、じわじわと頬《ほお》が熱くなってくる。アイ＝ファは懸命《けんめい》に胸の高鳴りを抑《おさ》えながら、「うむ」と応じてみせた。

「家人を大事に思わぬ人間などいない。ましてやファの家には、二人の家人しかいないのだからな」

「それじゃあ、みんな大好き同士だね！　ターラもアイ＝ファおねえちゃんに大好きって思ってもらえるように、頑張《がんば》ろーっと！」

ターラとリミ＝ルウは、無邪気《むじゃき》にきゃっきゃとはしゃいでいる。そんな中、ジバ＝ルウはとても優《やさ》しげな眼差《まなざ》しでアイ＝ファを見つめており——そんな目つきで見つめられていると、アイ＝ファはいっそう気恥《きは》ずかしくなってしまった。

（……幼子の言葉ひとつに、私は何を心を乱しているのだ）

アイ＝ファはそのように思ったが、なかなか気持ちを収めることができなかった。

脳裏《のうり》には、ついさきほどまで一緒にいたアスタの笑顔がよみがえってくる。ようやく病魔の陰《かげ》りが消えて、完全にもとの元気を取り戻したアスタの笑顔が、アイ＝ファの心臓をぎゅうぎゅうと握《にぎ》り潰してくるかのようだった。

アイ＝ファはアスタのことを、心から愛《いと》おしく思っている。ただ家人として大事に思っているだけでなく、許されるならば婚儀《こんぎ》をあげたいと思うほどに心を奪《うば》われてしまっているのだ。

そしてアスタも同じ気持ちでいるのだと、そのように語ってくれていた。いつかアイ＝ファが狩人《かりうど》としての仕事をやり遂《と》げたと判じられたならば、婚儀をあげようと――この先なにがあろうとも、おたがいのことだけを想《おも》い続けようと――そんな約定《やくじょう》を交《か》わすことになったのである。それを思い出すだけで、アイ＝ファは幸福と羞恥《しゅうち》でこの身が弾《はじ》け散ってしまいそうだった。

リミ＝ルウたちはとっくに別の話題で盛り上がっているのに、アイ＝ファはまだ一人でどくどくと心臓を高鳴らせてしまっている。頬のあたりにのぼった熱も、いっこうに収まる様子がなかった。

（まったく、なんだというのだ。昨日今日に持ち上がった話でもあるまいに）

寝所には小さな燭台の火が灯されているだけなので、とても薄暗《うすぐら》い。それでもリミ＝ルウたちに顔色を悟《さと》られぬようにと、アイ＝ファは髪をほどくことにした。そうしてアイ＝ファが髪《かみ》留《ど》めを外すなり、ターラが「うわあ」とはしゃいだ声をあげる。

「やっぱり、きれいな髪！　ターラね、アイ＝ファおねえちゃんの髪もすごく好きなの！」

「……西の民には、このような色の髪をした人間も少ないそうだな」

「うん！　すごくきれい！　……アイ＝ファおねえちゃんは、まだアスタおにいちゃんと婚儀をあげないの？」

今度こそ、アイ＝ファは羞恥に身をよじることになった。

「わ、私は狩人だから、うかうかと婚儀をあげることなどできんのだ！」

「えー、そうなの？　二人はいつになったら婚儀をあげるんだろうって、父さんとかも心配してたよー？」

アイ＝ファは火のように頬を火照《ほて》らせながら、返す言葉を持てなかった。

するとリミ＝ルウが、決然とした面持ちで「あのね！」と声をあげる。

「ターラ、よそのおうちのことには、あんまりかんしょーしちゃいけないの！　それが森辺の習わしなんだよ！」

「あ、そうなの？　……アイ＝ファおねえちゃん、怒《おこ》っちゃった？」

再びターラに心配げな眼差しを向けられて、アイ＝ファは頭をかきむしることになった。

「怒ってはおらん！　ただリミ＝ルウの言う通り、干渉《かんしょう》は控《ひか》えてもらいたく思う」

「わかったー！　心の中だけで思っておくね！」

アイ＝ファの知っているターラは、もっと内気な娘である。しかしこの夜はリミ＝ルウたちを招いた嬉しさで、普段以上の活力に突き動かされているようだった。

リミ＝ルウはにこにこと笑いながら、ジバ＝ルウはやわらかく目を細めながら、それぞれアイ＝ファのことを見つめている。アイ＝ファは熱い頬を手の平で隠《かく》しつつ、そちらをにらみ返してみせた。

「どうして二人は、そのように私を見やっているのだ？　もう余計な言葉は口にしないでもらいたく思うぞ」

「うん！　アイ＝ファのいやがることはしないよー！　でもね、アイ＝ファが何だか幸せそうだから、リミも嬉しいの！」

「そうだねえ……何だかアイ＝ファが子供に戻ったみたいで、とても可愛らしく思えるよ

「……」

「う、うるさいぞ！」と、アイ＝ファはそれこそ子供のように言い返してしまった。

そうしてダレイムで迎える何度目かの夜は、思わぬ騒々《そうぞう》しさとともに幕を閉じることになったのだった。

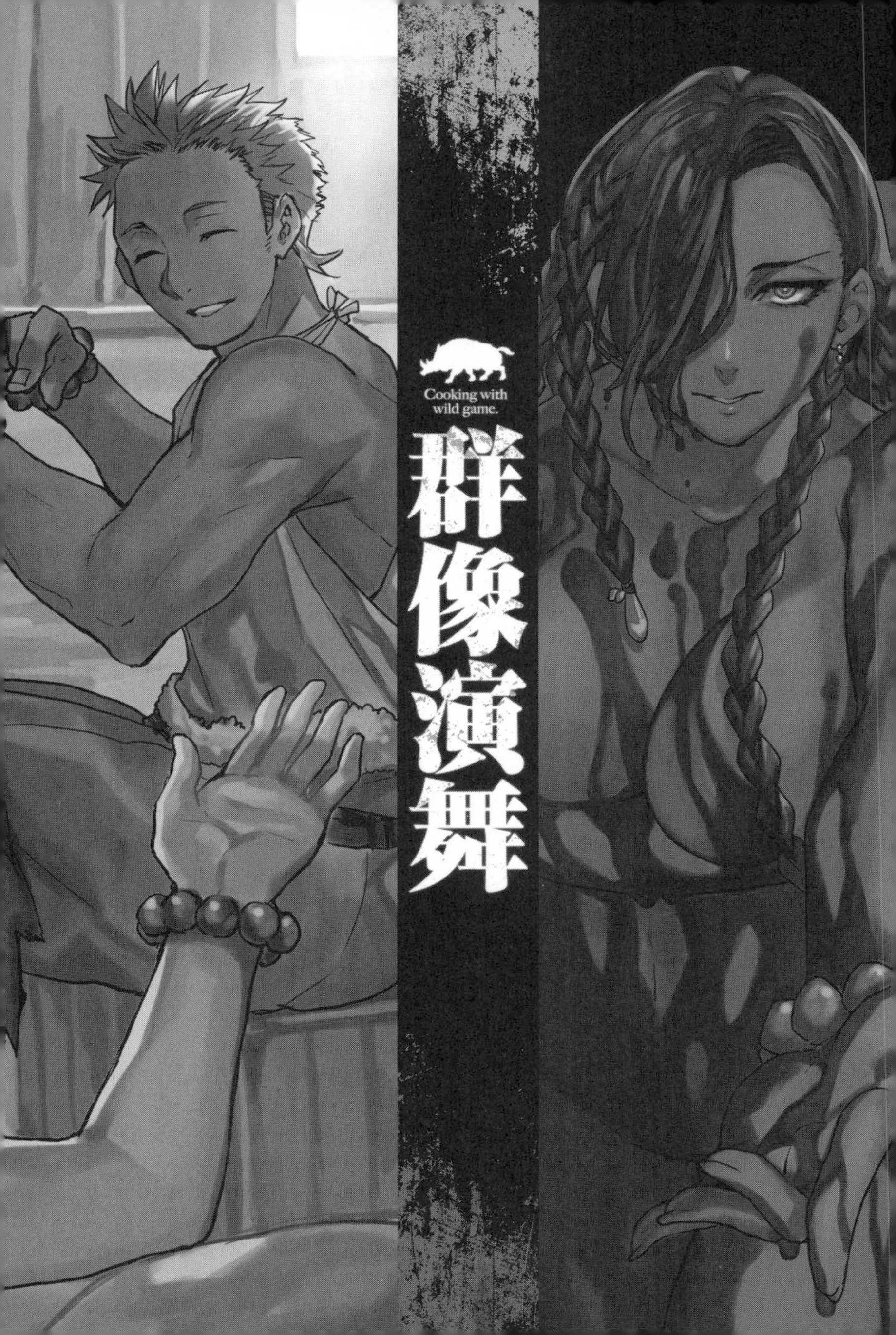

Cooking with
wild game.
群像演舞

族長の資質

1

ルウ家の先代家長ドグラン＝ルウが森に魂《たましい》を返したのは、およそ十五年ほど前のことであった。

当時のジザ＝ルウは、わずか八歳《さい》。しかし森辺においては五歳から一人の民と認められるので、ジザ＝ルウも家族や分家の家長たちとともにドグラン＝ルウの最期《さいご》を看取《みと》ることが許された。

広間に寝《ね》かされたドグラン＝ルウは、苦悶《くもん》の形相でうめき声をあげている。病魔ではない。ジザ＝ルウの祖父たるドグラン＝ルウは、ギバ狩《が》りの仕事で深い傷を負い、森に魂を返そうとしているのだった。

ドグラン＝ルウはまだ五十にもならぬ齢《よわい》であり、狩人《かりうど》の力比べでも八名の勇者に選ばれる力を有していた。そんなドグラン＝ルウが、死に瀕《ひん》している。ドグラン＝ルウはギバの角に足を貫《つらぬ》かれ、そのまま樹木に叩きつけられ、折れたあばらに身体の中身を傷つけられてしまったのである。

自分はもう助からぬのだから森に置いていけ、とドグラン＝ルウは言っていたらしい。しかしルウ家の狩人たちは、ドグラン＝ルウを家に連れ帰った。死ぬには時間がかかるのだから、その前に家族たちに別れを告げるべきだと、父親のドンダ＝ルウは述べていた。

「ふん……これだけの血を流し、息をするのもままならぬというのに、なかなか簡単には死ねぬものだ……」

やがてドグラン＝ルウは、噛みしめた歯の間から鈍《にぶ》い声音《こわね》を絞《しぼ》り出した。それと一緒に唇《くちびる》の端《はし》からこぼれた血を、伴侶《はんりょ》のティト・ミン＝ルウが布でぬぐう。

広間には、十五名もの人間が集まっていた。家長の座を継《つ》ぐ長兄《ちょうけい》のドンダ＝ルウ、その伴侶たるミーア・レイ＝ルウ、その子たるジザ＝ルウとヴィナ＝ルウ、ドグラン＝ルウの母である長老のジバ＝ルウ、ドグラン＝ルウの伴侶であるティト・ミン＝ルウ——本家の人間はその六名で、あとは分家と眷族の家長たちだ。ジザ＝ルウの五歳に満たない弟や妹たちは、寝所で分家の女衆に面倒《めんどう》を見られているはずであった。

「ドンダよ……今日を境に、ルウの本家の家長は貴様へと引き継がれる……ルウの本家の長として、貴様が五つの眷族を導くのだ……」

「ああ」と、ドンダ＝ルウは低い声で応じる。ドンダ＝ルウは、二十七歳。こちらも八名の勇者に選ばれる力量であり、近年では父たるドグラン＝ルウにも勝利を収めることが多かった。ルウの一族を率いる身として、決して不足はなかっただろう。

ドンダ＝ルウは青い瞳を炎《ほのお》のように燃やしながら、死にゆく父親の姿を見据《みす》えている。固くまぶたを閉ざしたまま、ドグラン＝ルウはさらに語った。

「俺はまもなく五十となる齢であった……森に朽《く》ちるのが、それほど遅《おそ》かったというわけでもない……貴様であれば、俺よりも強き力で一族を導くことがかなうだろう……」

「ああ」

「しかし……心残りは、この手でザッツ＝スンめの首を討《う》ち取れなかったことだ……俺よりも血の気の多い貴様には、いっそうもどかしいことであったろうな……」

「そんなことはない。家長にして父なるドグランは、誰《だれ》よりも正しく一族を導いてきたのだと俺は信じている」

「ふふ……貴様でも、このような場では殊勝《しゅしょう》な言葉を吐《は》くことがかなうのだな……」

血の気を失ったドグラン＝ルウの顔が、にやりと不敵な笑《え》みを浮《う》かべる。しかし、それと同時に大量の鮮血《せんけつ》がその口から噴《ふ》きこぼれた。ティト・ミン＝ルウがまたその口もとをぬぐい、幼いヴィナ＝ルウは震《ふる》える指先でジザ＝ルウの手をつかんでくる。ヴィナ＝ルウは、つい先日に五歳になったばかりであったのだった。

「ティト・ミンよ……どうやら俺は、これまでだ……新しき家長の嫁《よめ》たるミーア・レイに、束ね役の座を引き渡《わた》し……これからも、ルウ家の女衆を……」

「わかっているよ。何も心配はいらないさ」

丸みをおびたティト・ミン＝ルウの手が、伴侶の手をぎゅっと握りしめる。その瞳には涙《なみだ》がにじんでいたが、口もとにはいつも通りのやわらかい微笑が浮かべられていた。

「我《わ》が母にして先代家長のジバよ……その強き魂と希《まれ》なる叡智《えいち》で、若き家長を導きたまえ……」

「ああ……まさか、あたしがあんたを看取ることになるとは思わなかったけどね……この身が朽ちるまで、ルウの一族を支えると約束するよ……」

ジバ＝ルウはすでに七十の齢を数えていたが、その小さな身体にはどの女衆にも負けない生命の力が宿されていた。いくぶんたるんできたまぶたの下で、その瞳は何もかもを見透《みとお》すかのような光をたたえて、とても優しく息子《むすこ》の姿を見つめている。

「そして、ジザよ……ジザもいるのか……？」

「ここにいるよ。ヴィナと一緒に」

ジザ＝ルウは膝《ひざ》を進めて、ドグラン＝ルウの顔を覗き込《こ》んだ。ドグラン＝ルウの真っ赤な髪が、炎のように渦巻《うずま》いている。しかし、岩塊《がんかい》のごときその面貌《めんぼう》にもはや生気は残されておらず、息づかいもだんだん小さくなってきていた。

「長兄たる貴様は、いずれドンダから家長の座を継ぐことになる……俺の死に様とドンダの生き様を、その目に焼きつけておくのだ……ルウの一族に、正しき道を……」

「ドグラン、大丈夫《だいじょうぶ》だよ。みぃんな、ちゃんとわかっているさ」

ティト・ミン＝ルウが静かな声で言い、伴侶の赤い髪に指先をうずめた。

その目から一粒《つぶ》の涙が落ち、伴侶の頬で小さく弾け――そうしてルウ家の家長ドグラン＝ルウは最後に満ち足りた笑みを浮かべ、母なる森にその魂を返したのだった。

生命を失った森辺の民は、魂とともに肉体も森に返されることになる。男衆であろうと女衆であろうと、亡骸《なきがら》は森に埋《う》められるのだ。

森に返した魂はどこに行くのか、それは誰にもわからない。森に溶《と》け込んで民に新たな恵《めぐ》みをもたらすのか、それとも人間や獣《けもの》として生まれ変わるのか——それらもすべて森の意志なのだから考える必要はない、というのが森辺の民の習わしであった。

ともあれ、ドグラン＝ルウの亡骸はその夜の内に森に返されることになった。ムントやギーズに掘《ほ》り返されないように、深く穴を掘って埋めるのだ。狩人の衣《ころも》や刀などは一緒に埋める場合と子に託される場合があったが、今回はともに埋められた。

ギバが寄ってこないようにたくさんの松明《たいまつ》を焚《た》き、男衆が総出で穴を掘る。その間、女衆や幼子は死者を偲《しの》ぶ文言を唱え、その四十九年間に及《およ》んだ生を祝福した。

そして翌日——

世界は何事もなかったかのように朝を迎え、まばゆい陽光をルウの集落に届けてきた。

どれだけの悲しみや喪失感《そうしつかん》に見舞《みま》われようと、森辺の民は日々の仕事をおろそかにすることは許されない。家族を失えば、悲しいのが当たり前である。しかし、それを表に出す必要はない。そんな姿を見せられたところで、死者の魂が安らぐはずもないだろう。だからこそ、残された者たちは死者への悼《いた》みを胸の奥底《おくそこ》にしまい込み、懸命に、己《おのれ》の生をまっとうするべきなの

だ――それが、森辺の民の習わしであった。

だからジザ＝ルウも、家族たちと何か特別な会話を交わすでもなく、一人朝の仕事に取り組んでいた。家の前に敷物《しきもの》を広げて、女衆が摘《つ》んできたピコの葉を乾燥《かんそう》させる。ピコの葉がなければ肉を保存することはできないのだから、これも立派なかけがえのない仕事である。そんな仕事を任された誇《ほこ》りを胸に、ジザ＝ルウは小さなピコの葉を敷物の上に広げていった。

そこに、一人の男衆が近づいてくる。それは分家の家長である、リャダ＝ルウであった。

「ジザ＝ルウよ、ドンダはまだ眠《ねむ》っている頃合《ころあ》いか？」

「ああ、リャダ＝ルウ。……うん、中天にはまだ時間があるので、寝所で休んでいると思うけど」

「そうか」と、リャダ＝ルウは沈着《ちんちゃく》な眼差しをジザ＝ルウに向けてくる。

リャダ＝ルウはドンダ＝ルウの末の弟であったが、外見も気性《きしょう》もあまり似ていなかった。年齢《ねんれい》はいまだ二十《はたち》歳で、すらりとした体格をしており、黒褐色《こっかっしょく》の髪を長くのばしている。鋭《するど》く切れあがった瞳はいつも落ち着いていて、彼《かれ》が激するところをジザ＝ルウは一度として目にしたことがなかった。

「父さんがどうかしたの？　何か用事なら、起こしてくるけど」

「いや、それには及ばない」

それだけ言って、口を閉ざしてしまう。彼は沈着であると同時に、寡黙《かもく》でもあるのだ。

リャダ＝ルウは十七で嫁を娶《めと》ったので、ジザ＝ルウが五歳になる頃《ころ》にはもう本家を出ていた。

それですぐに子も生したので、長姉《ちょうし》はもうじき三歳になり、次の子も一歳になろうとしている。しかし本家ではそれよりも多くの幼子を抱《かか》えていたため、彼らは他の分家と力をあわせて子供を育てているはずであった。

「……末弟《まってい》のルド＝ルウは、元気に育っているか？　ずいぶん小さな赤子であったようだが」

「うん。小さくても元気いっぱいなので何も心配はいらないと、ジバやティト・ミンは笑っていたよ」

「そうか」と言ったきり、リャダ＝ルウはまた口を閉ざしてしまう。もともとジザ＝ルウはリャダ＝ルウの寡黙さを好ましく思っていたが、今日の様子には少し気になるところがあった。

「どうしたの、リャダ＝ルウ？　何か心配そうな顔をしてるみたいだけど」

「いや、そういうわけではないのだが……いささか気になることがあってな」

そのように述べてから、リャダ＝ルウは「うむ」とうなずいた。

「やはり、森に出る前にドンダと言葉を交わしておこう。悪いが、ドンダを起こしてもらえるか？」

「うん」とジザ＝ルウは身を起こし、家のほうに駆《か》け出した。玄関《げんかん》の戸を開けると、とたんに赤子の泣き声が響《ひび》いてくる。それは、母の手に抱《だ》かれた末弟のルド＝ルウの泣き声であった。

草籠《くさかご》では二歳のレイナ＝ルウが寝かされて、五歳のヴィナ＝ルウと四歳のダルム＝ルウがその寝顔《ねがお》を覗き込んでいる。ジバ＝ルウやティト・ミン＝ルウは外の仕事に出かけている様子であった。

「おや、どうしたんだい？　急に雨が降ることもあるんだから、ピコの葉のそばを離れちゃいけないよ、ジザ？」

「今はリャダ＝ルウが見てくれているから、大丈夫。ドンダ父さんを起こすように頼《たの》まれてきたんだ」

「そうかい。ドンダは寝所だけど、もう起きているはずだよ。ヴィナ、呼んできてくれるかい？」

「うん」と、ヴィナ＝ルウが寝所のほうに駆けていく。ドンダ＝ルウは確かに起きていたらしく、すぐにその姿を現してくれた。

　ドンダ＝ルウはリャダ＝ルウよりも背が高く、体格もひとまわりはがっしりとしている。ドンダ＝ルウとリャダ＝ルウの間には男女一人ずつの兄弟がいたので、七歳も離れているのだ。かくいうジザ＝ルウも末弟のルド＝ルウとは同じぐらい年が離れているので、ゆくゆくは同じような関係になるのだろうな、と思う。

「リャダ＝ルウが呼んでるよ。森に入る前に話がしたいって」

「そうか」とドンダ＝ルウは玄関に腰を下ろし、革《かわ》の履物《はきもの》を巻きつけ始めた。その青い瞳はいつも通りに強く輝《かがや》き、厳しく引き締《し》まった横顔にも変わりはない。しかし口数が少ないのは、やはり昨晩、父たるドグラン＝ルウと別れを遂げたためなのかもしれなかった。

　そうしてドンダ＝ルウとともに家を出ると、リャダ＝ルウは同じ場所で静かにピコの葉を見下ろしていた。

「こんな朝っぱらから何の用だ、リャダよ？」

「ああ、少し話をしておきたくてな」

リャダ＝ルウの目が、ジザ＝ルウのほうをちらりと見た。しかし、場所を移そうとはせず、そのまま言葉を重ねていく。

「ドンダよ、お前はどうするつもりなのだ？」

「どうするとは、何の話だ」

「知れたこと。スン家との諍《いさか》いについてだ」

リャダ＝ルウの口調は、あくまで沈着である。

「俺《おれ》も昨年は家長会議の供でスンの集落におもむき、ザッツ＝スンと相対することになった。……正直な話、ザッツ＝スンというのがあれほどの男であるとは思わなかった」

「ふん、悪名高き族長の姿を目の当《ま》たりにして、怖気《おじけ》をふるうことになったってわけか」

「当然だろう。あの男は、ルウの一族の誰よりも――父ドグランよりも、お前よりも強大な力を持っている。それが真実であるなどと、俺もこの目で確かめるまではなかなか信じることができなかったのだ」

その言葉には、ジザ＝ルウが驚《おどろ》かされることになった。ドグラン＝ルウやドンダ＝ルウ、そしてルウの一族の八名の勇者より強き狩人など、この森辺には存在しない――いまだ八歳のジザ＝ルウは、そのように信じて疑わなかったのである。

「しかもスン家は、北の一族と血の縁を結んでいる。我らの眷族《けんぞく》、特にレイやルティムなどは強き力を育てつつあるが、それでもザザやドムを相手にしては勝ち目もないだろう」

「…………」

「わかっている。五年前の罪が真実であるのなら、スン家をこのままにはしておけない。父ドグランの無念は、俺も痛いほどわかっているのだ。……しかし、闇雲《やみくも》に刀を掲《かか》げることが正しき道とは思えん。俺たちが戦いに敗れれば、残された女衆や幼子にも生きるすべはなくなってしまうのだからな」

「……そんなことは、百も承知だ」

「本当にわかっているのか？　お前の双肩《そうけん》には、六つの氏族の命運がかかっているのだぞ？　ルウ、ルティム、レイ、ミン、マァム、ムファ――およそ八十名にも及ぼうかという一族の命運が、お前の行動ひとつで定まってしまうのだ」

「そんなに俺が血を求めているように見えるってのか、リャダよ？」

ドンダ＝ルウは、不敵に笑った。しかし、その青い瞳に渦巻くのは、深甚《しんじん》なる怒《いか》りの炎であった。

「父ドグランが望んでいたのは森辺の安寧《あんねい》であり、破滅《はめつ》じゃねえ。ルウの一族がいま刀を取れば、眷族どころか森辺の集落そのものが滅《ほろ》ぶことになるだろう。スン家に従う氏族と、スン家に抗《あらが》う氏族とで、最後の狩人が息絶えるまで、その戦は収まりがつかねえだろうからな」

「ああ、だから父ドグランは刀を収めて、スン家の罪を見逃《みのが》した。しかし、今の家長は父ドグランでなくお前だ、ドンダ。……お前に父と同じように、スン家の罪を見逃すことができるのか？」

ドンダ＝ルウはいきなりリャダ＝ルウの胸《むな》ぐらをひっつかむと、「見逃せるわけがあるかよ」と鋭く言い捨てた。

「スン家に族長筋たる資格はねえ。ザッツ＝スンは、狩人の誇りを失った卑劣漢《ひれっかん》だ。あんな男を、族長だなどと認められるものか」

「しかし、ドンダよ……」

「だが、今さら五年も昔の話を蒸《む》し返してどうなるってんだ？　確かにあいつらはムファの女衆をさらったはずだが、その確かな証はないし、ルウもムファも刀を収めちまった。ここで俺たちが刀を取ったところで、眷族でもねえ氏族の連中は見向きもしねえだろう。それじゃあ、勝てる戦も勝てねえんだよ」

ドンダ＝ルウは荒《あら》っぽくリャダ＝ルウの身体を突き放《はな》し、「ハッ！」と咽喉《のど》を鳴らした。

まったく感情を乱すこともないまま、リャダ＝ルウはその姿を見つめ返している。

「それでお前はどうするつもりなのだ、ドンダよ？」

「知れたことだ。あいつらがまた許されざる罪を犯《おか》すまで、俺たちは力を蓄《たくわ》える。俺たちには、スン家と北の一族にも負けねえ力が必要なんだ。……そうして初めて、こんな厄介事《やっかいごと》を残して森に魂を返しちまった親父《おやじ》の無念を晴らすことができるだろうよ」

「……忍耐《にんたい》というのは、お前に一番似合わない言葉だな、ドンダよ」

リャダ＝ルウがそのように言いたてると、ドンダ＝ルウは怒った顔をしてその胸を突いた。

「手前、それが兄貴に向かって吐く台詞《せりふ》か？」

「ああ、感心させられたのだ。昨晩に父を失ったばかりであるのに、お前はしっかりと家長としての覚悟《かくご》を固めていたのだな」

リャダ＝ルウは、ふっと口もとをほころばせた。それはひょっとしたら、ジザ＝ルウが初めて目にするかもしれない、リャダ＝ルウの笑顔であった。

「見くびっていて済まなかった。俺は狩人の誇りにかけて、お前の言葉に従おう。ルウの本家の家長として、俺たちに正しき道を示してくれ、ドンダよ」

ドンダ＝ルウは「ふん」と鼻を鳴らしてから、ジザ＝ルウのことをじろりと見下ろしてきた。

「で？　貴様は何をそんなにきょとんとしてやがるんだ、ジザ？」

「……俺は先代家長ドグランに、家長ドンダの生き様を目に焼きつけろと言われた。だから、そうしているだけだよ」

「そんな細っこい目で、本当に見えてんのか？」

ぶっきらぼうに言い捨てて、ドンダ＝ルウはジザ＝ルウの頭をわしゃわしゃとかき回してきた。

ひさびさに触《ふ》れた父の手は、信《しん》じ難《がた》いほど大きくて、そして力強かった。

2

そうして時が過ぎていくにつれ、幼かったジザ＝ルウにもさまざまなことが理解できるようになっていった。

族長筋たるスン家は悪逆なる一族であり、先代家長のドグラン＝ルウはいつか断罪の刀を振り下ろすべく、ずっと牙《きば》を研《と》いでいたのである。しかし、ルウ家にはまだ力が足りていなかったし、スン家が罪を犯しているという確かな証もなかった。年に一度、家長会議でスン家と顔をあわせつつ、先代家長のドグラン＝ルウはひたすら耐《た》え忍《しの》び――そして、無念のままにこの世を去り、ドンダ＝ルウへと家長の座を引き継がせる段と至ったのだった。

その後はドンダ＝ルウも、ひたすら雌伏《しふく》の日々を過ごしていた。いつかスン家が言《い》い逃《のが》れのできない罪を犯すその日までに、スン家と北の一族をも凌駕《りょうが》する力を手に入れる。先代家長ドグラン＝ルウが定めたその道を、正しく継承《けいしょう》したのである。

ドンダ＝ルウが家長となって五年ほどが経《た》った頃、ザッツ＝スンは病を患《わずら》い、家長と族長の座をズーロ＝スンという息子に受け継がせた。ズーロ＝スンというのは父親に似ず、何の力も持たない狩人であったらしい。傲慢《ごうまん》で卑劣な気性だけは確かに受け継ぎつつ、ルウの一番若い狩人でも容易《たやす》く首を刎《は》ねることができるだろう、などと揶揄《やゆ》されるような男であった。

しかしそれでも、ドンダ＝ルウは動かなかった。スン家が力を失っても、その眷族たる北の一族はますます強大な存在に成り果てていたのである。

そして族長が交代されてからは、スン家もいっそう用心深くなっていた。いや、用心深くなったというよりは、明らかにルウ家を恐《おそ》れていたのだろう。何か不始末があれば族長たるズーロ＝スンが誇りも何もなく頭を下げ、すべてを丸く収めようとしていた。それでいて、陰ではこそこそと悪事を働き、小さき氏族の者たちや町の人間たちなどを苦しめていたのだった。

「ひょっとしたらスン家の連中は、俺たちが刀を取る前に、北の一族に愛想を尽《つ》かされるかもしれねえな」

そのように言いながら、ドンダ＝ルウは動こうとしなかった。確かな証が出るまでは刀を取らない。そして、森辺に破滅ではなく安寧をもたらす。その二つの誓《ちか》いを守り通すために、鋼のごとき自制心を発揮していたのである。

長じてから、ジザ＝ルウは思った。自分が父から受け継いだのは、そういった部分なのではないだろうか、と。

幼かった弟たちも、やがては立派な狩人として成長した。そして、彼らもまたそれぞれ父から得難《えがた》いものを受け継いでいた。

次兄《じけい》のダルム＝ルウは、炎のごとき猛々《たけだけ》しさを受け継いでいた。自分に逆らうものは決して許さない、すべてを焼き尽くすような激しい気性である。また、父親の若い頃に一番よく似ていると言われているのも、このダルム＝ルウであった。

末弟のルド＝ルウは、狩人としての資質を受け継いでいた。むろん、齢が離《はな》れている分、力比べではまだ兄たちに及ばない。しかし、わずか十五歳で八名の勇者に選ばれるなどというのはジザ＝ルウにもダルム＝ルウにも成し得なかったことであり——そして、体格においては誰よりも劣《おと》っているにも拘《かか》わらず、ルド＝ルウは兄たちにも負けない数のギバを狩っていた。

そんな弟たちと比べて、自分はどこが父親に似ているのか。それが、己を律する心の強さなのではないかと思えるのだ。言い換《か》えると、それは「本家の長兄に生まれついた」という覚悟の重さであったのかもしれなかった。

しかもルウ家は、ついに刀を取ることもないままにスン家の滅びを迎《むか》えて、新たな族長筋に定められることになった。ルウの本家の家長となる者は、眷族ばかりでなくすべての同胞《どうほう》の行く末を担《にな》う存在となってしまったのだ。

自分が判断を誤れば、森辺の民を滅びに導いてしまうかもしれない。まさしくスン家がゆるやかな滅びをもたらそうとしていたように、族長の有り様は一族の命運をも左右してしまうのである。

自分は誰よりも、正しく生きねばならない。

それが、ジザ＝ルウの覚悟の重さであった。

ダルム＝ルウやルド＝ルウは、余人よりもいっそう感情を律するのが苦手であるように思える。そういう猛《たけ》き気性というのも、確かにルウ家の血筋であるのだろう。妹たちにもそういう気質は見られるし、また、先々代の家長たるジバ＝ルウも、若き頃は烈火《れっか》のごとき一面を持っていたのだと聞き及んでいる。

きっとジザ＝ルウは、そういった家族たちよりも、むしろリャダ＝ルウやシン＝ルウに見られる沈着の気性を受け継いでいたのだ。リャダ＝ルウとて、もとは同じ本家の人間である。ジバ＝ルウの孫であり、ドグラン＝ルウの子だ。烈火の気性も沈着の気性も、どちらも正しくルウ家の特性であるのだった。

しかしまた、どちらか一面しか持たぬ人間などいないのだろう、とも思う。それはどちらが強く表に出るかというだけの話であり、リャダ＝ルウたちにも猛き一面が、ダルム＝ルウたちにも沈着な一面が、必ず潜《ひそ》んでいるに違《ちが》いない。ジザ＝ルウも、また然《しか》りであった。

自分は決して、心の乱れぬ人間ではない。むしろ、余人より猛々しい気性を隠し持っている、と自覚している。よく怒りよく笑う弟たちの気性も理解できないわけではなく、ただ、自分を律する力が足りていないのだなと、そのように思えるのだ。

弟たちは、それでいい。どんなに猛々しくとも、道を踏《ふ》み外《はず》さなければそれでいいのだ。ジザ＝ルウにとって、それはむしろ愛すべき気質であった。

しかしジザ＝ルウには、思いのままに振《ふ》る舞《ま》うことは許されない。自分の感情がどのように揺《ゆ》れ動いても、まず立ち止まって思考を巡《めぐ》らし、もっとも正しい道を探さねばならないのだ。

ドンダ＝ルウは、すでに四十二歳となっている。先代家長が森に朽ちた齢まで、あと数年ばかりしか残されていない。また、ドンダ＝ルウが家長となったのは、二十七歳の頃である。まもなく二十四歳になろうとしているジザ＝ルウにとって、それほど長きの時間が残されているようには思えなかった。

しかもドンダ＝ルウは、森の主《ぬし》との戦いで、深い手傷を負ってしまった。幸い、時間をかければ狩人としての力を取り戻《もど》すことは可能であるようだが、一歩間違《まちが》えれば、ジザ＝ルウはすぐにでも家長と族長の座を受け継ぐことにもなりかねない状況《じょうきょう》であったのだ。

今の自分に、同胞たちを正しく導くことなどできるのか。ジザ＝ルウには、皆目《かいもく》見当をつけることもかなわなかった。しかし、自分の運命から逃れることはできない。自分が父親より早く魂を返すような事態にでもならない限り、いつかは必ず族長としての座を受け継がなくてはならないのだ。その日までに、ジザ＝ルウは何としてでも族長に相応《ふさわ》しい力を身につけなければならないのだった。

「……あのー、眠っちゃってるのかな？」

若い娘《むすめ》の心配げな声が、ジザ＝ルウの想念を打ち破った。

振り返ると、二人の娘が自分の姿を見上げている。宿場町の、宿屋の娘たちである。

「俺が眠っているように見えるか？」

この日は、銀の月の十日――ジェノスのさまざまな身分にある者たちをルウの集落に招いた、親睦《しんぼく》の祝宴《しゅくえん》のさなかであった。ジザ＝ルウは広場の片隅《かたすみ》に引き下がり、祝宴の賑《にぎ》わいを見るでもなしに眺《なが》めながら、一人想念に耽《ふけ》っていたのだ。横たわるどころか、腰《こし》を下ろしてさえいない。

「だって、さっきからぴくりとも動かないからさ。森辺の狩人は立ったまま眠ることもできるのかなーとか思っちゃって」

森辺の女衆と同じように肩《かた》や腹をむきだしにしたほうの娘が、可笑《おか》しそうに笑いながらそのように言った。名前はたしか、ユーミである。

もう片方の、気弱そうな面立《おもだ》ちをした娘のほうは、ジザ＝ルウを見上げながら、はにかむように微笑《ほほえ》んでいる。こちらはスン家とも浅からぬ悪縁《あくえん》のあった、テリア＝マスという娘だ。

「実はさ、ちょっと相談があるんだけど」

そのように言いながら、ユーミは手にしていた大きな木皿をジザ＝ルウのほうに差し出してきた。テリア＝マスも同じぐらいの大きさの木皿を掲げている。その上に盛られているのは、妹のリミ＝ルウたちがこしらえたポイタンの焼《や》き菓子《かし》にチャッチ餅《もち》という甘《あま》い菓子ばかりであった。

「このお菓子をさ、小さな子供たちにあげてきてもいい？」

「小さな子供たち？」

「うん。五歳になってない子たちは、どこかの家に集められてるんでしょ？　こんな日にご馳《ち》走《そう》を食べられないのは可哀想《かわいそう》だから、お菓子だけでも持っていってあげようかと思ってさ」

それは何とも、奇異《きい》なる申し出である。ジザ＝ルウは下顎《したあご》を撫《な》でさすりつつ、娘たちの姿を見比べてみせた。

「べつだん貴方《あなた》がたに、そのようなことを気にかけてもらう必要はない。この森辺において民と認められるのは、五歳を迎えた人間だけなのだ」

「えー？　それって、ちょっと冷たい言い草じゃない？　五歳にならなきゃ、ご馳走を食べることも許されないの？」

「……すべての民はそうして育てられてきたのだから、べつだん今の幼子たちだけを特別に扱《あつか》う理由はないように思えるが」

「でも、あんたの息子のコタ＝ルウだって、その幼子じゃん！　これを持っていってあげたら、コタ＝ルウも喜ぶと思うよー？」

「自分の子であるからといって、特別扱《あつか》いなどできようはずもない。それではなおさら、他の人間に対して申し訳が立つまい」

ユーミは「ちぇーっ！」と大きな声をあげた。

「堅苦《かたくる》しいなあ！　あんたって、ルウの本家の長兄なんじゃなかったっけ？」

「ああ、その通りだが」

「だったら、次の族長じゃん！　そんな堅苦しい習わしは、あんたの裁量でちょちょいと変えちゃったりできないの？」

これには、ジザ＝ルウのほうが面食らうことになった。

「森辺の掟《おきて》というのは、そのように軽い習わしではない。また、五歳に満たぬ幼子を民と認めないというのは、それまでは一族の宝として守り通すという意味でもあるのだ。宴《うたげ》などには参加させない代わりに、家の仕事を負わせることもない。我々は、そういう形で幼子を守っているというだけのことだ」

「だったら、お菓子を分けてあげるぐらいは見逃してくれない？　コタ＝ルウが喜ぶんだったら、あんたも嬉しいでしょ？」

ジザ＝ルウは小さく息をつき、首を横に振ってみせた。

「俺は別に、料理を分け与《あた》えることが禁忌《きんき》だとまでは言っていない。ただ、家人や客人のためにこしらえた料理を俺の判断で勝手に扱うことは許されていない、というだけのことだ。貴方がたがそういう気持ちであるならば、家長ドンダからの許しを得るべきだろうと思う」

「もー！　融通《ゆうずう》がきかないなあ！　わかったよ。族長さんがいいって言えばいいんだね？　テリア＝マス、行こう！」

「あ、はい……」

ユーミはさっさと広場の中央へと身をひるがえしたが、テリア＝マスはおずおずとジザ＝ルウの顔を見上げてきた。

「すいません。ユーミはちょっと気が短いだけで、決して悪気はないのです。コタ＝ルウのことを可愛《かわい》く思ったからこそ、このようなことを思いついたのだろうと思いますし……」

「それは、わかっているつもりだ。自分の子を思いやられて、気分を害する親はいない」

「そうですか。それならよかったです。……それでは失礼します」

テリア＝マスは最後に朗《ほが》らかな微笑《びしょう》を残し、ユーミの後を追っていった。ジザ＝ルウは、複雑な心境でその背中を見つめ続ける。

町の人間と交われば、こうして意見がくい違うこともあるだろう。同胞でもないのに宴をともにすれば、なおさらだ。今の一幕などまったく害のないものであったが、こうして縁《えん》を重ねていけば、もっと複雑な問題が続々ともちあがってくるのだろうと思われた。

（アスタやヴィナたちが宿場町での商売を始めて、ようやく六ヶ月と半分……わずかそれだけの時間で町の者たちとここまで縁が深まろうとは、誰にも予測できなかっただろう）

ドンダ＝ルウが、宴の前に述べていた言葉を思い出す。町の人間と間違った形で交われば、森辺の民は力を失うことにもなりかねない。貴族と交わっていたスン家の者たちが道を踏み外したように、だ。

しかし、町の人間と縁を深めていなければ、確かに真実を知ることは難しかっただろう。スン家がどれほど悪逆な真似《まね》をしていたか、貴族たちがどのような形でそれに手を貸していたか。テリア＝マスの父親や、野菜売りのドーラ、そしてカミュア＝ヨシュやメルフリードといった町の人間たちと交わったからこそ、森辺の民は真実を知ることがかなったのだ。

それで、スン家は滅ぶことになった。先代家長ドグラン＝ルウの代から続いてきたスン家との諍いは、刀を取るまでもなく、無血で収められてしまったのである。

それが正しい道であったことに間違いはない。だからドンダ＝ルウも、このまま正しい道を歩き続けることができるように努めるべきだと述べていたのだろう。

しかし――ジザ＝ルウの胸には、大きな懸念《けねん》が残されたままであった。刀を取らずしてスン家や貴族たちを裁くことができたのは、もちろん寿《ことほ》ぐべきことだ。しかしその代償《だいしょう》として、森辺の民はいっそう苦難に満ちた道を歩むことになったのではないだろうか？

これまでは、ぎりぎりのところで上手《うま》くいっていた。しかし、今後もそうだとは限らない。森辺の習わしを大きく踏み外してしまったことで、さらなる災厄《さいやく》を招いてしまうことはないのか――それがジザ＝ルウには、気にかかってしかたがなかったのだった。

たとえば、モルガの森辺に道を切り開こうという、例の計画だ。あれが実現してしまったら、集落のすぐそばを大勢の旅人が通《とお》り抜《ぬ》けていくことになる。それでおかしな災厄を招かぬよう、メルフリードは森辺の民の力を今一度知らしめるべきだと言いたてていた。

それもやはり、完全に正しい言葉であったろうと思う。メルフリードというのは、鋼のように揺るぎない信念を備えた人間であった。貴族の側に、あれほど掟や道理というものを重んずる人間がいようなどとは、ジザ＝ルウも考えていなかったぐらいであった。

しかし、それでもなお、災厄を招いてしまったらどうするのか？　予定されている道筋は、サウティの集落のすぐそばを通ることになっている。狩人たちが森に入っている間、女衆と幼子と老人しかいない集落のすぐそばを、見知らぬ町の人間たちが大勢通り抜けていくのだ。その内の一人が悪心を抱《いだ》いただけで、サウティは取り返しのつかない傷を負ってしまうかもしれない。

これまでは、すべてがいい風に転んできた。しかし、危険なことが何もなかったわけではない。族長たちはサイクレウスとの会談で矢を射かけられることになったし、アスタは貴族にかどわかされた。《ギャムレイの一座》の天幕でも、ダバッグという町においても、森辺の民は野盗《やとう》に襲《おそ》われている。それらの苦難はすべて退けることができたが、この先もそれが続くとは限らないのだ。

知らず内、ジザ＝ルウは広場のほうに視線を巡らせていた。

明々と燃えるかがり火に照らされて、アスタとアイ＝ファは楽しげに料理を食べている。そのそばにいるのは、ロイという城下町の料理人や、旅芸人のピノなどだ。

（すべては、ファの家からもたらされたものなのだ）

森辺の民の歩む道は、この半年ばかりで大きく変わることになった。その変化をもたらしたのがアスタとアイ＝ファである、という事実に疑いはないだろう。

アスタが森辺にやってこなければ、アイ＝ファがそれを受け入れなければ、森辺の民がこのような道を辿《たど》ることはなかった。ジザ＝ルウはそれを災厄の到来《とうらい》だと判断し、アスタに警告の言葉を述べたこともあった。それでもアスタは引き下がらず、家長会議に参加して、スン家に滅びをもたらしたのだ。ドンダ＝ルウは、それを正しき道であると判じた。だからこそ、森辺の民は今もなおアスタたちを受け入れ、新しい道を歩き続けている。

しかし――次代の族長は、ジザ＝ルウだ。ドンダ＝ルウが退いたのちは、ジザ＝ルウが道を選ばなければならないのである。アスタという人間は、森辺にとっての薬か毒か。その行いは、繁栄《はんえい》をもたらすのか災厄をもたらすのか。一族の長として、ジザ＝ルウが見極《みきわ》めていかねばならないのだった。

ジザ＝ルウの感情は、いまやほぼアスタの存在を受け入れつつある。いつから自分がそのように思うことになったのか、はっきりとはわからない。ジザ＝ルウは、常に父親のかたわらで目を光らせ、油断なくアスタたちの行いを見守っていた。今、グラフ＝ザザがスフィラ＝ザザを通じてそうしているように、アスタの存在が薬か毒か、それを見極めようと懸命《けんめい》に目を凝《こ》らしていたのだ。

ルウの家族や眷族たちは、ほぼ全員がアスタやアイ＝ファの存在を受け入れているように見える。ダルム＝ルウなどは何かとつっかかる場面も多かったが、あれは自分の我にもとづいて動いていただけだろう。森辺の行く末を思っての行動とは思えない。

この宴においても、家族や眷族たちは実に幸福そうな様子を見せている。アスタによって美味なる料理の素晴《すば》らしさを知り、町の人間たちと新たな縁を結び、すべてを寿いでいるように見える。少なくとも、今この場においてアスタたちを忌避《きひ》する人間など一人として存在しないのだろうと思われた。

感情の面において、それは正しいことなのだとジザ＝ルウも思っている。ルウの一族は、アスタたちの行いによって、大きな喜びと力を得た。ジザ＝ルウでも、それを否定する気持ちにはなれない。それはやっぱり、アスタからもたらされた『ギバ・カツ』という料理を口にした日から、ジザ＝ルウの胸に芽生え始めた感情なのかもしれなかった。

しかし、ジザ＝ルウは次代の族長だ。感情のままに振る舞うことは許されていない。どれほど大きな喜びが得られても、それが本当に正しいことなのかと、立ち止まって考えなければならないのだった。

自分よりも遥《はる》かに猛々しい気性を持つ家長のドンダ＝ルウは、二十年近くも無念の思いを押《お》し殺して、スン家の行いに耐えていた。ルウの本家の長兄である、という縛《しば》りがなかったなら、ドンダ＝ルウはいつでも刀を取っていただろう。ルウ家の行く末を、森辺の行く末を重んじるゆえに、父は己の感情を二十年間も押し殺してきたのだ。そんな父から家長と族長の座を引き継ぐ身として、ジザ＝ルウが容易に感情に流されることなど許されるわけはなかった。

（もしもファの家の行いが、森辺に堕落《だらく》や災厄をもたらすのだと判じられたときは……俺が、あの二人を――）

そのとき、新たな人影《ひとかげ》がジザ＝ルウのかたわらに立った。ジザ＝ルウと同じぐらいの体格をした、とても穏《おだ》やかな眼差《まなざ》しを持つ森辺の狩人――ルティムの若き家長、ガズラン＝ルティムである。

「どうしたのですか、ジザ＝ルウ？　さきほどから、何も口にしていないようですが」

「いや……少し考えごとをな」

「そうですか。サティ・レイ＝ルウは？」

「サティ・レイは、交代で幼子たちの面倒を見ているはずだ」

ガズラン＝ルティムはもう一度「そうですか」と言って、ジザ＝ルウのかたわらに立ち並んだ。

ダン＝ルティムから家長の座を引き継ぎ、ガズラン＝ルティムはこれまで以上の力と落ち着きを手に入れたように思える。狩人としての力量はまだ自分のほうがいくらか上回っていたが、ジザ＝ルウは力比べでは測れない不思議な力強さをこの眷族の家長から感じるようになっていた。

「……ジザ＝ルウは、まだ迷っておられるのですか？」

ジザ＝ルウと同じ方向に視線を飛ばしながら、ガズラン＝ルティムはそのようにつぶやいた。

「ファの人間は味方か敵か、森辺にとっての薬か毒か――それを見極めたいかのような眼差しで、アスタたちのことを見つめているようでしたが」

「……次代の族長として、それは当然のことではないだろうか？」

「ええ、当然のことでしょう」

　ガズラン＝ルティムの声は、やはり落ち着き払《はら》っている。このガズラン＝ルティムこそ、真なる意味で己を律することのできる人間なのではないだろうか？　ジザ＝ルウにはそのように思えてならない沈着ぶりであった。

「その答えは、ジザ＝ルウの中にしかありません。だからこそ、ドンダ＝ルウもあのように振る舞っているのではないでしょうか」

「……父ドンダが、何だと？」

「ドンダ＝ルウはファの人間を全面的に受け入れつつ、いまだ『友である』という言葉は口にしていないように思います。それは多分にドンダ＝ルウの気性もあってのことなのでしょうが……おそらく、ジザ＝ルウの道をせばめたくはない、という考えもあってのことなのでしょう」

「俺の道」という言葉を、ジザ＝ルウは口の中で転がした。

　ガズラン＝ルティムが、こちらを振り返る気配がする。

「家長たるドンダ＝ルウがその言葉を口にすれば、ルウ家の行く末はそれに縛られます。しかし、まだ若いアイ＝ファやアスタと長きの時間を過ごすのは自分よりもジザ＝ルウであると考え、ドンダ＝ルウはジザ＝ルウにルウ家の行く末を託《たく》したいと願っているのではないでしょうか」

「………………」

「アスタが宿場町で商売をしたい、と言いだした日のことを覚えていますか？」

ふいに問われて、ジザ＝ルウはいくぶん当惑《とうわく》した。

しかし、その日のことは今でもしっかりと覚えている。

「あの日は、ガズラン＝ルティムがアスタとアイ＝ファをともなってルウの家を訪《おとず》れたのだったな。ダルムは顔と頭に怪我《けが》を負っており、俺と父ドンダとルドの三人でガズラン＝ルティムらを迎えたと思う」

「ええ、まさにその日のことです。アスタは宿場町で商売をするために、ルウ家の力を借りたいと申し出ました。それを聞き入れる代わりに、もしもアスタが森辺の民の信頼《しんらい》を裏切ったときは右腕《みぎうで》をいただく——ドンダ＝ルウは、そのように言っていましたね？」

「ああ、覚えている」

「あれもまた、ジザ＝ルウのために発した言葉であるように思うのです。それぐらいの重い誓《せい》約《やく》をつけなければ、ジザ＝ルウを納得《なっとく》させることはできない——そして、森辺の習わしから逸《いっ》脱《だっ》するにはそれぐらいの覚悟を示させるべきであると、ドンダ＝ルウはジザ＝ルウに伝えたかったのではないでしょうか」

「……それでは父ドンダは、あの頃からすでに感情の面ではファの行いを認めていた、と？」

「ええ、あくまで私の推測ですが。……しかしそれでもドンダ＝ルウは家長としての正しき道をジザ＝ルウに示すべく、あえてアスタたちに重い条件をつけたのではないかと思えたのです」

視線は広場のほうに向けたまま、ジザ＝ルウは「なるほどな」とつぶやいた。

「父ドンダの心情は誰《だれ》にもわからぬが、確かにあの頃、俺はファの家の行いを危《あや》ぶんでいた。あれぐらいの重い条件がなければ、ルウ家の女衆を貸し出すことなど、とうてい容認《ようにん》できなかったかもしれない。俺がそのような心情でいたことを父ドンダに悟《さと》られていたとしても、何も不思議はないだろうな」

「ええ、私もそう思います」

「ルウの家長として、それは正しい判断であると思える。あの頃はまだ族長筋にも定められてはいなかったが、ルウ家はスン家に代わって規範《きはん》を示さねばならない立場であったのだから、異国の生まれたるアスタを容易に友などと呼ぶことはできなかっただろう。……そちらのダン＝ルティムは、何もはばかることなくファはルティムの友であると公言していたようだが」

「ええ、父ダンはああいう気性ですからね。しかし、何の不都合もありはしません。私は父ダンよりも先んじて、アスタを友と呼んでいたのですから」

ジザ＝ルウは、ゆっくりとガズラン＝ルティムを振り返る。

ガズラン＝ルティムは、普段《ふだん》通りの穏やかさで微笑んでいた。

だけどやっぱり、以前とは異なる輝きがその双眸《そうぼう》には宿されている。それは誰よりも沈着で優《やさ》しげでありながら、それでいて果断なる決意の秘《ひ》められた――まるで天空から地上の獣を狙《ねら》う、ラグールの大鷹《おおたか》のごとき鋭い眼差しであった。

「……ガズラン＝ルティムは、すでに自分の道を定めているのだな」

「ええ、この話において、私の心に迷いはありません。私は永遠にファの家を友とします。たとえ誰に禁じられようとも」

「…………」

「そしてまた、ルティムはルウの子です。ルティムはルウを親として、ファを友として、今後も健《すこ》やかにこの道を歩んでいきたいと願っています」

そのように言って、ガズラン＝ルティムはいっそう優しげに微笑んだ。

「ジザ＝ルウ、まだこのような言葉をあなたに届ける時期ではないとも思うのですが――何も心配はいらないと思います」

「……心配は、いらない？」

「はい。族長という立場には大きな責任がつきまといますが、決してそれを一人で担うわけではありません。あなたには家族があり、眷族があり、同胞があります。族長は一族を率いて、一族は族長を支える。森辺の民はそのようにして、これまでの生を歩んできたはずです。その道を誤ったスン家は、滅びるべくして滅びました。それこそが、森の導きなのだろうと思います」

「…………」

「何も心配はいりません。あなたは孤独《こどく》ではなく、常に五百名からの同胞がかたわらにある――どうかそのことを忘れないでください」

ジザ＝ルウは、無言でガズラン＝ルティムの笑顔《えがお》を見つめ続けた。

すると、またもやこちらに近づいてくる人影があった。末妹のリミ＝ルウと、町の娘ターラである。

「ジザ兄、さっきから何をしてるの？　ギバの丸焼き、もうすぐなくなっちゃうよ？」

「……ああ、そうか」

リミ＝ルウとターラは手をつなぎ、まるで仲のよい姉妹《しまい》のように見えてしまった。そのターラが、茶色い瞳《ひとみ》をきらきらと輝かせながら、ジザ＝ルウを見上げてくる。

「あのね、うちの兄たちがジザ＝ルウともっとお話がしたいって言ってるんだけど……嫌《いや》じゃないですか？」

虚《きょ》をつかれたジザ＝ルウに、ガズラン＝ルティムが笑いかけてくる。

「ジザ＝ルウも、宿場町やダレイムで彼らと縁を結んだのでしょう？　この先はなかなか顔をあわせる機会もないでしょうから、今のうちにたくさんの言葉を交《か》わしておくべきだと思います」

「そーだよー。みんなと一緒《いっしょ》に、料理を食べよ？」

リミ＝ルウが、空いた手でジザ＝ルウの指先をつかんできた。

ターラはおずおずと、逆の手をつかんでくる。

そうしてジザ＝ルウは、明るい光に満ちた広場へと再び足を踏み出した。

同胞たちは町の人々と手を取り合い、この上もなく幸福そうに宴を楽しんでいた。

双頭の蛇

1

「時間がかかってしまって、ごめんなさい。料理をもらってきたわ」

そのように声をかけてきたのは、たくさんの木皿を抱《かか》えたオウラであった。その背後には、オウラの倍ほども木皿を抱えたミダが立っている。ヤミル＝レイは、そんな二人が腰をおろせるように、敷物《しきもの》の端《はし》へと移動した。

銀の月の十日――町の人間らをルウの集落に招いた、親睦の祝宴のさなかである。世界は闇《やみ》に閉ざされているが、広場は明々とかがり火に照らされている。とりわけ巨大《きょだい》な炎《ほのお》をあげている儀式《ぎしき》の火の前では、二人の旅芸人たちが狩人《かりうど》を相手に力比べに興じていた。

「あれはすごいわね。まさか、森辺の狩人に負けない力を持つ人間がいるなどとは思わなかったわ」

そのように言いながらオウラが木皿を並べていると、横からツヴァイがにゅうっと首をのばしてきた。

「また見事に、肉の料理ばかりだネ。アタシはそろそろポイタンが恋《こい》しくなってきたんだけど」

「ポイタンは、ミダが持ってきているわ。ミダ、その皿も貸してくれる？」

「うん……」と、ミダが頬《ほお》を震《ふる》わせる。だいぶん余分な肉の落ちてきたミダであるが、まだ手にした木皿を足もとに置くには、胴体《どうたい》が太すぎるのである。

「あら、町の人間たちはいなくなってしまったのね？」

「あの親子なら、オウラたちが離れてすぐいなくなってしまったわ。あれも料理人というやつなのだから、呑気《のんき》に料理が運ばれてくるのを待ってもいられないのでしょう」

オウラが言っているのは、ミケルにマイムというトゥランの住人たちのことであった。なおかつ、オウラたちと入《い》れ替《か》わりでやってきたアスタたちなどはそれよりも早く席を離れてしまったので、こちらの敷物には森辺の女衆しか残されていなかった。

ミダの到来に気づいたミンやムファの女衆が、席をずらして隙間《すきま》を空けてくれる。ヤミル＝レイが動いただけでは、この巨大なミダが座《すわ》れるだけの空間を作ることができなかったのだ。

ミダは肉にうもれた目をぱちぱちと瞬《まばた》かせながら、「……ありがとうだよ？」と礼を言った。

「いいえ、どういたしまして」

ミンの女衆が、くすくすと笑い声をたてる。両名とも、宿場町の商売を手伝っている女衆である。もはや彼女《かのじょ》たちも、かつてスン家の人間であったミダを忌避する気持ちはないようだった。

「すごい量の料理を持ってきたのね。あなたは力比べをしないの、ミダ？」

「……力比べ……？」

「ほら、あちらで旅芸人がやっているじゃない。あの大きいほうは、もう三人も森辺の狩人を投げ飛ばしているのよ？」

たしかドガという名を持つ巨大な男が、儀式の火の前で男衆と取っ組み合っている。その様子をしばしぼんやりと眺めてから、ミダはまた頬の肉を震わせた。

「ミダは、おなかが空いてるんだよ……？　こんなにおなかが空いていたら、きっとあの人には勝てないと思うんだよ……？」

「そう。それじゃあ、お腹《なか》が満ちたら挑戦《ちょうせん》してみれば？　きっとあなたなら勝てるでしょう？」

「うん……」とあまり関心のない様子で応じつつ、ミダはのそのそと敷物に座した。その巨体《きょたい》を横目で眺めながら、ツヴァイは「フン」と小さく鼻を鳴らす。

「アンタもずいぶん、余所《よそ》の女衆と気安く喋《しゃべ》れるようになったもんだネ。ちょっと前までは、誰にも相手にされてなかったのにサ」

「それはミダは、もう二回も狩人の力比べで勇者に選ばれているもの。サウティ家で森の主《ぬし》を仕留める際にも大きな役目を果たしたそうだし、もうルウの血族でミダを誇《ほこ》りに思わない人間はいないでしょう」

オウラが穏やかな声で言い、ツヴァイは細っこい肩をすくめる。それと向かい合う格好で、ミダは瞳を輝《かがや》かせつつあばら肉の香味《こうみ》焼《や》きに手をのばしていた。

「きっとあなたは、もうすぐルウの氏を授《さず》かることもできると思うわ。頑張《がんば》ってね、ミダ」

「うん……ミダは、ルウの狩人としての仕事を果たすんだよ……？」

相変わらずミダはまともに表情を動かすことができなかったが、その小さな瞳にはとても嬉《うれ》しそうな光が灯《とも》されていた。

ヤミル＝レイは小さく息をつき、オウラのほうに向きなおる。

「ねえ、オウラ。ミダのことより、あなたはどうなの？　……いえ、あなたたちと言うべきかしら」

ツヴァイに聞こえぬよう声を潜めていたので、オウラは「え？」と顔を寄せてきた。

「こういう宴のときに、あまり以前の家族とばかりともにあるのは、よくないことのはずでしょう？　あなたとツヴァイは同じルティムの家人なのだからいいけれど、わたしやミダは血族に過ぎないのだからね」

「でも……あなたたちとは、こういう場でしか顔をあわせられないじゃない？　ミダもツヴァイも、とても楽しそうだわ」

「だから、目先の楽しさにばかりかまけていていいのかという話よ。特にツヴァイなんかは、性根《しょうね》が甘ったれなんだから」

そんなツヴァイは、運ばれてきた料理を食べながら、また喧々《けんけん》とミダに言葉を飛ばしている。傍目《はため》には険悪にすら見えてしまうかもしれないが、おたがいにひさびさの交流を楽しんでいるのは明白であった。

「ツヴァイはまだ十二歳《さい》で、ミダだって十四歳だもの。氏を与えられなければ伴侶《はんりょ》を授かることも許されないけれど、そんな心配は十五歳になってからでいいのじゃないかしら？」

「……だけどあなたは、二十七歳よ。いえ、もう二十八歳になったのかしら？」

「ええ、紫《むらさき》の月で二十八になったわ。それがどうかした？」

「……二十八なら、まだいくらでも新しい子を産めるでしょう？」

オウラは心底からびっくりしたように、目を見開いた。

「あなたは何を言っているの、ヤミル＝レイ？　わたしの伴侶であったズーロ＝スンは、まだ森に魂《たましい》を返したわけではないのよ？　今でもどこかの地で、スン家の罪を贖《あがな》っているはずなのだから……」

「でも、あなたは氏を奪《うば》われて血の縁を絶たれたのだから、もはやズーロ＝スンを伴侶とは呼べないはずでしょう？　だったら、森辺の女衆としての仕事を果たすべきじゃないかしら？」

「……それを言ったらヤミル＝レイはまだ誰にも嫁いでいないし、それに、いつでも婚儀《こんぎ》をあげることを許されている身でしょう？」

そのように言いながら、オウラは穏やかに微笑んだ。ヤミル＝レイは、顔にかかる前髪《まえがみ》を乱暴にかきあげる。

「レイの家長はああいう人間だから、わたしは何の罪も贖っていない内から氏を授かることになっただけだわ。あなたたちはそれよりもまだ道理のわかっているルティムの家人となったのだから、きちんと身をつつしむべきじゃない？」

「そうね。でも、ツヴァイやミダにはまだわたしやあなたの存在が必要なのよ、ヤミル＝レイ。普段はきちんとルウやルティムの家人としてのつとめを果たしているのだから、こういうときぐらいは好きにさせてあげたいわ。ドンダ＝ルウやガズラン＝ルティムも、そのようなことでツヴァイたちを不実だとは思わないでしょう」

「…………」

「でも、ありがとう。わたしたちのことを、それほどまでに心配してくれて……あなたがそういう人だから、ツヴァイもミダもなかなか姉離《ばな》れができないのよ」

「わたしはもう姉ではないわ」

「そうだったわね。でも、同じことよ。わたしだって、あなたとの縁は失いたくないもの」

そうしてオウラは、遠くのものを見るように目を細めた。

「ディガやドッドは、どうしているのかしらね。ドムの家できちんと働けているのかしら。それに、スンの集落に残してきた分家の人間たちや――ズーロ＝スンも……」

それこそ、血の縁を絶たれたヤミル＝レイたちには詮索《せんさく》の許されない話であった。

そこに、けたたましいレイの家長、ラウ＝レイが戻ってくる。

「おお、ミダ！　このようなところにいたのか！　そろそろ俺《おれ》たちの出番であるようだぞ！」

「うん……？　何がかな……？」

「どの狩人が挑《いど》んでも、あの旅芸人どもに土をつけることがかなわぬのだ！　こうなったらもう、ルウの一族の勇者たる俺たちが挑む他あるまい！　このまま勝《か》ち逃《に》げをされたら、森辺の狩人の名折れになってしまうからな！」

「うん……？」

あまり事情をわかっている様子でもなかったが、ミダは食べかけであったギバ肉をぎゅうぎゅうと口の中に押し込《こ》んでから立ち上がった。

「よーし！」と気炎《きえん》をあげるラウ＝レイとともに、旅芸人たちのほうに近づいていく。男のようななりをした娘にはラウ＝レイが、大男にはミダが挑むようだ。

「うわー、あのつるつる頭、ミダより頭ひとつ分も大きいんだネ！　横幅《よこはば》はミダのほうが勝ってるけど、あれじゃあやられちゃうんじゃない？」

ミダがいなくなってしまったので、ツヴァイがヤミル＝レイたちのほうに膝《ひざ》を進めてくる。口は悪いし気も短いが、ツヴァイはとても孤独を恐《おそ》れる娘なのである。スンの本家という異様な環境《かんきょう》にあって、ヤミル＝レイとは正反対の気性《きしょう》を育むことになったのだろう。

（十二歳――ツヴァイも、もう十二歳か……）

その頃《ころ》の自分はどんな娘であっただろう、とヤミル＝レイはぼんやり考える。ヤミル＝レイは二十一歳であったので、十二歳なら九年前だ。

九年前――ツヴァイは三歳で、ミダは五歳。オウラは十八歳である。それは、ザッツ＝スンが病身となってズーロ＝スンに族長の座を譲《ゆず》り、そして、ミギィ＝スンなる悪辣《あくらつ》な男衆が森に魂を返してから、一年ぐらいが経過した頃合《ころあ》いであるはずだった。

（ということは、森の恵《めぐ》みを荒《あ》らすのも当たり前になっていたし、分家の者たちもどんどん生きる気力を失っていた頃ね）

ザッツ＝スンが病に倒《たお》れ、ザッツ＝スンと同じぐらい恐れられていたミギィ＝スンがいなくなっても、スンの集落を包んだ暗雲はいっこうに晴れなかった。むしろ、これでザッツ＝スンの掲《かか》げる大きな野望――北の一族を完全に従えて、ルウの一族を討《う》ち倒すことなど本当にかなうのだろうか、という不安までもが蔓延《まんえん》して、いっそう人々は虚無的《きょむてき》になっていたように思う。

そんな中で、本家の人間たちは享楽的《きょうらくてき》に過ごしていた。ズーロ＝スンを筆頭に、ディガやドッドやツヴァイたちは、これが正しい道なのだと信じ、怠惰《たいだ》な生活に身をやつしていた。分家の出であるテイ＝スンとオウラは死人のような眼差しで何も語ろうとはせず、ミダは動物のようにひたすら食事を楽しんでいた。病の床《とこ》にあってもザッツ＝スンの影響力《えいきょうりょく》に変化はなかったので、みんなスン家という檻《おり》の中でゆるやかに腐《くさ》り果てていたのだった。

ヤミル＝レイも、例外ではない。族長であったザッツ＝スンは毒の塊《かたまり》のような男であったのだから、まずは本家の人間がそれに侵蝕《しんしょく》され、やがては分家の人間たちも、北の一族も、小さき氏族も、ルウの一族すらもその怨念《おんねん》に呑《の》み込まれていくのだろう――と、ヤミル＝レイは十二歳にして、すでにそのように考えていた。

（あるいは、そうなる前にルウ家がスン家を滅《ほろ》ぼすのか――道はその二つのどちらかしかないのだと、わたしは信じていた）

しかし、スン家は滅びなかった。

本家の人間は氏を奪われたが、分家には氏が残されたのだ。

今でもスンの集落には、十数名の分家の人間たちが暮らしている。さんざん荒らした森の恵みも、いいかげんに回復した頃合いであろう。ルウ家や北の一族に手ほどきをされた彼《かれ》らは、きちんと狩人としての仕事を果たすことができているのか。今のところ、彼らが滅んだという声は聞こえてこない。

（まあきっと、苦しみながらも何とか生き抜いているのだわ。眷族《けんぞく》の家人となった他の人間たちだって、トゥール＝ディンのようにきちんと仕事を果たすことができているのだろうしね）

そしてまた、ルウの一族の家人となった本家の人間たちも、いちおうは正しく生きることができているはずだった。

ミダはついに狩人としての頭角を現し始めたし、ツヴァイとヤミル＝レイは宿場町の仕事を手伝っている。オウラだって、ルティムの集落で自分の仕事を果たしているのだろう。その満ち足りた表情を見れば、オウラがザッツ＝スンの呪《のろ》いから脱《だっ》せたということを信ずることができた。

ヤミル＝レイとて、レイの集落では過不足なく生きることができているのだ。もともと優しい性根をしており、そして娘のツヴァイとも引き離《はな》されることなく生きることが許されたオウラならば、ヤミル＝レイ以上にうまくやることは容易であっただろう。

しかし――

ザッツ＝スンとテイ＝スンは、生命を落とすことになった。

ズーロ＝スンは、死よりも苦しいとされる苦役《くえき》の刑《けい》というものを課せられて、西の王国のどこかにその身を置いている。森辺の集落への帰還《きかん》が許されるのは、十年後だ。

どうして彼らばかりが、そのように重い罰《ばつ》を負わされたのか。その思いは、いまだヤミル＝

レイの内から完全に消えてはいなかった。

ザッツ＝スンは、諸悪の根源である。みずからの野心のために森辺の同胞《どうほう》を破滅《はめつ》の道にいざなおうとしていたのだから、その生命でもって罪を贖うしかなかったのだろうと思う。

いっぽうのテイ＝スンは、そんなザッツ＝スンの懐刀《ふところがたな》としてさまざまな悪事に加担していた。それがどのような悪事であったのか、当時のヤミル＝レイには知るすべもなかったが、彼はミギィ＝スンと同じぐらい不吉《ふきつ》な気配と血の臭《にお》いを漂《ただよ》わせていたのである。昨年にすべてが露見《ろけん》して、町の人間たちをひそかに殺めていたのだと聞かされたときは、心の底から納得できたものであった。

そんなテイ＝スンは、常に自分の滅びを願っているように感じられた。ゆえに、テイ＝スンがザッツ＝スンと運命を同じくしたのは、他ならぬ当人の意志であったのだろうとヤミル＝レイは信じている。

だからその両名は、しかたがない。問題は、ズーロ＝スンであった。ズーロ＝スンは、族長の座を受け継《つ》いだ身として、やはり重い罪を負わされたわけであるが――そこに、ヤミル＝レイの疑念の核《かく》は存在した。

もともとザッツ＝スンは、ヤミル＝レイに族長の座を譲ろうとしていたのだ。ズーロ＝スンはたまたま長兄《ちょうけい》であったから、族長の座を継承《けいしょう》したに過ぎない。ズーロ＝スンの長姉《ちょうし》であるヤミル＝レイが十五歳になったあかつきには、ミギィ＝スンを伴侶として、スン家を治めさせる。継承の権利を持つディガなどは、眷族にでも婿《むこ》に出してしまえばよい。ズーロ＝スンには傷を負わせて、狩人としての力を奪い、家長と族長の座から引きずりおろしてしまえばよい――それが、ザッツ＝スンのたくらみであったのだった。

幼き頃から、ヤミル＝レイはそのように教え込《おし》まれていた。ミギィ＝スンが死んだのちは、族長の器に相応《ふさわ》しい伴侶を探すのだと申しつけられた。自分が認めない限り、決して勝手に伴侶を授かることは許さぬと、ザッツ＝スンは延々と呪いの言葉を吐《は》き続けていたのである。

（お前ならば、我の意志を正しく継ぐことができる……我の血をもっとも濃《こ》く受け継いでいるのはお前なのだ、ヤミルよ……）

骸骨《がいこつ》のように肉の落ちた顔の中で、黒い炎のように双眸を燃やす、そのおぞましい相貌《そうぼう》を思い出し、ヤミル＝レイはぶるっと身体を震わせてしまった。

（わたしの身体には、あの恐ろしい男の血が流れている……他の誰よりも、強く、濃く……そんなわたしがズーロ＝スンより軽い罰で許されるなんて、道理が通っていないのじゃないかしら？）

そんな風に考えたとき、ものすごい歓声《かんせい》がわきあがった。ラウ＝レイとミダが、それぞれ旅芸人たちを打ち破ったのだ。

ラウ＝レイは身を起こし、獣《けもの》のような勝鬨《かちどき》をあげた。よほどの接戦であったのだろう。収獲《しゅうかく》祭《さい》の力比べで勝利をおさめたときよりも、よほど嬉しそうな様子であった。

そんなラウ＝レイが倒れた娘《むすめ》に手を差しのべて引き起こし、こちらの敷物に戻《もど》ってくる。

「見たか、ヤミルよ！　誰一人《だれひとり》倒《たお》せなかったこの娘を、俺が倒したぞ！」

「ええ、お見事だったわ」

実は想念にふけっていて何ひとつ見てはいなかったのだが、面倒臭《めんどうくさ》そうなのでそのように答えておくことにした。

(森辺において虚言《きょげん》は罪、か……)

こういうとき、やはり自分は何ひとつ変わっていないのではないかと思えてしまう。

そんなヤミル＝レイの前に、ひょろひょろに痩《や》せた娘が差し出された。

「しかし、こやつも大した力量だった！　アイ＝ファの他に、こんな腕《うで》の立つ女衆がいるとは驚《おどろ》きだ！　こやつに祝福の果実酒を与えてやってくれ！」

「あ、いえ、ボクは不調法ですので、できればお肉を……」

と、言いかけて、その娘は「ほわあ」と奇妙《きみよう》な声をあげた。きょろりとした大きな目が、いっそう大きく見開かれている。

「き、きれいなおねえさんですねえ！　ナチャラより色っぽいおねえさんなんて、ボク、初めて目にしました！」

そのように言ってから、娘は細長い顔を真っ赤にした。

「あ、ご、ごめんなさい！　会っていきなりおかしなことを大声で言っちゃって……ボク、馬鹿なんです」

「自分のことを馬鹿呼ばわりする人間も珍《めずら》しいな！　お前は女なのだから、同じ女を褒《ほ》めたたえることは森辺でも罪にはならんぞ！」

上機嫌《じょうきげん》に言いながら、ラウ＝レイは娘の肩《かた》をばしばしと叩《たた》いた。みだりに女衆に触《ふ》れるのは習わしに反するはずであるが、そのようなことは頭から飛んでしまっているらしい。

「肉を食いたいなら、いくらでも食え！　ヤミル、木皿を取ってやってくれ」

ヤミル＝レイは肩をすくめて、手づかみでも食べられそうなあばら肉の皿を差し出してみせた。娘は「あ、ありがとうございます」とぺこぺこ頭を下げながら、一番小さな肉を取る。その間も、娘の瞳はうっとりとヤミル＝レイを見つめたままだった。

「ところで、お前は何という名前だったかな？　たしか、騎士王《きしおう》だとか何だとか……」

「や、やめてください！　ボクは、ロロですよぅ」

「ロロか。なかなか愉快《ゆかい》な名前だな。とにかくお前はその技量でさんざん俺たちを楽しませてくれたのだから、あとは思うぞんぶん宴《うたげ》を楽しむがいい！」

「は、はい、ありがとうございますぅ……」

ヤミル＝レイのほうをちらちらと見ながら、ロロと名乗る娘はあばら肉をついばみ始めた。

何というか、トトスのようにとぼけた娘である。女にしては背のあるほうだが、姿勢は悪いしひょろひょろに痩せているし、これで森辺の狩人と互角《ごかく》以上の力量を持っているなどとはとうてい信じ難《がた》い。幼子が分別もつかないまま大きくなってしまったかのような、実に頼《たよ》りなげな姿である。

その間に、儀式の火の前ではまた旅芸人たちによって音楽が奏《かな》でられ始めていた。笛を吹《ふ》く美しい女と、太鼓《たいこ》を叩く小男と、金属の棒を持った双子《ふたご》の四人だ。ダレイムでの宴のときと同じように、町の娘や森辺の女衆がゆったりとした舞《まい》を見せ始めている。

「おお、女衆の舞か。ヤミルよ、お前もひとつ踊《おど》ってきたらどうだ？」

「……わたしは身体を動かすのが苦手だと、何べん言ったらわかるのかしら？」

「しかし、そのように美しい姿をしているのに踊らぬのは惜《お》しいことだ！　俺だって、お前の舞は見てみたいぞ？」

ヤミル＝レイはぞんざいに手を振《ふ》って、口を開く手間をはぶかせていただいた。ラウ＝レイは「ちぇっ」と舌を鳴らしつつ、ロロに向きなおる。

「そういえば、他の旅芸人どもはどこにいるのだ？　まったく姿が見えないようだが」

「座長たちなら、向こうで果実酒を楽しんでいたようですよ。ライ爺《じい》とかゼッタなんかは、賑《にぎ》やかなのが苦手なもので……」

「それでは、挨拶《あいさつ》でもしておくか！　俺たちは宴が終わったら、自分の集落に戻ってしまうからな。お前たちとは、ここでお別れなのだ」

そのように言ってから、ラウ＝レイはヤミル＝レイに手を差しのべてきた。小首を傾《かし》げつつ、ヤミル＝レイはそのしなやかな指先を見つめる。

「この手は何かしら、家長？」

「何って、お前も一緒に来るのだ。ツヴァイたちとは、もう十分に話したろう？　少しは他の人間とも縁《えん》を深めろ！」

ヤミル＝レイは少し考えてから、その手をぴしゃんと払いのけた。

「身体を動かすのは苦手でも、一人で立つことぐらいはできるわ。……それじゃあね、オウラ、ツヴァイ」

「ええ、また後で」

オウラは穏やかに微笑《ほほえ》み、ツヴァイは無言でうなずいてくる。ミダも他の誰かに連れ去られたようなので、これでオウラたちも他の人間と縁を深められるだろう。血族も客人も、この場には大勢そろっているのだ。

そうしてヤミル＝レイとラウ＝レイは、ロロの案内でギャムレイたちのもとに向かうことになった。が、何歩も行かぬうちに、それは別の旅芸人によってさえぎられてしまった。

「おう、ロロじゃないか。お前にしては、気のきいた芸だったな。甲冑《かっちゅう》も纏《まと》わずに暴れる姿は、ひさびさに見たような気がするぞ？」

「や、やめてくださいよぅ、ニーヤ……あ、これは吟遊詩人《ぎんゆうしじん》のニーヤです」

言われずとも、ヤミル＝レイには見覚えのある姿であった。屋台ではたびたびアイ＝ファにちょっかいを出し、のちには何やらあやしげな歌でアスタの心をかき乱した若者だ。

奇妙な帽子《ぼうし》を頭にかぶり、奇妙な楽器を背中に背負った若者は、ヤミル＝レイの姿を見るなり「おお！」と大仰《おおぎょう》な声をあげた。

「これはまたお美しい方だ。森辺にはお美しい娘さんが多いけれど、あなたは別格だね。俺は吟遊詩人のニーヤと申します」

どうやら向こうは、ヤミル＝レイの姿を覚えていなかったらしい。きっと屋台では、アイ＝

ファしか目に映っていなかったのだろう。べつだん名乗る必要は感じられなかったので、ヤミル＝レイは目礼を返すに留《とど》めておいた。

「ううん、毒々しいまでの色っぽさだ！　お美しい人、あなたに一曲歌を捧《ささ》げさせてはもらえないかな？」

「けっこうよ。そのようなものの価値のわかる人間ではないので」

「歌の価値など、あなたの美しさの前ではどうでもいいことさ。その口もとに微笑《びしょう》のひとつでも浮《う》かべてもらえれば、代価としては十分だ。……しかしその前に、まずは果実酒など一緒に如何《いかが》かな？　できれば、どこか二人きりで」

奇妙に甘《あま》ったるい、鼻にかかった声であった。あの夜に聞いた歌声はとても美しいと思えたが、この声には何の魅力《みりょく》も感じられない。

「おい、お前はアイ＝ファに執心《しゅうしん》していたのではなかったか？　ルド＝ルウから、そのように聞いていたのだが」

ラウ＝レイが首をひねりながら口をはさむと、ニーヤは面倒《めんどう》くさそうに横目でそちらを見た。

「アイ＝ファというのは、あの美しい女狩人のことだね？　あちらは優美な豹《ひょう》のような美しさで、こちらは妖《あや》しい蛇のような美しさだ。俺の自由な魂は、そのどちらにも魅了《みりょう》されてやまないよ」

「そうか。そのような態度を、この森辺では不実と呼ぶのだが」

「ふうん？　それは何とも窮屈《きゅうくつ》な生き方だね」

「窮屈だろうが、それが森辺の習わしだ」

言いざまに、ラウ＝レイが左腕《ひだりうで》を振り上げた。

額の真ん中を拳《こぶし》で撃《う》ち抜《ぬ》かれ、ニーヤは「うぎゃあ」とひっくり返る。

「それに、このヤミルは俺の大事な家人でな。不実な真似《まね》は控《ひか》えてもらいたく思う」

「ちょっと家長、何をやっているのよ」

ヤミル＝レイは呆《あき》れながら、ラウ＝レイの腕に手をかけた。ラウ＝レイは、子供のように下唇《したくちびる》を突《つ》き出す。

「こいつの声や言葉は、妙《みょう》に俺を苛立《いらだ》たせるのだ。それに、俺が森辺で一番美しいと思っているお前とアイ＝ファに不実な真似をするというのは、どうしても見過ごせん」

「だからといって、いきなり殴《なぐ》ることはないでしょう？　この者たちは、ルウ家の客人なのよ？諍《いさか》いは起こすべからずっていうドンダ＝ルウの言葉を聞いていなかったの？」

周囲にはたくさんの人間がいたので、それらの者たちもぽかんとした顔でこの騒《さわ》ぎを見守っていた。ロロはおろおろと両手をもみしぼっており、ニーヤは「あうう」と頭を抱え込んでいる。

「……しかし左の拳を使ったので、それほどの痛手は負わせていないはずだ」

「だから、そういう問題じゃないってのに」

ヤミル＝レイが深々と溜息《ためいき》をついたとき、朱色《しゅいろ》の小さな人影がしゅるりと人混みの間をすり抜けて忍《しの》び寄ってきた。

「おやまァ、いったい何の騒ぎかねェ？　うちの座員が、何か不始末でも？」

アスタやジザ＝ルウと縁を結んでいた、ピノなる童女である。ラウ＝レイは同じ表情のまま、そちらを振り返った。

「その男が俺の家人に不実な真似をしたので、殴った」

「あらまァ、そいつは面倒をかけちまって」

言うなり、ピノはうずくまっているニーヤの頭をぺしんと叩いた。ニーヤは涙目《なみだめ》になりながら、「何をするんだよ！」とわめく。

「俺は殴られるほどのことはしていないぞ！　ロロだって全部を見ていたんだからな！」

「やかましいよォ、ぼんくら吟遊詩人。絶対に騒ぎを起こすなっていう座長の言葉をもう忘れちまったのかい、アンタはさァ？」

ピノは自分の膝に両手をつき、ニーヤの顔を間近から覗《のぞ》き込む。

「だいたいがねェ、女がらみでアンタが騒ぎを起こすのはこれで何度目さァ？　これまで散々迷惑《めいわく》をかけられてるんだから、言い訳なんて聞く気にもなれないねェ。いつまでもアタシや座長が笑ってると思ったら大間違《おおまちが》いだよォ？」

「な、何だよ！　いつでも俺は悪者扱《あつか》いかよ！」

「実際に悪いんだから、しかたないだろォ？　アンタは性根じゃなく、頭が悪すぎるのさァ」

そうしてピノは身を起こし、彼女の殴打《おうだ》でずれてしまっていたニーヤの帽子の向きを整えた。

「さ、アンタにだって仕事があるだろォ？　せっかく族長サンたちにお許しをいただけたんだから、その自慢《じまん》の歌声をお披露目《ひろめ》する準備を始めなよォ。アンタには、それしか取り柄《とえ》がないんだからさァ」

ニーヤは「ふん！」と子供のように鼻を鳴らすと、後も見ずに姿を消してしまった。それを横目に、ロロがピノにすり寄っていく。

「あ、あの、ピノ、その……」

「ああ、いいよォ。アンタじゃあのぼんくらの手綱《たづな》を握《にぎ》れはしないだろうからねェ。……どうもお騒がせサンでしたァ。宴を楽しんでくださいなァ、皆々様《みなみなさま》！」

周りに群がった森辺の民に、ピノが妖艶《ようえん》なる笑《え》みを投げかけていく。その顔が、ヤミル＝レイたちの前でぴたりと止まった。

「……っと、アイツを逃がしちまったけど、かまわなかったかねェ？　アタシが代わりにお詫《わ》びをさせていただくからさァ」

「お詫びなんて必要ないわ。どうあれ、手を出してしまったのはこちらなのだからね」

ヤミル＝レイがにらみつけると、ラウ＝レイはいかにも渋々《しぶしぶ》といった様子で頭を下げた。

「確かに俺も、いささか短慮《たんりょ》であったかもしれん。しかし！　あいつは詫びなかったのだから、俺もあいつに詫びるつもりはないぞ？」

「けっこうですよォ。それじゃあアタシとそちらさんが頭を下げたってことで、手打ちにいたしましょォ」

そのように言うと、ピノは両手を前にそろえ、深々と頭を下げてきた。そうして顔を上げ、にっと笑いかけてくる。

「それじゃあアタシもお声をかけなきゃいけない相手がいるもんで、失礼させていただくよォ。ロロ、あとはよろしくねェ」

一人残されたロロが、おずおずとヤミル＝レイたちに近寄ってくる。

「あ、あの……まだ座長たちに挨拶をしたいという気持ちは残っておられますか……？」

「もちろんだ。俺も短慮はつつしむよう心がけるので、よろしく頼《たの》む」

ロロはほっとしたように微笑んだ。

それは思いがけないほど無邪気《むじゃき》で子供っぽく、魅力的《みりょくてき》な笑顔であった。

2

ギャムレイとその仲間たちは、敷物も敷《し》かれていない広場の隅《すみ》の薄暗《うすくら》がりで果実酒や料理を楽しんでいた。

といっても、かたわらにあるのは外套《がいとう》で人相を隠《かく》した二人だけだ。一人はゼッタという奇怪《きかい》な子供で、もう一人はロロがライ爺と呼んでいた老人であった。

「座長、こちらの方々が挨拶に出向いてくださいました」

ロロの言葉に、ギャムレイが「うん？」と振り返る。こちらもまた、連れの者たちに劣《おと》らず奇怪な男である。

片方の目や腕を失っているというのは、べつだん気になることでもない。森辺においても、そうして深い傷を負う男衆は珍しくなかった。男のくせにじゃらじゃらと飾《かざ》り物《もの》を下げているのも、シムの民やジェノスの貴族などではよく見られた習わしである。だからそういう外見ではなく、その身体から発せられる雰囲気《ふんいき》や、片方しかない瞳に宿された輝きが、普通《ふつう》の人間とは異なっているのだった。

「俺はルウ家の眷族たるレイ家の家長で、ラウ＝レイだ。こちらは家人のヤミル＝レイ。お前たちは明日の朝早くにジェノスを出ていくのだと聞いたので、最後に挨拶をしておこうと思ってな」

「ほうほう、それはいたみいる」

ギャムレイはにやにやと笑いながら、右手の土瓶《どびん》を高く掲げた。樹木の幹にもたれかかり、地べたに座り込んで、広場の様子を眺《なが》めていたらしい。他の座員が運んできたのか、その足もとには料理の載《の》った木皿が並べられており、特に不自由はないようだ。

「お前はいかにも宴が好きそうな面《つら》がまえをしているのに、ずいぶん物寂《ものさび》しいところに引っ込んでしまっているのだな」

「ああ、俺たちは芸を見せるのが仕事なんでね、宴がなくっちゃ生きてもいけない。だけど、客人としてもてなされるなんてのはなかなかないことだから、芸でもしていないと身の置きどころがなくってねえ」

そのように言いながら、ギャムレイはぐびりと果実酒をあおった。

「演奏が終わったら、また火の芸でもお目にかけよう。ロロ、その間はゼッタたちを頼むぞ?」

「ああ、はい、わかりました」

ロロもぺたりと腰《こし》を下ろして、皿の上の肉をつまんだ。そのかたわらから、ラウ＝レイがゼッタのことを覗き込む。

「お前もたしか、狩人とともに森に入っていたのだったな? 実に不思議な姿をしているそうだが、お前はいったい何者なのだ?」

頭巾《ずきん》と外套で姿を隠したゼッタは、余計に小さく縮こまってしまう。その小さな頭を、ギャムレイが笑いながら何度も叩いた。

「ゼッタは、黒猿《くろざる》と人の間に生まれた子だ。信じる信じないはご自由に。……ただ、臆病《おくびょう》な気性をしているので、愛想《あいそう》がないのはご勘弁《かんべん》願いたい」

「臆病なのか? 野盗《やとう》に襲《おそ》われたときも狩《か》りのときも、そやつはずいぶん勇猛《ゆうもう》に振る舞《ま》っていたそうだが」

「敵を倒す力はロロにも黒猿にも負けないが、敵でない人間を相手にするのが苦手なのだよ」

「そうか。世の中には色々な人間がいるものだ」

そのとき、広場の中央から玲瓏《れいろう》なる歌声が響《ひび》いてきた。あのニーヤという吟遊詩人の歌声だ。忌々《いまいま》しげにそちらを振り返ったラウ＝レイが、ふっと軽く眉《まゆ》をひそめる。

「今、ガゼの一族と聞こえたような気がするな」

「ええ、確かにそう言ったわ」

それはまた、数百年も昔のことを歌った歌であった。シムを出奔《しゅっぽん》したガゼという一族が、黒き森で白き女王の民という一族に巡《めぐ》りあう、という物語である。それを聞く内に、ヤミル＝レイはぞくぞくと奇妙な感覚にとらわれていくことになった。

ガゼというのは、スンの前の族長筋の氏だ。黒き森からモルガの森に移り住んだのち、ガゼ家が眷族のリーマ家とともに滅んでしまったため、スン家が新たな族長筋として森辺の民を治めていくことになったのである。

（その白き女王の民というのが、ジャガルの一族なのだとしたら……森辺に残されている伝承とも一致《いっち》するわね）

それではやはり、森辺の民というのはシムとジャガルの間に生まれた一族なのだろうか。ヤミル＝レイは、自分でも驚くほどに情動を揺《ゆ》さぶられてしまっていた。

（漂泊《ひょうはく》の民と呼ばれていたわたしたちの祖が、最後に辿《たど》り着いたのが黒き森……そこで流浪《るろう》の生を終えて、先人たちは狩人として生きていくことに決めたのかしら……）

ニーヤの歌声が途絶《とだ》えても、ヤミル＝レイはなかなか自分を取り戻すことができなかった。しかし、その隣《となり》でラウ＝レイは「ふん」と鼻を鳴らしている。

「やはり胡散臭《うさんくさ》い男だな。数百年も昔の話を、どうして自分が見てきたように語れるのだ？　虚言は罪だぞ？」

「ほほう、それは森辺の習わしかな？　あいにく吟遊詩人というのは、法螺《ほら》を吹くのが仕事みたいなもんなんでね」

「なるほどな。あいつには相応しい役割だ」

ぶすっとした顔で言い、ラウ＝レイはギャムレイの前で屈《かが》み込んだ。

「だけどまあ、お前たちの芸というのはなかなか愉快だ。そちらの子供や老人たちは、どのような芸をするのだ？」

「ゼッタは曲芸を修行《しゅぎょう》中の身で、ライラノスは過去や未来を言い当てる星読みだ。何なら、何か占《うらな》ってみせようか？」

「占いか。そのようなもの、森辺の民には不要だな」

ラウ＝レイの素っ気ない返答に、ギャムレイは楽しげに笑い声をあげる。

「不安や迷いを抱《いだ》かぬ者に、星の導きは不要だからな。確かに果断なる森辺の狩人には、無用の長物かもしれん」

「ああ。しかし、町の人間がそれを求めるなら、立派な仕事だ。べつだん星読みという芸を貶《おとし》めているわけではないからな？」

さきほどの反省があったのか、ラウ＝レイは珍しくそのように弁明した。ギャムレイは笑顔《えがお》でうなずき、新品の土瓶をそちらに差し出す。

「それでは、友情の証に酒杯《しゅはい》を掲げよう。俺も森辺の民の明るくて胆《きも》の据《す》わった気性は、とても心地《ここち》好《よ》く感じている。さきほどの歌を持ち出すつもりはないが、そういうところは南の民に通ずるところがあるな」

「ふむ、お前たちはジャガルやシムなどにも足をのばすという話だったか？」

土瓶を受け取ったラウ＝レイがそのように問うと、ギャムレイは「ああ」とうなずいた。

「ジェノスを出たら、ジャガルに向かうつもりだよ。その前はシムにいたもんでね。……シムはシムでよいところはたくさんあるが、何をしてもぴくりとも笑わないので、芸の見せ甲斐《がい》があるのはジャガルだな」

「ああ、シムの民は表情を動かすということを知らぬようだからな。まあそういう人間は森辺にも多いし、俺はそういう連中も大好きだが」

楽しげに笑いつつ、ラウ＝レイがふっとヤミル＝レイを仰《あお》ぎ見る。

「お前はいつまで突っ立っているのだ？　宴衣装《うたげいしょう》でもないのだから、地べたでもかまわぬだろう？」

「ええ……そうね」

ヤミル＝レイは、ラウ＝レイの隣に膝を折った。ギャムレイとロロは笑っており、残りの二名はうつむいたままである。

「……あなたたちは、漂泊の生に身を置いているのよね？　それはどういう気分なのかしら？」

「気分？　気分か……最高のようであり、最低のようであり、とうてい一言では語れんな」

ギャムレイは鉄串《てつぐし》で肉を刺《さ》し、にやりと笑いかけてくる。

「しかしまあ、俺たちはこのような生き方しかできないからそうしているのだ。ひとつの場所で何年も同じ暮らしを続けるなんて、想像しただけで頭がおかしくなりそうだからなあ」

「そう……」

「漂泊の生に興味がおありか？　お前のように美しい娘であれば、こちらは大歓迎《だいかんげい》だが」

ヤミル＝レイは、思わず息を呑む。しかし、ラウ＝レイは笑っていた。

「森辺の民は、森を離れては生きていけぬのだ。森に生きて、森に魂を返す。それが俺たちの生なのだからな」

ヤミル＝レイは、ラウ＝レイの横顔をじっと見つめた。女衆のように優美でありながら、果断で勇猛な笑みを浮かべた横顔である。その水色に輝く瞳《ひとみ》にも、森辺の狩人に相応しい力強さが宿されている。

いささか短慮で子供じみてはいるものの、十七歳の若さでレイ家を率いるラウ＝レイなのである。たしかドム家の家長も同じぐらいの齢《よわい》であっただろうか。外見も気性も正反対だが、その勇猛さや迷いのなさというのは、どちらも引けを取らぬようであった。

その力強さや迷いのなさというのが、今のヤミル＝レイには眩《まぶ》しく、そして妬《ねた》ましかった。自分が正しいのだと信じることのできる、それが森辺の民の強さなのだろう。誰《だれ》に恥《は》じることもなく、正しいと信じた道を突き進《すす》んでいるからこそ、森辺の民はこのように力強く、誇り高く振る舞うことができるのである。

ヤミル＝レイは軽く唇《くちびる》を噛《か》み、頭巾を纏った老人のほうに視線を差し向けた。老人はぴくりとも動いていなかったが、木にもたれもせず、静かに座している。まるで生命のない置き物であるかのようだった。

「ライラノス……といったかしら？　あなたに星を読んでもらうには、銅貨が必要なのでしょうね？」

ラウ＝レイがけげんそうに振り返り、ギャムレイは興味深そうに顎鬚《あごひげ》をまさぐった。

「このような宴に招かれて、銅貨を取るわけにもいくまいよ。お望みなら、何でも占ってもらうがいい」

「ヤミルは星読みなどというものに興味があるのか？　酔狂《すいきょう》な女だな」

そのとき、ギバの丸焼きが焼けたと告げるシーラ＝ルウの声が聞こえてきた。ラウ＝レイは、目を輝かせて立ち上がる。

「それでは俺は、肉を運んできてやろう。客人たちは、ちょっと待っていてくれ」

「あ、ボクもお手伝いいたします」

ラウ＝レイとロロが立ち去って、その場にはヤミル＝レイと三名の座員たちだけが残された。

ヤミル＝レイは、老人の前に膝を進める。

「それじゃあ、占ってもらえるかしら？　わたしの――今後の行く末を」

「かしこまりました……」と、老人が外套の内から手を出した。その手に握られていたのは、透明《とうめい》な石を連ねた首飾《くびかざ》りだ。

「お名前と齢、そして生まれた月をお聞かせ願えますかな……？」

「名前はヤミル＝レイ、齢は二十一、生まれた月は緑の月よ。……生まれた日はいいのかしら？」

「ほう、森辺の民は生まれた日までを覚えているのかな？　西の民には、そのように奇特《きとく》な人間は少ないのだが」

これは、ギャムレイの言葉である。ヤミル＝レイは老人のほうを向いたまま「ええ」とうなずく。

「生まれた月と日は、生誕の日として家人に祝われる習わしよ。そういえば、西の民にはそういう習わしがないそうね」

「ああ、西にも南にもそういう習わしは存在しない。生まれた日までもがわかっているなら、いっそう正しく星を読むこともできるだろう」

「それは幸いね。わたしが生まれたのは、緑の月の三十日よ」

「緑の月の三十日……」と、老人はじゃらじゃらと首飾りをまさぐりながら、光を失った目をヤミル＝レイのほうに向けてきた。この老人は、盲目《もうもく》であるのだ。その顔は痩《や》せ細《ほそ》り、そして頬《ほお》や額には奇怪な紋様《もんよう》が描《えが》かれている。

「あなた様は、蛇《へび》の星……それも、非常に珍しい、双頭《そうとう》の蛇の星でございますね……」

「双頭の……蛇？」

「はい……世を乱し災厄《さいやく》を招く、凶星《きょうせい》にてございます……」

ヤミル＝レイは、腰のあたりの布地をつかんだ。

首の裏から、するすると体温が逃げていくのを感じる。

「これは……さらなる凶星、火の竜《りゅう》の星より生まれし星でありましょう……火の竜も双頭の蛇も、他者の運命を貪欲《どんよく》に喰《く》らい尽《つ》くす、奇禍《きか》の星であるのです……」

「……………」

「しかし……双頭の星を生んだ火の竜の星は、滅《めっ》しました……さまざまな星を率いた大獅子《おおじし》の星に、その光をかき消されたようです……これは……なんと眩《まばゆ》い輝《かがや》きか……」

老人は、見えぬ瞳を包むまぶたを小さく震《ふる》わせた。

「大獅子の星の率いる、狼《おおかみ》の星、犬の星、豹の星……鷹《たか》の星、猫《ねこ》の星、猿の星……まるで流星群のごとき輝きに見舞《みま》われて、火の竜の星は滅しました……そしてこれは……黒き深淵《しんえん》……？」

「黒き深淵というのは、初めて聞いたな」

と、ギャムレイが潜《ひそ》めた声でつぶやいた。きっと老人の託宣《たくせん》の邪魔《じゃま》をしないように気遣《きづか》っているのだろう。

「黒き深淵……いや、黒き星……？　ああ、失礼いたしました……これは違《ちが》います……」

「違う？」

「この黒き深淵を読み解くことは、わたしにはかないません……この星ならぬ星なくして大獅子と竜の邂逅《かいこう》はありえなかったのでしょうが、それを語っても詮無《せんな》きこと……ともあれ、竜の星は滅しました……」

「だけどわたしは、竜ではなく蛇なのでしょう？」

囁《ささや》くような声で、ヤミル＝レイは問うた。

「はい……」と、老人はしわがれた声で答える。

「双頭の蛇は……父なる竜を失って、己《おのれ》の尻尾《しっぽ》に喰らいつきました……これは、円環《えんかん》の相……

繰《く》り返される苦痛……終わらぬ死……」

「繰り返される苦痛」

ヤミル＝レイは、発作的《ほっさてき》に笑いだしそうになった。何か胸の奥《おく》に封《ふう》じておいた邪悪《じゃあく》なものが、もぞりと蠢《うごめ》いたかのような――凄《すさ》まじい恐怖《きょうふ》と快楽がないまぜになって、心臓に纏わりついてくる。

「繰り返される苦痛と終わらない死が、わたしの運命なのね？」

「いえ……」

老人は、じゃらじゃらと首飾りをまさぐった。肉の薄《うす》い顔に、じっとりと汗《あせ》が浮かんでいる。

「しかしこれは、双頭であるゆえに……完全な円環を描くことがかないませんでした……頭は二つでも、尻尾は二つないのです……」

「わからないわね。何でもいいから、結論を聞きたいわ」

「結論は……ありませぬ……」

「結論はない？　それじゃあわたしは何のために、長々とあなたの話を聞いていたのかしら？」

ヤミル＝レイは、頬のあたりに違和感《いわかん》を覚えた。ひょっとしたら、自分は笑っているのかもしれない。笑いたくもないのに、唇が勝手に吊《つ》り上がっている。そんな異様な感覚に、全身が痙攣《けいれん》しそうであった。

「円環は崩《くず》れました……尻尾を喰らっていた頭も、喰らわれていた尻尾も、闇《やみ》の底へと砕《くだ》け散り……残されたのは、片方の頭のみ……もはやその座に双頭の蛇はなく、蛇の頭のみが漂っております……」

「しかし、蛇というのはそれ自体が死と再生をつかさどる星だという話だったな？」

また低い声音《こわね》でギャムレイが口をはさむと、老人はうっそりとうなずいた。

「古き皮を脱《ぬ》ぎ捨てて、この蛇の頭も生まれ変わりましょう……胴体《どうたい》がないので時間はかかりましょうが、いずれは元よりも強き光を放つはず……その古き皮を脱ぎ捨てるまで、わたしにこの星の行く末を見ることはかないませぬ……」

「蛇の頭というのは、凶星なのか？」

「いえ」と、老人は言い切った。

「凶星なるは、双頭の蛇……これはもはや双頭ならぬ、ちっぽけな蛇の頭にすぎませぬ……生まれたての小さき蛇よりも無力で、みずから動くこともかなわない……己の無力さを嘆《なげ》く、か弱き星です……」

「………」

「しかし……そのかたわらにある犬の星が、この蛇の星を守りましょう……いずれ強き光を取り戻す、その日まで……」

そのとき、ふいに肩を叩かれた。

半ば忘我《ぼうが》の状態にあったヤミル＝レイは悲鳴を噛み殺して、後ろを振り返る。

「何だ、そんなに驚かせてしまったか？　そら、ギバの丸焼きだぞ」

大きな木皿を両手に抱《かか》えた、それはラウ＝レイであった。思わず地べたに崩れ落ちそうになりながら、ヤミル＝レイはゆるゆると首を振る。

「まだ星読みなどというものに興じていたのか。まったく、物好きなことだな」

その手の木皿を地面に置いてから、ラウ＝レイはどかりと座《すわ》り込《こ》んだ。そして、「うん？」とヤミル＝レイに顔を寄せてくる。

「どうしたのだ？　何を泣いているのだ、ヤミルよ」

「泣いてなどいないわ。馬鹿なことを言わないでちょうだい」

「しかし、涙《なみだ》を流しているではないか」

そのように言いながら、ラウ＝レイが指をのばしてきた。身を引くヤミル＝レイの目もとにそっと触れ、怒《おこ》ったように口をとがらせる。驚くべきことに、確かにその指先はわずかに濡《ぬ》れているようだった。

「老人よ、いったいお前はヤミルに何を語ったのだ？　事と次第《しだい》によっては、俺《おれ》も黙《だま》ってはいられんぞ？」

「やめて、家長。この人に罪はないわ。……これはちょっと、砂が目に入ってしまっただけよ」

「本当か？　虚言は罪だぞ、ヤミルよ？」

ラウ＝レイが、ぐっと顔を寄せてきた。その水色の瞳は、それこそ夜空に浮かぶ星のように強く明るく光っている。ヤミル＝レイは目もとをぬぐい、笑ってみせた。

「本当よ。わたしがこれまでに虚言を吐いたことがあった？」

「お前はちょくちょく虚言を吐くではないか。俺がそれをどれだけ気に病《や》んでいるのか、お前にはわからんのか？」

強い口調で言い、ラウ＝レイはヤミル＝レイの肩をぐっとつかんできた。

「虚言は罪だし、何より、そのようなものを口にする必要はない。お前は正直に、思ったままのことを口にすればいいのだ。それが間違《まちが》った言葉であれば俺が正してやるし、正しいのに他者を怒らせてしまったときは俺が守ってやる。とにかく、同胞に心を隠すな」

「……それがどれほど難しいことか、あなたには想像もつかないのでしょうね」

「当たり前だ。でも、ヤミルが苦しんでいることはわかる」

水色の瞳が、真《ま》っ直《す》ぐヤミル＝レイの内側に食い入ってくる。乱暴で容赦《ようしゃ》のない、森辺の狩人の眼光だ。どうしてそんなに前だけを向いていられるのか、それがヤミル＝レイにはわからなかった。だからヤミル＝レイには、真っ直ぐ向き合うのが難しいほど、眩しいのだ。

ヤミル＝レイは小さく息をつき、肩をつかんだ家長の手をぴしゃりと叩いた。

「家人といえども、血の繋《つな》がっていない女衆に気安く触れるのは如何なものかしら？　それだって、虚言と同じぐらい罪なことなのじゃない？」

「やかましいやつだな。だったら、そのように心配をかけるな」

ぶちぶちと言いながら、ラウ＝レイは手をおろした。しかし、まだその熱がヤミル＝レイの肩に残されている。

胸の奥底《おくそこ》に蠢いていたおぞましい感覚は、綺麗《きれい》に消えていた。まるで悪い夢でも見ていたかのようだ。見ると、占星師の老人は首飾りを外套の内にひっこめて、また置き物のようにうつむいていた。

（生まれたての蛇よりも無力で、みずから動くこともかなわない、か……）

それはきっと、真実なのだろう。ヤミル＝レイは、おそらくこの森辺の集落で一番無力な存在であるのだ。

それとも、ディガやドッドもまだ自分の道を見いだせずに苦しんでいるのだろうか？　自分にとって正しい道はどこにあるのか、それを見つけられない限り、心の安息など得られるはずはなかったのだった。

「お待たせしましたぁ。果実酒ももらってきましたよぅ」

と、そこにロロも帰ってきた。ギャムレイは「ご苦労」と陽気に声をあげる。

「それではもう一度、森辺の民との出会いを祝させていただこうか。そちらの皆々様も、如何かな？」

「ええ、いただくわ」と、ヤミル＝レイはロロから土瓶を受け取った。

「何だ、飲むのか？　ヤミルが果実酒を口にするのはひさびさだな」

まだちょっと不機嫌《ふきげん》そうな顔をしていたラウ＝レイが、目を丸くする。ヤミル＝レイは、そちらに小さく舌を出してみせた。

「今日はそういう気分なのよ。しょっちゅう酔《よ》いつぶれているあなたに文句を言われる筋合いはないわ」

「…………」

「何よ、おかしな顔をして」

「いや、ヤミルでもそのように幼げな顔をするのだな。とても可愛《かわい》いし、幼げなのに色っぽかった」

「……そうやって心情を垂れ流すのが正しい姿だというのなら、わたしはちっともあやかりたくないわね」

ヤミル＝レイは、果実酒を口にした。強い酒精が、咽喉《のど》を焼いていく。確かに果実酒を口にしたのはひさびさであったので、この夜は自分が酔いつぶれてしまうかもしれなかった。

(そういえば……)

犬とは、どのような獣なのだろう？

口をへの字にしている家長の顔を見つめながら、ヤミル＝レイはこっそりそのように考えた。

そんなヤミル＝レイたちの背後からは、また賑やかな音色が聞こえてくる。ギバの丸焼きを食した座員たちが、再び演奏を始めたのだろう。

この夜の宴が終わるには、まだまだ長きの時間がかかるようだった。

あとがき

このたびは本作『異世界料理道』の第二十六巻を手に取っていただき、まことにありがとうございます。

こちらのあとがきをしたためている二〇二一年の八月現在、本作は執筆七周年目を目前に迎えようとしております。

同じ作品を七年間も書き続け、あまつさえここまでの巻数を刊行できるというのは、本当に得難いことだと思います。引き続きご愛顧いただけたら、心より嬉しく思います。


古い記憶を掘り起こしてみますと、当作の執筆のきっかけとなったのは、ひとつの夢でした。

当時の自分は「小説家になろう」という媒体で過去作品を公開していたのですが、読者様のリアクションというものがほとんど得られなかったため、何かこの媒体に則した新作を投稿しようと思案しておりました。

「こちらの媒体では異世界転生・転移が主流のジャンルであるらしい」「最近は料理ものが人気であるらしい」という二つの情報を頼りにあれこれ思案していたのですが、なかなか良いアイディアが思いつかず――そんな折、ひとつの夢を見ることに相成りました。

自分は元来、夢をほとんど記憶に留めていられない体質でありました。子供の頃はくっきりと覚えていたのですが、大人になってからは漠然としたイメージぐらいしか記憶に残らなくなってしまったのです。夢の中には行きつけの書店だとか、隠れ家のような家だとか、どことも知れない湖のある森だとか、たびたび繰り返される懐かしい風景というものが存在するのですが、そういったものもだいぶんおぼろげになってきてしまいました。江戸川乱歩の少年探偵シリーズによって読書の楽しさを知り、「うつし世は夢、夜の夢こそまこと」というお言葉に感銘を受けた自分としては、忸怩たる思いであったものです。

よって、その夜に見た夢も、今ではほとんど記憶に残されておりません。

ただそれは、森の中でサバイバル生活を行う夢でした。

そうして夢から覚めた後、そのイメージをとっかかりとして、当作に着手した次第であります。

いざ着手してみると、サバイバル要素は希薄になってしまいましたが、それでもかつてないほどスラスラと書き進めることができました。そうしてついに、七年間も書き続けることがかなったわけです。

自分はスピリチュアルな素養が著しく欠けておりますため、くだんの夢も天からのお告げなどではなく、どんな作品を書こうかと思案していたために無意識下でアイディアがひらめいた、と解釈しております。しかしまあ、理由は何でもかまいません。当作を着手するきっかけとなったあの夜の夢を、今でも心から得難く思っております。

と、ずいぶん余談が長くなってしまいました。

今巻は前巻に引き続き、雨季の模様をお届けいたします。その中で、アイ＝ファのお誕生日が表紙でピックアップされました。アイ＝ファがとても幸せそうで、自分としても喜ばしい限りです。

その流れで、書き下ろしの箸休めもひさびさにアイ＝ファ視点のエピソードとさせていただきました。アイ＝ファの内に渦巻く乙女心やら何やらをお楽しみいただければ幸いでございます。

群像演舞は一転して、シリアス要素の強い二名でございます。それぞれ異なる業を背負った両名のあれこれをご堪能いただければ何よりであります。

こちらの二編は書籍第二十二巻にて行われた祝宴の舞台裏でありますため、なるべく早めに掲載したほうが望ましいのではないかという話になっていたのですが、紆余曲折を経て、遅い登場となりました。しかし本編の内容との兼ね合いを考えると結果オーライなのではないかと、編集者様と納得し合った次第でございます。

ウェブ版においては第二十二巻の内容の直後に書かれた「群像演舞〜二の巻〜」も、これにて無事に終了となります。全部まとめれば書籍一冊分の文字数に至る、全七編。これまでおつきあいくださり、まことにありがとうございます。

ですが第二十六巻まで巻数を重ねるうちに、「群像演舞〜三の巻〜」も目前に迫ってまいりました。本編も群像演舞も箸休めも、ひとしくお楽しみいただけたら嬉しく思います。

ではでは。本作の出版に関わって下さったすべての皆様と、そしてこの本を手に取って下さったすべての皆様に、重ねて厚く御礼を申し述べさせていただきます。

次巻でまたお会いいたしましょう！

二〇二一年八月　ＥＤＡ

Author
EDA
Illust.
こちも
異世界料理道
VOLUME
27
Cooking with wild game.

朱の月に入り、2か月に渡った雨季は終わりを告げた。
ようやく雨を気にせず外に出られるようになった森辺の民たち。
彼らに次にやって来たのは恋の季節だった!!
雨季の間に交流を結んだ氏族の間で
婚儀があげられるなど嬉しいニュースが続く中、
スフィラ＝ザザによって森辺全体どころか
貴族を巻き込む大騒動が起こり――
女衆たちが色めき立つ
恋の季節がやってくる第27巻!!
2021年冬発売予定!

小説第③巻は2022年1月発売！
作画 大前貴史
原作 明鏡シスイ
キャラクター原案 tef
1
信じていた仲間達にダンジョン奥地で殺されかけたが
ギフト『無限ガチャ』で
レベル9999の仲間達を手に
元パーティーメンバーと世界に復讐&『ざまぁ！』しま
週刊少年マガジン公式アプリ
「マガポケ」にて
好評連載中!!
作画：大前 貴史
原作：明鏡シスイ キャラクター原案：tef
コミックス①巻も
好評発売中！

信じていた仲間達にダンジョン奥地で殺されかけたが
ギフト『無限ガチャ』で
レベル9999の仲間達を手に入れて
元パーティーメンバーと世界に復讐&
『ざまぁ!』します!
「小説家になろう」
四半期総合ランキング
第1位
(2020年7月9日時点)
①～②巻
好評発売中!!
レベル9999で
圧倒的無双!!!!!!
明鏡シスイ
イラスト/tef

魔導列車が完成し、開通式が開かれることに。
式典も滞りなく進む中、
フォンとともに。25
2021年秋頃発売予定！

子供たちのうちの一人が
ブリュンヒルドの城下町に現れたという情報を聞きつけ——。
異世界はスマート
冬原パトラ
illustration■兎塚エイジ

HJ NOVELS
HJN04-26

異世界料理道26

2021年9月18日　初版発行

著者――EDA

発行者―松下大介

発行所―株式会社ホビージャパン

〒151-0053
東京都渋谷区代々木2-15-8
電話　03(5304)7604（編集）
　　　03(5304)9112（営業）

印刷所――大日本印刷株式会社

装丁――AFTERGLOW／株式会社エストール

Printed in Japan

ISBN978-4-7986-2589-8　C0076